那山那人

Nashan Naren

林 烯 ◎ 著

四川文艺出版社

图书在版编目(CIP)数据

那山那人/林烯著. — 成都：四川文艺出版社，
2014.1（2021.10重印）

ISBN 978-7-5411-3846-1

Ⅰ.①那… Ⅱ.①林… Ⅲ.①长篇小说-中国-当代
Ⅳ.①I247.5

中国版本图书馆CIP数据核字（2014）第006857号

Nashan Naren

那山那人

林 烯 著

责任编辑 朱 兰(441917894@qq.com)
李亚南(373143057@qq.com)
责任校对 李淑云
装帧设计 蓓蕾文化

出版发行 四川文艺出版社
社 址 成都市槐树街2号
网 址 www.scwys.com
电 话 028-86259285(发行部) 028-86259303(编辑部)
传 真 028-86259306

读者服务 028-86259293
邮购地址 成都市槐树街2号四川文艺出版社邮购部 610031

印 刷 三河市嵩川印刷有限公司
开 本 880mm×1230mm 1/32
印 张 9
字 数 225千
版 次 2014年1月第一版
印 次 2021年10月第二次印刷
书 号 ISBN 978-7-5411-3846-1
定 价 38.00元

我为基层干部而歌 (序)

　　活得悲哀，活得寒酸，活得无奈，活得潇洒，像一头拉得筋疲力尽的牛，茫然地鼓着眼瞪着前方。

　　真想挣脱肩上的枷锁，轻松地喘一口气，站一会儿。

　　真想松一下劲，放松一下时，上头某领导带笑的一点头、一句亲切的问候、一次热情的握手，就又鼓起干劲奋勇向前。

　　共和国大厦底座的一方砖、一块石头，在表面上看是几乎看不见的一块料——基层！最基础的层面，直接面对群众的一级行政工作者，在一些人眼里不屑一顾，可有可无。说他们大，的确大之极矣，上面千条线，下边一线穿；说他们小，确实微不足道，是党政神经的末梢，通过他们的感应，将一线情况逐级报告给中枢神经，让他们判断、分析、决策。

　　他们中的绝大多数，没有像江姐、许云峰那样壮烈谢世，让世人景仰；没有像大科学家们那样功勋卓著而蜚声中外、名垂青史，也没有像艺术家、明星那样名噪一时，腰缠万贯。但是他们的付出是长时间的，十年，二十年，三十年，甚至一辈子。

　　我时常在想，没有他们艰苦卓绝的努力工作，没有他们无私无畏的斗争精神，没有他们不计得失的默默奉献，便没有960万平方公里土地上的安静与和谐；没有他们赤胆忠心的信仰与追求，便没有共和国如日中天的辉煌景象。请记住他们：我们的党和人民的事业不可或缺的基础力量——基层干部。

　　文化浅、觉悟低可不是他们的代名词。看吧，该书只是成千上万中的一小撮，一缩影，只是穷山僻壤的一角，足以让你动情！

　　我在基层工作近四十年，体会颇深。我熟悉他们，同情他们，和他们感同身受。他们中不乏坚韧刚强的共产主义信仰之精英，不乏聪明坚毅之良才，不乏智慧超群之英杰，只是所处地域窄些，层面低些。

　　我所写的人物全是真实的，是鲜活饱满的，全是有原型的。只是有移植，有集中，有静心的体会，是历史的真实再现，是人们生活的回顾。我之所以写一些历史的阴暗面，不是为了褒扬谁，诋毁谁，历史已然远去，只是想让理智的、智慧的人民再也不重蹈覆辙，再也不重演历史。

　　牢记历史，让我们不折腾，不懈怠，朝着既定目标奋勇向前。

林　烯

2013.7

【目录】

第一部
艰难岁月

北岌坝是高山走向缓冲的第一山间坝子，东有斗子嘴，南有鸡啄嘴，西有钟鼓楼，活像巨人的一只大手，大拇指和食指分开，摆成一个大撮箕。

一

从云贵高原延伸到四川南部的许多山脉，当地人称之为埂子，小山连绵起伏，林木茂盛，群山遥峙，沃野连绵，沟壑纵横，一条条青石板路，已被岁月的脚板磨得光滑滑的，蜿蜒于山区的田园村落乡镇之间。

那些山埂延伸着盘绕着围起一个个坝子，所谓坝子，其实不平坦，中间是一个接一个的山峁连接着圳沟和土坡，由于地处岩脚，温和湿润，四季分明，冬季并不很冷，极少下雪，因而土地肥沃，物产丰富，粮食、瓜果、蔬菜应有尽有。

这儿有几个坝子十分富饶，其中首数北岌、龙潭、丰泰，三坝从南向北摆着，各成方圆，各自都是山埂围着，从这坝到那坝都得爬上盆边再往下行。

北岌坝是高山走向缓冲的第一山间坝子，东有斗子嘴，南有鸡啄嘴，西有钟鼓楼，活像巨人的一只大手，大拇指和食指分开，摆成一个大撮箕。只有东北的马鞍山略矮，像一匹腾空跃起的骏马，北岌河悄悄从它脚下流过，与永宁河相汇注入长江，马头高昂，长满葱郁树木更显雄奇。两侧是高回四、五、六队的所在地。马屁股与朱山埂子的结合部，被人们称之为鸡冠岚坳，如不过岚坳向下顺着岩脚走便可到一座土木结构的大瓦房子——黄山。如过岚坳走石板路便可到丰泰、龙潭。黄山背靠骏马的右大腿，一大斜坡，几百亩好土，房的两侧就是梯田，超过房子以下，田总像扇形展开，一块比一块大，一直扩展到边沿，再过一座石板桥，便到石板路上去了。

听说黄山是一个姓黄的拔贡所修，不知他后人是迁走还是绝了，继后是姓谭的财主在这儿住了很多年，民国后期才换成姓宋人家。这里山水田园俱佳，旧社会地主要收租四十石。不管中间大房子里的主人怎样更迭，周围的佃户（只有土，纯粹没有田的称土佃）总还是那几姓人，有的姓谭、有的姓卢、有的姓胡、有的姓李，反正围着大房子里的主人流转。

清末以后在黄山居住的地主乃谭姓大家族，几辈人没彻底分家的大家族。除了黄山以外，在不远几处都有房舍田园，盛极一时。谭姓族人有一个特点：好冲壳子、好打官司，经常与四邻八方的财主发生冲突，自然佃户是惹不起的。佃户一旦与谭家对上头了，立马搬家，再是吃亏都只能忍了。风气都是日积月累养成的，因此谭家自己房份之间也斗争不断，对外则讹诈成性。据说在民国初年，谭氏当家人出言语要卖左边一片山林，这片地与陈氏财主山林边界相连，在立字约之前，谭对陈说："我卖山，那根柿子树，我留起来，不计算在内。"

"好！"姓陈的地主哈哈一乐说，"一根柿子树，好说，好说。"

到具体写契约时，谭氏财主殷勤备至，再三劝酒，陈氏财主以为买得起柴山很是得意，喝得晕头转向，眼花缭乱，昏懂懂地便成交。

之后不久，谭氏请人将已卖给陈家的柴山上的树木砍了。陈氏惊了，追上门来说理："你们干吗砍卖给我的树木？"

谭氏头人不慌不忙地说："你拿出字据来看，我哪里卖了树木给你，是树不在内，你只买了我的杂柴地盘，凡是成林的树木我就得砍了。"

陈氏财主拿字据详看，果真如此写法，气得七窍生烟，有口难辩。他们的后代也学会欺哄骗诈，很有手段。1920年前后，在黄山是长房侄子谭大银住左厢房，幺房叔子谭长发住右厢房，正屋的中堂共用，耳房随厢房各自据有。长房人丁不旺，只有一个男孩谭富林，一个女孩谭富英。谭大银娘子唐世珍知书达理聪明能干，操理家务自然是无话可说。谭大银读过一些书，文儒迂腐，一切家庭支出收入都由唐氏经营。

幺房叔子谭长发是个骗狼吃象的官司贩子，见天能掐会算，要整哪个，只消眉头一皱便计上心来。他老婆李龙芬长得一表人才，能说会道，不管与谁说话总装得亲切无比，三个哈哈两个笑，人们称她"李白嘴"，深交才会发现她不是一盏省油的灯，任何一点亏她都不会吃，凡是跟她打交道的人都会吃了哑巴亏还说不出口。她到谭家一连生了四个儿子、两个女儿，真是人丁兴旺，两口子越发得意，更不择手段地敛财。

到了1938年，老人说是戊寅年隆冬的一个晚上，外边淅淅沥沥地下着小雨，李氏安顿了孩子们之后便让长工喂牛、喂猪……她钻进男人早已捂热的被窝，两口子亲热一阵满足之后李氏说："当家的，现在我们娃儿小，倒还过得去，娃儿一天天长大了之后这儿住不下，吃饭都成问题，这四十石租，一户人要还差不多。"

谭长发说："四十石租与长房对分，各得二十石，你怎能独得啦？"

"你看着办吧，要是肚子又胀大了，看你供得起不。"

他两口子是心心相印的，谭长发明白老婆的心意了。忠厚的谭大银、唐世珍夫妇一点也未察觉，他们还是亲近地与其生活着。

　　有预谋的祸事终于发生了，就在李氏与夫初议不久，谭富林同妹妹及隔壁几个孩子在朝门外田地边上玩耍，大伙正玩得起劲，一条大黑狗突然呼哧哧地跑过来，它本意是去追上边山坡上的另一条大黑狗，孩子们受惊了各自奔命往房里跑，李氏的三儿子才五岁，他也跟着跑，被狗一挤，一骨碌栽到水田里去了，其他娃儿哭喊着向屋内跑去，恰在这时唐世珍闻讯赶来看到。

　　"哎呀，小弟儿摔水里了。"她飞快跑去把他抱起来，刚走到朝门口，李氏看到高喊："不得了！不得了！你要害我的娃儿啦！"

　　唐氏哭诉情由，她那老实的男人喊："快喊郎中看看。"并跑去喊凌草药来诊脉，那小子受了惊吓加之溺水，高烧不退，几天之后便死了。当谭长发从外边办事回家之后，李氏一口咬定唐世珍忌妒她家儿子多，活活把她儿子给淹死了。谭长发将儿子尸体停放在共有的大堂屋头，用大人死亡的高规格礼数给孩子做道场，并一状告到县衙，声称侄媳害死他儿子，衙门将谭大银夫妇收监，而谭长发夫妇却大轿坐起到县衙。大堂上李氏长声吆吆地哭诉："我儿死得好可怜啊，真没想到忌妒人到如此地步。"

　　唐氏申诉情况被谭长发一阵臭骂："妇人心，门斗针，你两口子看到事情败露了才去喊太医，不是你干的事，你会跑得那么快吗？"谭长发本身是官司贩子，与官勾结极深，几堂过后谭大银早已魂不守舍无言以对了。官方声称：本案本应抵命，但念其是本家，谭长发夫妇宽恕从轻发落，谭大银家承担官司和丧葬所有费用，让谭富林以侄辈身份给死孩子披麻戴孝，并补偿三十石谷子给他们，全部开销等于二十石租的地产和房产抵完。

　　在族人大会上谭长发说：杀人可恕，情理难容，不是看在亲叔侄情上，把谭大银一家逐出宗祠都不遂心。另外还格外开恩，让他们一家搬到大路边那三间草房去住。

那里以前是土佃住的，不知者说唐氏糊涂。谭大银夫妇只有血泪交流，这千古奇冤怎堪诉说。真是哑子尝黄连味，难将苦口对人言啊！

二

那是农历戊寅年二月十六，谭长发正式接管了谭大银的全部财产，门上落锁，谭大银一家四口搬到大路边茅草屋里。那是顺着大路而建的三间草房，是用来招土佃的草房，土佃走马灯般地更换，房子年久失修，篱穿壁漏，许多竹栅栏篾块和草渣掉得满地，阴沟未起，屋里湿得长出了青苔，踩上去滑溜溜的。唐氏招呼孩子用锄铲、用帚扫，一家人灰头土脸整了大半天才勉强能进屋，安上旧床，涮清灶头，烧上一瓢水就算搬家进了火。唐世珍端起热水让丈夫洗脸，孩子们洗洗手，哭泣着说："当家的，是我连累了你和孩子。"

谭大银长长地叹了一口气说："事到如今就什么都别说了，是祸躲不脱，躲脱不是祸，认命吧！"

从此唐世珍总是天不亮就起床烧锅做饭下地干活，恨不得能在这几块土头刨出金娃娃。还要买谷草、竹麻做草鞋，卖来补贴家用。她丈夫体弱多病，一切难事自己承担，是悔恨，是无奈，抑或是想努力挣回失掉的？她憔悴变老，但从不言累，对一双儿女更加珍爱，那是她的精神支柱。

年幼的谭富林把一切都印记在心头，努力替妈妈分担劳务。他个子不高，但结实匀称，眼睛不大，但神采奕奕，炯炯有神，只要一微笑，便显出整齐的一口皓齿，真是人见人爱的懂事仔儿。在家境好时他们家同谭长发家一起筹资请过私塾老师，什么《三字经》《弟子规》背得许多。

两年前的某一天，一个相面先生对唐世珍说："你这孩子将来有福气，胜过以上几辈人。"这话是真的吗？

妹妹谭富英差多了，眼光迟钝，笨手笨脚，大人不喊吃饭不会吃饭，大人不喊洗脸不会洗脸，在哪里站就要站一个坑，立就要立个洞。父亲曾对母亲说："这姑娘可能要淘气啊。"

最让父母安心的是谭富林对妹妹爱护备至，时时都是妹妹的保护神，若有"进口"的东西，他宁可不尝，也要全给妹妹，这使谭大银夫妇十分宽慰。

自从谭大银家搬到大路边住之后，有一个小伙子常到他们家来玩。他从不打空手，总是背起背篼，拿着镰刀或是割起一背草放在路边竹麻下边才到谭家玩。谭富林与他特别相好。

一天中午，谭大银、唐世珍夫妻俩在家剥绿豆，听到富林与那小伙子窃窃私语："我家遭得好惨哟，大房子不得住了，搬到这烂草房来。蛇呀蚊子呀又多，书也读不成了，老财好歹毒啊。"

那小伙子说道："不关事，只要我们长大了，把那些狗日的杀了，我们也去住大房子，吃白米饭，穿洋布衫。"

"你胆子这么大啊，竟敢这样说！"

"老子常常这样想，不是知心人我不会说这样的话。"那小伙子说道。

"咳！咳！富林，你在跟谁说话？"富林妈问。

"我跟庞大权大哥耍。"富林答道。

"这么热的天，快请他进屋坐。"

话音刚落，谭富林同一小伙走进屋来。"坐！坐！"谭大银亲切地招呼着。

因为从外面进屋，一时眼睛还看不清室内物体，他迟疑着向屋内扫射。只见他身材高大匀称，四方脸庞，浓眉大眼，肤色黑中透红，手里拿着一把锃亮的镰刀，刀把子也长长的。

"坐！坐！"谭大银再次招呼，他才在板凳上坐下，脚杆向前一伸，黑黝黝的像乌鱼，一点烂裤子搂着屁股。

"你是哪户人家的？"唐世珍问道。

"大土坡的。"

"啊！庞幺娘家的?"唐世珍问道。

"嗯。"

"几岁了?"

"十二岁了。"

"你好肯长啊，像小伙子了。"唐世珍道。

"妈妈说我懒长。"

"你妈好些了吗，眼睛看得见些了不?"唐世珍同情地询问着。

"还是不好，眼睛看不见，整天摸着打草鞋。"庞大权慢慢回答着。

"隔几天，我去看看你妈。"

"那倒好哩!"

三

隔了两天，唐世珍带上十个鸡蛋和一小袋豆豆，准备去看庞幺娘，谭富林兄妹见了，一定要挽起去，他父亲谭大银说："去，去! 让我清静一会儿。"

于是唐氏带着兄妹俩顺着石板大路向上走一千余米便到鸡冠岚坳，再向左边拐，沿着一条茅草路下去，是一大土坡，看去是一大片苞谷长得油绿喜人，大土壁上有个草窝棚。唐世珍老远就喊："庞幺娘，在做啥子? 我来看你。"

"你是唐大姐吗? 快进来坐。"

唐氏径直走到那张烂床边坐下，兄妹俩尾随着，妹妹还拉着母亲的衣角，眼睛直勾勾地盯着坐在床上的主人家。她蓬头垢面，上眼帘像黏在下眼眶上，衣衫褴褛，可能是看不见的缘故，头总是一望一望的。她不住撩起衣襟擦脸。谭富林到这儿才知道，庞大权说要杀那些狗日东西的原因。这哪是房子，简直是一个千根柱头下地的灰棚棚。床挨着土壁，前面一个小灶，一边有一个打草鞋的机头，几个破碗扣放在一张烂桌上。要是还在黄山大房子里住，他们娘儿母子是绝不会到这里来的，同为天涯沦落人，才有今天的造访。在谭富林观察思考的时候，母亲与庞幺娘说开了。

"庞幺娘，哪天就说来看你，总是不得空，这阵子您好些不？"唐世珍问道。

"唐大姐，你想得周到，还来看我，不是舍不得我大权哩，我哪天都想死了算了。"庞幺娘又撩起破衣襟拭脸。

"这使不得，使不得，你大权勤快又懂事，长大了你就好了。"唐世珍向庞幺娘又靠一靠诚恳地说。

"听说你家吃了官司，你和大银他还好吗？"庞幺娘问道。

"有啥好啊，过这身不由己的生活。"

两个落难女人都伤心地哭起来。庞幺娘尤为悲怆，她仰着头两行眼泪像渠水一样往下流，高喊道："天啊，这是啥世道啊，我的人在哪里去了啊！"

平时庞幺娘难过总是忍着，今天一拨动，就再也忍不住了。俩女人哭一阵之后稍平静下来，庞幺娘徐徐说道："可怜我大权他爹，多好的人啰，脾气好，又勤快，一身好力气，四邻八舍都称赞他肯帮忙。"

"就是，就是，他帮我家做了好些活路。人家庞幺爷哩，谁不说他好啊！"唐世珍认同地叙谈着。

庞幺娘又拭了拭眼睛，深深地吸了一口气，回忆道："他起身那天，早饭都没有吃，他说赶紧去赶一会儿场，买点米回来，要到水利坝去打谷子，把口粮给我两娘母办起，一出去就要十天半月才能回来。听说他到街上刚把盐巴、米买起又折回去买袱子，说七月半要烧点袱子，回转来走到牛棚子就被过路的兵抓住，喊跟他们挑东西，他还以为去得不久，在两个当兵的押持下，把背篼送到场口唐大爷铺子上。还对唐大爷说：'表叔，放在您这儿一会儿，家头两娘母还等着米下锅哩。'过了几轮场都没人去背，唐表叔请赶场的熟人把背篼给我带回来。"

她说到这里，已经哭得气都转不过来。她还一直盼望着丈夫哪一天会回来。人们当时传说：那些兵当晚转扎百合场，有几个被拉夫抓去的农民趁夜逃跑，被兵痞们放枪打死了三个，其中就有庞大权之父。

从此庞家佃的土地无人种了，地主又招了佃户，庞幺娘天天哭，眼睛都哭瞎了。庞大权才九岁，地主让他母子搬到灰棚棚里来住，庞幺娘痛不欲生，想寻短见，被庞大权发现才没有寻成。他攥紧拳头向母亲发誓，说："妈，你不要死，我帮人割草弄米来供你。"

另招的佃户因为也是穷苦人，同情他母子俩的遭遇，让庞大权为他看牛，一月给几升粮食聊以为生。一晃已是三年了。

"天啊，你为啥不睁开眼睛啊，看看我娘儿俩过的啥日子啊。"

唐世珍见触到庞幺娘伤心处哭得没有个完，赶紧站起身来安慰几句就回家了。

四

常与谭富林混耍的还有一个小伙子，那就是傅佑财，家住鸡冠岚坳左边顺岩脚到黄山的半路上的大岩匡头，这个岩匡上边是十几丈高的岩石脚，下面是一个几丈宽一丈多深的岩匡。岩匡内空高也有一丈左右，总共可居面积有七八十平方米，再在岩匡门口搭一草棚做灶房，再挖一个茅坑，用芭茅秆围起便是傅佑财的家了。

一天，庞大权伙同谭富林到傅佑财家去耍，看到这岩匡房子真是稀奇，原来这世上还有如此神奇的住房，又安稳，又干燥，比自家的茅草房强多了，他惊叹不已。傅佑财十分健谈，一说一个笑脸，白白生生的，两耳很大，像两片肥肉粘在头的两侧，门牙有两颗棚起，露出了嘴唇。

"傅佑财你家有多少人啦？"谭富林问。

"我家有我爹、哥哥和我，还有姑姑。她有病没有出嫁跟我们一起住。"傅佑财回答道。

"啊，是这样的。"

这时听见岩匡里边"咳咳"的咳嗽声和微弱地问话："傅

二，你在跟谁说话？"

"我的朋友！"傅佑财回答道。

"你别调皮啊，看你爹捶你。"

傅佑财说道："我没调皮，不关你的事。"说罢三个一起悄悄地溜了。

他们第二次到傅佑财家是他姑姑死了，办丧事，其实也没办，不知在哪儿找来的黑木板（楼板），钉了一个大盒盒，把尸体放进去之后用篾条扎实捆了抬出去，埋在竹林弯头，人们还是回到岩匡头吃丧饭，饭是用苞谷磨成的粗颗煮的苞谷饭，人不多，就两桌人摆在岩匡门口的小路上，到岩匡底不行，越往里越黑，洞里喷出臭烘烘的气味。

谭富林不知傅佑财为什么没有母亲，又为啥住岩匡。当他来到众人之中，看到父亲正和几个同一山埂子上的乡亲在摆龙门阵，坐在中间的正是主人傅春荣——傅佑财之父。只见他四十开外，头发花白，白皙的长脸上有些窝窝，怪不得人们背地里叫他"傅二麻子"，蓄有胡须，说话时一抖一抖的。只听他说："本人真是命苦，我三弟兄一齐出豆子，死了一个哥哥，一个弟弟，留得我一人都落下残疾。妹子又得痨症（肺结核），勤扒苦做积点钱，承卢大爷不择嫌把他卢大嫁给我，生老三就难产死了。是命，是命啊！"有人岔开话题便说："这岩匡还扎劲。"

"啥子扎劲哟，没田种哪来稻草盖房，三五年还要翻一次，哪来竹料啊，只有把娃儿拖大再说，就看他们的造化了。"

又听见有人说："日本人打过来了，占了大半个中国了。蒋委员长被撵到重庆来了，泸州也被轰炸了几次。怪不得常常有飞机在头上轰隆隆地飞过，这个世界如此复杂啊！"

谭富林在想，他只记得是民国庚辰年，现在推算应是1940年，那时他十二岁。

五

"天有不测风云"。就在傅佑财姑姑死后不久，逢赶北岌场，唐氏打的草鞋要拿到场上去卖，然后买点生活必需品回来。谭大银听说北岌场上在唱戏，他想去看一场，于是唐世珍就让丈夫去了。黄昏时才回到家，他说："今晚的戏才好看，街上徐表娘买凉糕，招待他吃了一碗，肚子不舒服才回来的。"他自己和家人都没在意，当晚谭大银拉肚子，还以为吃了凉糕的原因，拉空了就好了。谁知一发不可收拾，请郎中切脉断定是痢疾，一连几服药都不奏效，郎中换了几个他们都无力回天，谭大银溘然去世，留下母子三人，真是上天无路，入地无门。穷人的活路是如此窄啊，真是哑子尝黄连味，难将苦口对人言啊！

谭富林的母亲虽然很悲痛，但她深知要是她都不在了，一双儿女又靠谁人。她化悲痛为力量，白天在地里勤扒苦做，晚上在竹篾片火光照耀下绩麻纺线，打草鞋，让儿子带到街上去卖，再买东西回来，从此每场都有一个小伙背着背篼在人流中窜来窜去，从小学着经营。

庞大权、谭富林、傅佑财三个穷小伙子，见天在这朱山埂子上摸爬滚打，割草、打柴总在一起，好像一日不见如隔三秋，比亲兄弟还亲，如排座次，庞大权比谭富林大两岁，傅佑财又小谭富林一岁。不管做什么最终拿主意的还是谭富林，因为他读过书有主见，三人每天早出晚归，但从来不干偷鸡摸狗、损毁庄稼等坏事，人们都说这三个懂事。只要条件允许，他们便悄悄到鸡冠岚坳老店后边去，听听那些有钱子弟在那儿请的老师讲书，谭富林读过私塾，记性又好，常把许多书句子背给他俩听，教他俩用石块在石板上写字，他们也学到不少书本知识。

六

壬午年（1942 年）春天，庞大权的瞎子妈在悲痛和贫困交加中死了，临死前她拉着庞大权的手，干涸的眼里已再挤不出一滴泪水，喊道："儿啊，妈不能守候你了，你一定要长大成人啊。"庞大权泪若滂沱湿衣衫，在乡亲和两伙伴的帮衬下，庞大权把老母掩埋了。为给他做伴，谭富林和傅佑财陪他睡在窝棚里。

二月中旬一个风和日丽的春日，庞大权的主人张明礼早早来到他窝棚前，扫视了一下棚内棚外情况慢慢地说："庞大，你妈死了，那棚棚就要塌了，搬到我家去住。一会儿上来嘛。"说罢回去了。

三伙伴一议觉得好事一桩呀，赶紧收拾一点穿着、工具一齐到张明礼家去。张明礼不是地主，他聪明能干，租了卢姓地主在望天穴上的三十石租的田土来耕种，又有两石粮食土，活路多，但一家大小不饿肚子，当三个小伙子到来时，张明礼十分客气地接待他们，并对庞大权说："牛栏过来那间房屋归你住，割草主要让我娃儿些割，不够你就帮割点，你跟我学种庄稼，做我家的长工。"庞大权听罢高兴得向张明礼磕头道谢。从看牛娃到长工是主人看得起，若是不争气早被打发走了。张明礼又叫大儿子成江、二儿子成海出来相见。两兄弟长得眉清目秀，本来是早相识的，他父亲今天这样郑重引见反倒让大伙儿拘束起来，毕竟幼稚单纯，短暂迟疑之后，五个小伙子一起高兴地抱拢嬉笑开了。张明礼也高兴地笑了。

正在这时，狗儿又叫起来了，张明礼快步跑出去眉开眼笑地说："卢幺爷进来坐，麻烦您了。"只见一位身穿长衫脚踩布鞋，手执一个光滑滑手杖的白胡子老者稳步走进堂屋。

张明礼恭敬地请老人上座，高喊："上茶，上茶!"这时一位体态清瘦高长的中年女人上茶，想必是本家女主人。张明礼扫了大伙儿一眼转向卢幺爷说："是这样的，我家活路多，今年打主意让张二割草喂牛，张大跟我学种庄稼，草不够时，张大、庞大帮割些。我看庞大勤快、干活找得到头脑，就跟我一齐种地。我这人少不欺，老不哄，既是请长工，今天就让卢幺爷来立个字约。"

卢幺爷盯着庞大权，庞大权好不自然，他正了正身子，吞下口唾沫轻声说："一切都依张三爷的，依张三爷的。"

卢幺爷捋了一下胡须，扫视屋里坐着的人慢条斯理道："是呀，没有规矩不成方圆，古人云'官有法文，民有字约'，立个字约双方都有个把凭。"

停了停，他又仔细打量着屋里的五位少年，个个精明灵动煞是让人喜欢，特别是目光移到庞大权身上，笑眯眯地端详着，文绉绉地问道："请问庞大贵庚几何？"

"今年冬月间满十六岁。"庞大权局促不安起来。

"肯长，很像大汉了。"那时庞大权就有一米七以上，只是稍显单薄清瘦一些。

卢幺爷又逐个询问过少年之后，才撩起袖筒，铺开一张宣纸慢慢用毛笔调着墨，之后轻声问："你们主雇双方都议好了吗？我只是依口代笔。"

张明礼忙说："大概意思我都跟庞大说了，具体的事还得议一议。"

张明礼埋头搓了搓手，闷了半晌才说："第一嘛，是时间，庞大跟我割草喂牛几年了，我没亏待他，不知愿帮我多久？"

"我愿一直帮您，只要你不撵我走，图有一个住处。"庞大权忙答道。

"那工钱呢？"卢幺爷问。

张明礼忙说："这样吧，今明两年每年两石谷子，后年子起等你十八岁之后，一年三石谷子。"

"要得，要得！"庞大权高兴地说道。

"庞大权你屋都没得，谷子拿来放在哪里啊？"这是傅佑财在发问。

"这没有关系，谷子可以放在我的仓里，也可以折算成钱拿给他。"张明礼解释道。

"这样倒好。"谭富林顺和着说。

卢幺爷屏气运神地写着，头上冒出小汗珠，像替皇上拟圣旨，樱桃小字均匀地落到宣纸上。写好之后念了两遍才刊押，盖上手模。

当庞大权用右手大拇指按下手印时，他完善了人生的第一次安身文书。这时张三娘抱出两套粗布衣服，算是见面礼。庞大权受宠若惊、喜不自胜。

七

在一个家头生活，总要找个称呼，张三爷左思右想，庞家跟张家是远房亲戚，轮到庞大权同他儿子是同辈，应称老表。自来就有平称老表不亏人的说法。

张明礼还有两个女儿，旧社会子女多，男孩和女孩分别排序，所以两个女儿分别叫张大姑、张小姑。张大姑其实是老二，名叫张成英，她瘦瘦高高的，皮肤白皙，举止斯文不爱说话。每当与庞大权单独相处或擦身而过时总微低着头娇羞的一眼眼瞟庞大权。作为长工的庞大权在主人女儿面前总表现得有点卑微，不正视她，但有求必应，挑水拿柴勤快得很，真是见活路做活路，差不多包揽了一切险重难活儿。主人当然是欢喜，如意算盘也越打越精。

庞大权来的第二年张成海被弄到街上学做生意，第三年张成江又被弄去学木匠。主人张明礼倒是勤快之极的庄稼人，但每场上街买卖，走亲戚，搞外交耽搁时间多。庞大权成了顶梁柱，使他心中暖和的是生活上没怠慢他。

张小姑成芳与姐姐性格大不相同，她比姐姐肥实健壮，眼睛圆圆的，随时都是一副不怕人的面孔。她对庞大权毫不客气，家里活路想做多少做多少，没有人管她的。家中一切活儿都是张成英的，庞大权在干完外边活路之余，总是丢了扬叉拿扫帚，减少了张成英的负荷。他俩的情谊与日俱增，有时在一起做活，如一个推磨，一个喂磨时也说说话，她甚至会告诉他家头的一些事情。庞大权总是摆正位置，从不打听主人家的事情，纵然有时知道，也装作不知。

那张三娘身体孱弱，随时都提不起精气神，总在害娃、生娃，都没有存活下来。死娃儿总是用一块破布一裹，用一个撮箕装起拿出去，挖一个小坑，先把死娃倒出去，再用那撮箕盖上，挖些泥土掩埋了事。每次总该庞大权帮做些事，每当看到张三娘肚子胀起了，他就会预计又要埋死娃儿了。那时没有避孕措施，女人其实非常痛苦，庞大权当时以为张三娘是情愿的。

冬天的一个下午，张三娘的孩子们都出去走近处亲戚去了，显得特别清静，庞大权收拾干净房前屋后之后喂完牲口，也早早上床。不一会儿就睡着了，突然他听到尖叫声，他警觉地坐起来，听到张三爷屋里嘈杂，张三娘在哭告："我求您，您别嘣过，每回坐月子，都是闯鬼门关，我害怕，我害怕。"

"老子养你是白养吗？养来不用，我霉屎了吗？你快跟老子过来，不听话老子整死你。"

"哎哟！"张三娘一声叫唤之后，又听到张三爷恶狠狠地说："干这点事还哭，再闹整死你。"一切又恢复了平静，庞大权似懂非懂。

不久张三娘又害"病"了，简直下不得床，出不了门，一切事务都是两个女儿做，弄不归一的，尽该庞大权揽着。张三爷呢，不再骂老婆懒之类的话，还关照一些。

几个月之后张三娘才又能下床做些家务事。秋收后的一天赶场回家，张明礼打了一瓶酒，包了当归，拿来对老婆说："你剪点头发来烧成灰，一起泡起。"张三娘迟迟缓缓地照办了，还把药酒放到家里神龛上供了六七天，庞大权不知有何用处也不敢问。张三娘指导女儿换洗蚊帐被褥，拆洗许多旧布供小孩用的尿片子。

一天，特别闷热，汗流湿透衣衫，这预示着要降雨了。庞大权赶忙收稻草，每次挑稻草回去都看到张家两个女儿跑进跑出，张三爷在寝室外转来转去，唉声叹气的。突然听到张三爷喊："张大姑快把家里神龛上的药酒拿来。"只见张成

英抱起药酒罐飞快冲进她妈的房间。

"哎哟，不得了啦，张三爷，救我，救我。"只听见张三娘撕心裂肺地惨叫。

"叫啥子，别吼！让一个人晓得就要占一个时辰，几时才生得下来？"

庞大权悄悄溜走，装作不知道。当他再挑一挑稻草回来时，一家大小哭声震天。拐了，拐了，一定是张三娘遭了。他赶紧做自己该做的事——堆草、挑水、喂牛，泪水止不住地往下淌。张成海跑过来对庞大权说："老表，我爹喊你过去一下。"

庞大权赶紧过去，张三爷用搭在肩上的汗帕子擦了擦脸说："快取一扇门板下来，放在牛栏外面点安起，把你表娘抬出来停起。"

庞大权按吩咐安上门板点上油灯和前来相帮的人把张三娘抬到隔牛栏一丈远的地方停放，血腥气冲天。他纳闷儿，这次没喊他埋死娃儿，他不敢问。

第二天，张三爷到街上买了两套寿衣，一段红布，叫人将红布缝了一个红包包，说是难产鬼要用红包背着醒醒东西去替代（就是去弄死另一个产妇），她才能超生。

发丧时，一家老小大放悲声，张三爷也捶胸顿足，特别是来送丧的女人尤其伤心。当时愚昧和落后使百分之二三十的妇女死于难产。

身强力壮的张明礼从此一蹶不振，他头发全白，脱落露顶，做不得农活，就是走路也抖巍巍的。

庞大权肯定更辛苦，收三十石租的田，二石粮食的土。在广种薄收的时代，活路何其多，这也使庞大权成为一个庄稼把式，使之受益终生。

八

老人们所说的民国乙酉年是阳历的 1945 年，是庞大权到张明礼家做长工的第四年，他已快十九岁了，颀长的身躯，方正的脸庞，一表人才，又做得一手好活路，尽管是长工，张三爷打心眼儿里喜欢，经常派他代表主人到左邻右舍做相帮、贺敬之事。

这时候已经没有抓壮丁了，男劳力又开始走州下县搞营生。张家的大儿子成江已有十八岁，要娶媳妇了，小儿子成海去了布行当伙计学经商。张大姑已有十七岁，已出落成一亭亭玉立的大姑娘了，已过了几个媒人，张三爷都说不忙。

虽然像是一家人一样进进出出做活路，但吃饭时不准女孩上桌同男人一起吃饭。

家中一切事务都由张成英操办，什么缝缝补补、蒸酒熬汤她全会，人才亦不错。她体形高长，脸蛋白里透红，若是遇上陌生人怯生生地红云烧到耳根，活像熟透的番茄。平时不敢与庞大权说话，每每与庞大权对视立马低下头，或是用嘴咬住披下脸的头发。庞大权从不在有人时看她，只是在她做事时瞟两眼。乡里人们都说谁接到张大姑真算有福气，但张三爷没开口，他总说：家里没有人经佑（帮忙照顾之意），过几年再说。倒是不足十四岁的张小姑订婚了，听说很远，在渠坝驿那边的，家务好，请起人造纸，是独生儿，条件蛮不错的。但张小姑对那姑爷不满意，原因很简单，赶不上庞大权。但在那年代女人的命运是不由自己的，她开始绩麻纺线，学习针织活儿准备嫁妆，大姐自然是要指导和支持的。

多数挑水拿柴稍重的家务都是庞大权的必修课，他习惯了。他最愿干的是推磨，因为只有推磨是庞大权和张成英单独的，一个推，一个放，偶尔说几句话，家里人不在，自然不拘束。张三爷没有公开表过态，但他从来没有说过庞大权半句不是的话。

一天推磨时，张成英小声对庞大权讲，明年要娶嫂嫂，后年要打发妹子，还有二弟，我们不知要等到哪年。当她说了"我们"之后想到不妥，脸唰的红到耳根，连粮食都未放进磨眼，甩在磨槽里了。

庞大权停下推磨走近一步说："你看，你看。"伸手把粮

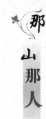

食捡到磨眼里，他在泡粮食的水里洗了一下说，"刚才你说啥子，我没听清楚。"

"我没说啥子。"她涨红着脸上牙咬着下唇。

庞大权用还带水的手轻轻触了她脸蛋一下说："就等他们的事办完再说，这个家缺不得你。"

"更缺不得你，他们一个二个懒兮兮的，我爹常说：没有庞大权，这庄稼别种了。一家人喝西北风去。"

"你爹真是这样说吗？"

"嗯！"

这是他俩第一次交谈所谓个人问题。

九

谭富林在父亲去世之后更觉苍凉，物价飞涨，派粮派款不分时候，生存是多么不容易，母亲再辛苦维持，还是有上顿无下顿，房子越来越烂，房背面檐檩都断了，因没柴山地，无木料、竹子维修。妹妹人虽长得个头比富林大，就是脑筋没长进，傻愣愣的样子，安排一样做一样，往往都验收不合格。

1945年，谭富林也是十七岁的青年了。他个儿不高大，但人聪明又勤快，处处都肯下力气，走到哪里都受人喜欢。春节刚过，新上任的保长宋文彩（人们尊称"宋幺爷"），来到他家门前小坝子上，跟他一同来的有他大儿子庭柱，是一个聪明活泼的富家小伙子，平时同谭富林就十分友好。宋保长高喊："谭大娘，在家搞不赢啊？"

当时跟寡妇说话要明声朗气，不可窃窃私语，否则人家会嫌疑。谭富林急步走出来，十分客气地说："宋先生有啥吩咐？"

因为这宋保长教过私塾为人还谦和，人们多叫他先生。他父子没进屋，保长埋着头背着手在小坝子里来回地走着。只因这样，谭家母子也站在房檐下没动，当他再次从场坝角走到中央时才抬起头慢慢地说："谭大娘，我今天来跟你们说一个事。"

"请讲，请讲!"唐世珍忙说。

宋保长伸了伸修长的身子说："黄山本来有一半是你们家的，因为那官司你们被撵出来了。去年谭长发跟我互换了，他做豇豆湾我原来那四十石租，我来做他这四十石租。我图这边柴山多点，他图那平阳隔街近。我请得有长年（长工）庞焕章，但缺一个帮手，我看你富林勤快，人品好，愿不愿来帮我？一年两石谷子，你谭大娘嘛，在我家有事时可帮做点小工，我不得亏待你。"

谭富林母子对视一下，忙说："要得，要得，宋先生我们就望你照看了。"

"可以嘛，后天一早就来起头。"宋保长说罢，带着儿子走了。

谭母高兴不已，有人叫做活意味着多少有点收入，生活有个着落，而且是帮保长家，别人不敢欺负，离家近有事能照顾。晚上，母亲对富林说："你去帮宋先生千万别懒，不要拿人家的东西，咱们人穷志不穷，你父亲也是读书人。"

富林说："隔一条圳沟都喊得答应，每天都可以回来。"

母亲却说："端人家的碗，服人家管，没有那么自由。宋先生倒还客气点，只怕他太太不好惹，她是水利坝大地主家的女儿，有几个亲戚在外干事，有势要得很，一般的人喊她都不会答应。"

谭富林说："我又不惹她，见活路做活路，她会加害于我吗？"但母亲还是叹气。

但谭富林带着锄头镰刀到黄山时他心中感慨良多，真乃三十年河东四十年河西，就这么几年之中，他由房主沦为帮工，这儿本是自己的出生地，并在这儿度过童年时光，他跨上十一级台阶，迈进朝门，走过宽大的石场坝，再上五级台阶在堂屋门外的燕儿窝等候主人的召唤，像置身于一个陌生地方。他紧攥拳头，尽力使自己平静，不能让人看出他心中的凄惶。这时老长工庞焕章从牛栏屋走来，他是一个矮个子

老头，一脸皱纹，眼睛好像包在吊下的眉毛和泡起的眼袋中间。他的手在谭富林肩上轻轻拍了一下，说："走，把家伙放到里边去，吃饭了。"

自然帮工是不能同主人一屋吃饭的，主人摆在堂屋左厢房内，每顿几个菜。烧锅的是一位老妈子，人们叫她杨三娘，跟庞焕章和谭富林一起进餐，就着砧板锅台，几乎是吃主人上一顿剩下的下脚菜，如剩菜少，可以吃点杂粮，如胡豆、豌豆、麻子豆，实在没有菜就用米汤泡饭，这种生活也算很不错了。

十

谭富林到宋家只看到他家两个大点的儿子每天去岚坳上读书。几个财主合起请一位先生在那里教书，学生有十几个，都是有钱人家的子弟。宋家的三儿子还小没读书，以下全是女孩子，一年一个，大概是三男四女。没看到太太出门，听杨三娘说这次太太坐空月子，生个女儿死了。

自从保长喊谭富林来帮工之后，回来就坐轿子走了。临行宋太太哭着喊他别走，他说："你坐月子，我怎么陪法，到播种时我晓得回来。"

宋保长不爱管事，爱嫖、赌，抽大烟，家头闭塞，常年溜达在外。他老婆十分恼火，出不到气，就跟请来的人较真，大伙心知肚明，绕道走，不犯她杀方。

谭富林本是打下手铲土、下田脚、砍柴、推磨等，每天像陀螺一样转，常常是这样还未干完，那样又安排起了。他手脚麻利，不辞辛苦，做得个不停，但难受事情有之，主人的几个孩子到处拉屎，都喊他擦屁股、打扫，伺候了这个伺候那个，真活烦。但人在屋檐下哪有不低头。他心中最难受的是一到晚上朝门就关了，不准人出入，借口是怕有强盗，无非是怕人带东西出去，尽管三四百米直线距离，看看娘的机会都没有。一天他赶起割了两背草，在割第三背时才赶回家去一趟。母亲在纺线，听到儿子喊，赶快出来。

"幺幺，你回来了啊。"母亲一把抱住儿子哭起来。

富林十分难过，他强忍着说："娘，还有米没得哦？没得了，就去赊一点，宋先生说了，一年两石谷子。"

"不可，不可，千万使不得，人家说我们啰唆，把你撵了怎么办！"

富林说："每天我都想出来，就是走不到。"

"每天我都看到你。"母亲道。

"你怎么看得见？"富林道。

"随便你走到哪里我都能看见，能听到你的声音。"是啊，母子情深，儿子怎走得出母亲的视线与心田。

"娘，我进去喝点水才走。"谭富林走进灶房，看到桌子上有碗茶水，碗里还有几个没有剥壳的胡豆角——家中断粮了。

"娘，我去了。"他低着头小声说，不敢再回头看母亲，怕母亲看到他往下流淌泪水的脸。

突然有天，宋太太亲自指挥帮工们打扫庭院，叫杨三娘和临时帮工抹屋扫地、拆洗被褥，还推了豆腐，杀了鸡，连小姑娘都换得干干净净的。谭富林奇了怪，莫不是有喜事或有客人来？他悄悄问庞焕章："庞幺爷，今天有啥事啊？"

庞焕章只是哧哧地笑，好一阵才说："宋先生要回来了。"

"宋先生回来怎么像接客一样呢？"

庞焕章又说："不该我们问的就不要问。"

谭富林不敢再问。只见宋太太一会儿到朝门外看，一会儿在台阶上走，心神不宁的样子。中午饭一推再推，下午了宋太太发话，要吃饭的吃饭，该干啥子的干啥子去。工人们草草吃点饭干活去了。

十一

太阳西下时突然听到大院里闹起了，大人高声争吵，孩子哭成一团，谭富林利用回来挑灰的机会，看到原来是宋保长和宋太太扭打在一起，宋先生用吆鸡的竹响竿无情地抽打宋太太，他老婆没还手，只是泼起去夺她男人手中的竹响竿。他们的孩子大哭小喊，乱作一团。抽打一阵之后，宋保长坐在石台阶上喘着粗气，老婆坐在地上哭，想必战斗结束了吧。

宋保长突然站起来恶狠狠地骂道："你这个不要脸的东西，老子才出去一个多月，你就过不得了，带了几次信来要我回来。老子回来了，你洗脸水都不给我舀。"

噢，原来如此，宋太太突然从地上爬起来，披头散发，泪迹满面，一下去拿到刚才打她的竹响竿，说："我李家斗样大的字，树样大的根，人面参参的，李家的女岂是拿给你欺负的。"

说罢，快步向朝门外跑去。宋保长一怔，忙回头对杨三娘说："跟我拉转来!"

女工上前劝说，宋太太硬是不回头，要到后家去讲理。宋保长又来劲了，几步穿过坝子，冲到朝门外，夺过竹响竿又是几下。

"哎哟!哎哟!打死人啦!"宋太太哭喊着，再没有人理会了。旧社会夫妻打架是常事，司空见惯，两口子一路打起去了。娃儿些闹麻了，给帮工们哄着才停住。

宋保长下半夜才回来，没跟谁说什么。五天之后，大分局（据说是乡镇以上的行政单位）的传达兵来说，李家发话了，要宋文彩办三十桌酒席接来的人，再办三十桌酒席请人送走，看李家女子输了哪一条理。宋保长气得七窍生烟。

第二天是逢场日子，黄山对面大路上一早过了几乘大轿，浩浩荡荡地径直向北岌场去了。有一个人来传话："请宋家姑爷到大分局会。"

宋保长不慌不忙地在离分局不远的茶馆里一坐，谈笑风生。他的一位妹姑爷姓周，也是一个保长，跑来找到宋文彩说："你惹这么大的祸，还有心喝茶。"

宋文彩故意冷冷地说："两口子疯，疯痴了点，闹点口角，娘家来不依。请你告诉他们，他李家的女金贵，怕我用痴了，拿回去，随便放哪家，我宋家不干涉，我还不要了。"

那周氏保长也不傻，就添油加醋地"转达"了宋文彩的口信。李家许多亲戚是临时请来的，面面相觑，实感荒唐，跳上轿子走了。下半天大分局的传达兵又找到宋文彩叫他把太太领回去。一场闹剧过去，宋太太丢尽面子，她在丈夫面前更不敢放肆，对下人更尖酸刻薄。

十二

端午节之后，宋保长在家住了几天，一日他把庞焕章、谭富林叫去对他们说："现在是枯焦枯月的时候，想必你们家里没啥粮食，你一户挑五斗谷子回去吃到，秋后才结账。"

宋保长又喊来一乘轿子走了，宋太太扶着轿对丈夫说："分局大保政叫你不要出去了，理好你的公事。"

宋保长脸一黑道："屁事，共产党占了半个中国了，我要跟他干个屎，我要再不出去，怕以后没机会了。我出去没带家头一分钱，打牌来开销，四十石租由你一个人整个够，还不满意啊？"

说罢扬长而去。事后谭富林同庞幺爷说："宋太太高高大大的，为啥宋先生还要出去拈花惹草呢？"

庞焕章眯起眼想了半天说："谭大，你还不懂事，娶不到老婆的穷人，只要是人，是母的，能干活，能生娃就满意得很了。人家有钱人要图皮肤、身段、脸型，宋太太个子胖大，单眼皮老像肿泡泡的，接到屋宋先生就不满意，说是山大无柴（才）。一味肯生娃儿，后家有势要又丢不脱，放在家中守空房。宋太太还常常在夜里哭。"谭富林想：原以为有穿有吃便是幸福，有钱人也有烦恼啊。

宋太太在丈夫面前卑贱，在下人眼前可就威风了。每次她回娘家都会带上她最值得炫耀的三个儿子，一个吃奶的女儿，其余女儿扔在家头由下人管。她本人坐轿子，三个儿子由长工换起背，还有两挑东西，在路上不断地换。从黄山到水利坝三十多里，像蚂蚁搬家，下人来回地跑要大半天才搬得到。只要听到她孩子哭，不问青红皂白一阵臭骂，所以下人们都怕她回娘家。但她在家寂寞，一年要去几次，一去十天半月又去接回来。宋太太那时还年轻，总像发情的野猪，把无名的野火撒向下人。谭富林遭过几次，但使他终生难忘的一次是他早晨割了背草回来，在茅坑上蹲着解手。宋太太睡一大早晨起来上厕所，嘭一声推开门，谭富林还未反应过来，她哭着一路跑了。后来，硬说是谭富林有意要拿点东西给她看，羞辱她，在大伙儿吃饭时冲到谭富林面前扇了谭富林两耳光。谭富林真是冤枉羞愧难当啊，要是有走处，走了该多好。一辈子，只要他想起此事，他都说好像发生在昨天，脸还在疼，心如针扎。

十三

谭富林好久没见着傅佑财了，他做什么了呢？经打听才知道，傅佑财亲戚在大理村岩上，那里竹子是海，办有许多造纸厂。说是厂其实是家庭作坊，把竹片用石灰沤烂摊成草纸，生活上用得少，主要是用于打褙子造纸钱，供不应求的。傅佑财去学㫰纸去了。腊月二十九了，谭富林还忙个不停，牛草、柴火，想要过年耍两天一切都得准备妥当，雨兮兮的，特别冷，谭富林在山上割草。突然听到对面大岩匡方向传来"谭——富——林"的喊声。

啊！是傅佑财，他高声应道："哎！我在这儿！"

"突，突，突！"傅佑财从坡上滚下来，穿一身蓝色粗布衣，面上套了青布棉袄，长高了，大小伙了，比不肯长的谭富林高出一个头，朋友相见分外亲切，兴奋不已。

"你什么时候回来的？"谭富林问道。

"明天初二又要去，听我爹说你想见我，我刚一到家就找起来了。我料定你不在房子里，肯定在山上。"傅佑财得意地说。

谭富林反而难为情起来说："你倒好，看你挺自在的。"

傅佑财说："还是苦，一天干到黑，晚上还熬整整一夜，有时站起都在打瞌睡，不过说是一条鞭活路——单纯。"

"喂，我告诉你新鲜事儿。"傅佑财神秘兮兮地靠近谭富林，还四下看了看。谭富林停下割草，等待着。傅佑财说，"你听说过共产党没有？"

"没，没听说过。"谭富林眼珠一转一转的，"喔，听宋先生在骂他婆娘时说过一句，占了半个中国的共产党，不知是一个人，还是一群人？"

"哎呀，我们这下边怎么不知道，是一个组织，像国民党那样，许多人组成的。"傅佑财说道。

"你听谁说的。"谭富林问道。

"我们那边岩上有几个舀纸工人是外地来的，还有教书的先生悄悄说的。日本人打起来了，国民党和共产党一起打日本，把日本打垮了，国民党又跟共产党打起来了，想剿灭他们。共产党干起了，打到哪里，就把乡绅的粮食谷米分给穷人，还要分田土，穷人拥护得很。"

傅佑财一套套地说，谭富林羡慕他有见识。急切地问："怕一会儿到不了我们这里。"

傅佑财说："三年不早，两年不迟，反正要改朝换代了。"

谭富林又小声说："这话暂时说不得，要杀脑壳的。"

两位好友有说不完的话，谭富林动一下，傅佑财跟着动一下。谭富林问："你出门做工想家不？"

"咋不想，再穷到底是家嘛，开初晚上总睡不着，思乡得很，又想爹老了，哥哥有病，一齐挽在岩匡头，不得饿死吗？我去做工嘛，哥哥隔段时间又来背点米。做活路啊，这就是我们的活路。"傅佑财望着雨雾中的岩匡若有所思。停了一会儿当看到谭富林的手冻得一道道血口子时说，"痛得很吧？"

谭富林避开傅佑财的眼睛说："再苦再累我都能忍受，就是受不了像吼猪牛那样的责骂。"

傅佑财说："我走了，下次回来又来看你，我的手皮都冻烂了，岩上更冷，我还要去看庞大权哩。"

十四

等待着，盼望着，皇历翻到丁亥年（1947年）。那年的腊月特别冷，每天都是淅淅沥沥的雨，夹杂着冻雨，当地人叫落雪米，下人的压力更大，要服侍主人，经佑牲口，风里来、雨里去，忙得像陀螺，正如谚语说的："小寒、大寒。冻死老蛮。"

宋保长倒喊孩子们："多穿点，天气冷呀。"屋中烧上一堆火，大人小孩围着，脸庞被映得红通通的。与其说是蜗居御寒，不如说是在享天伦之乐。宋文彩出去一年多，办了许多洋布、洋货回来，马都是好几匹才运完的。他自称是打牌赢的，他老婆却悄悄说：当年宋文彩在泸州江阳中学读书时结识了一位洋货老板，他家只有一个女儿，挺漂亮的，一心要招宋文彩为婿。当宋文彩回来向父母禀告时，却遭到父母坚决反对，并立即让其娶妻生子。去年宋文彩又找去才知道那女人后来找了一个营长，此人在老家是有家眷的，驻军一走，这女人就寡起了。恰在这时旧情人相会，老板硬把宋文彩留下供吃供喝，直至女儿怀上之后，又开始疏远宋文彩，并说共产党打起来了，有许多洋货卖不出去都送给宋文彩。作为宋太太来说虽遭了奚落，但毕竟是空手出门抱财归家，对她是一种补偿。等宋文彩再到泸州，那店已关闭了，打听是下重庆去了。

腊月二十八，特别冷，谭富林去剔竹叶喂牛，一拉到竹子，冰凌簌簌落下，直往颈子灌，刺冻得叫唤，实在过不得，屙自己的尿来暖手脚。晚上宋文彩家吃年饭，杀鸡、宰鹅、煮大猪头、清蒸大鲤鱼。祭天、祭地、祭祖宗告了许久，显得十分隆重，还喊谭富林放了几柄火炮，把年的气氛造得浓浓的。宋文彩十分得意，也从来没有过的对下人客气和体贴。他在酒过三巡之后对庞焕章、谭富林、杨三娘和小看牛的说："你们辛苦一年了，明天就可以拿工钱回家过年了，初三开衙才来。"宋太太心情特别好，咯咯地笑个不停，来这儿帮工三年了，还从来没有如此礼遇。主雇酒足饭饱之后自觉好睡。突然一阵嘈杂声四面响起，火把照得明同白昼，谭富林一骨碌跳下床，穿上衣服冲出卧室。立即被几个大汉按住："抓住，抓住！捆起来！"

两个大汉将谭富林扎实绑起丢在地上，来者都是彪形大汉蒙着黑布只留两个眼睛洞洞，凶神恶煞乒乒乓乓地打门毁窗，有的高喊："别放走了宋文彩和他婆娘。"不大工夫，宋氏夫妇便被从床上拎起来，反手吊在厢房的檐檩上，一群娃儿大哭小喊，一个个抓来站成一排。那宋家老三是又冷又怕，身体像筛糠吓得叽叽的，后来还真成了结巴，那是后话。他们是冲着洋布洋货而来，一阵翻箱倒柜之后卷着细软扬长而去。等劫匪走了之后乡邻才纷纷赶来，首先给人解绑，宋文彩没经风雨锻炼，又特别捆得扎实已昏死过去了。将近年关的一阵抢劫，黄山主雇的年味已荡然无存了。宋文彩在清醒过来之后立即对庞焕章和谭富林说："天一亮，你们赶紧到大分局报案，给我请郎中来。"当老少俩到大分局报案时，分局大保政轻描淡写地说："晓得了，他那些不义之财一个用点，你们回去告诉宋文彩办案是要钱的，没有钱，屎大爷管。"他们回报给宋文彩，他沉吟片刻说："知道了，你们下去吧。"整个一个春节期间请医、抓药，年假没过，一年工钱未得。后来他们在街上听说，那些当官的不喜欢宋文彩傲气，常在场合上说："共产党打起来了，失了当保长的身份。"

十五

左磨右擦好不容易又到年底了，旧历的戊子年（1948年）就要翻过去了，己丑年（1949年）就要来临了。一天傅佑财从山坡上下黄山来说是找谭富林有事情，在牛栏屋前找到他时，他正在挑牛屎下冬水田，他见傅佑财穿得干干净净的一身。一说一个笑，春风得意的样子，谭富林心中纳闷儿说："你在哪里捡到金砖了吗？高兴成那样子。"

傅佑财一笑一笑的，脸上红晕闪亮抿着嘴说："金砖倒没捡到，弄到一个人回来。"

"呦，你小子娶媳妇了，难怪得把你喜欢成这样子。"谭富林说道。

"喂，我跟你说正事。"傅佑财郑重地说，"大理村高头造起了，听说共产党打起来了，要共产共妻，稍微大点的姑娘赶快找婆家嫁出去，不要彩礼。"

"哪有那样便宜的事哟。"谭富林半信半疑。

傅佑财又说："真的，我不骗你，和我一起舀纸的匠人都跑去参加共产党了，那位先生已走了。他们走之前再三对友好人说：不要怕，共产党是为穷人做事的。一般人们都不信，造得人心惶惶的。我们在文昌宫岩上有几户姓张的亲戚，有几个姑娘十多岁了，悄悄喊我回来叫我爹出面帮找人户。我首先想到你和庞大权。"

"你会过庞大权了吗？"谭富林问道。

"会过了，他说不忙。"傅佑财说道。

"他二十多岁了都说不忙，未必我还忙点吗？"谭富林反问道。

"哎呀，憨包，庞大权帮张三爷几年了，张大姑还没嫁，说不定有意思，劝你别放脱这桩好事。"

谭富林若有所思地沉默一阵说："我要跟宋先生说，还要回家跟老娘商量。"

傅佑财又鬼灵精怪地眨巴着眼说："你年纪小点，把小点的谈给你，我还要去找两个哩！"

谭富林想这怕是天山掉馅饼，穷小子也要娶媳妇了。他去告诉宋先生，宋先生说："只要你把草割起，耽搁两天不关事。"

因为风声紧，宋文彩态度好了许多，就连那老婆已改了德行，对下人好些了。谭富林给母亲一说，母亲先是大喜过望，很快又发愁了，说："我们这样穷，房子篱穿壁漏的，人家来住得惯吗？又不晓得人长得怎样子，脾气好不？"

谭富林一下也冷静下来了，他慢慢说："我去看，可以就定下来，不行就算了，未必他们会给我绑在背上？"

母亲口头说担心话，其实马上就翻箱倒柜，把仅有的纺线和可着身的衣物都拿了出来，给他打扮，紧张昏了。

第二天下午傅佑财又来了，他说："明天一早动身，在鸡冠岚坳上等齐了才走。"谭富林问道："你找了哪些？"

"大塝上的韩国良，黄土山的宋庭智。"傅佑财回答道。

"啊，这两个都是做活路的能手，但都是穷苦人啊。"

"现在那些乡绅的女都不再择高门了，尽选能干的庄稼人。"傅佑财说道，"世道快变了呗。"

谭富林又说："你先得跟我们丢个底，总不能去了，由女方择呀！"

"那是，那是。你嘛，谈我们张三表叔的女儿张小妹，她才十六岁，人才好，跟你般配；韩国良老实点，谈张大表叔那家的张大姐，快二十岁了；宋庭智谈二表叔的张大姐，已快十九岁了。为了表示郑重，我父亲今天就上去了，明天将各个人领到各户，不是由他自己择。"谭富林这才放心了。

第二天一大早谭富林如约来到鸡冠岚坳上时，看到宋庭智、韩国良都来了，只有傅佑财同一个身材高大的女人一挨一擦地走过来。谭富林客气地点头笑笑表示打招呼，他第一印象是这女人眼神有点痴呆。谭富林是精灵鬼，故意说："傅佑财将就今天回门啦？"

"那不是，我要回大理村岩上去做活路，喊她在家，她不。"傅佑财回答道。

"一个大伯子在那里困起，咋个要得嘛，硬是。"那女人娇巴巴地说。

韩国良与傅佑财是表亲同辈，玩笑道："你怕大伯子抱到你吗？"

"嘿，说得烦人！"傅佑财心中不悦，说，"走。"

四人疾行在雾里，路上除了惊叹水流、大树之外没啥好说的，快到中午才到文昌宫。又走了不多远才到一个叫大岚坳的大房子，这儿也是大理村岩的一部分，红泥巴长脚鸡草，地上不算肥沃，此房三面环山，门前有一大圳沟田，一群鸭子在田中划来划去，不时传来"嘎、嘎……"的叫声，天公作美，中午时分太阳冲出重围把一缕缕阳光射向万里青山绿地。

接待方式是封闭式的，各人被招呼到媒人——傅春荣（傅佑财父亲）事先安排的家里，一到就分开了。谭富林在大堂屋右侧厢房里（当地人称横房），坐了一会儿，傅佑财的父亲傅春荣和一位中年男子从堂屋上边走来。谭富林立即站起来微笑着欠欠身子，傅二爷郑重介绍道："这位是张三爷。"

谭富林轻轻地喊了一声。张三爷立即说："坐、坐！哎呀，稀罕得很。"他的眼珠滴溜溜转上下打量着准女婿，虽然个子不高，但身材匀称，面目清秀，一口皓齿，谈吐自然。他流露出一种极和悦的神情道："傅老表，坐，坐。"回头对灶房喊道，"小姑，上茶！"

这时从内屋走出一个十几岁的姑娘，扎一个独辫子，不胖不瘦，白里透红的圆脸，穿一件阴丹蓝布上衣，毛蓝色的裤子。她害羞极了，在端茶递杯时，把脸扭到一边去了。但在她进灶房前瞟了谭富林两眼，一头栽进去了再没出来。傅二爷与张三爷天南地北地吹了一会儿又到另外两家说媒去了，留得谭富林在那儿好不自在。

吃中午饭时，傅二爷又来这家小声对谭富林说："三个都相中了。"他哈哈不断，红光满面，谭富林从来没有看到他如此兴奋过。中午饭的桌上只有这两位老人和两个弟弟同桌，就连女主人都未露面，拘拘束束的，谭富林完全没吃饱。当时的新女婿是要佯装斯文的，大吃大喝人家就会说无家教，不精灵，是憨子女婿而传为笑话。

下午傅二爷又同张氏两兄弟商量，虽说是三姐妹，隔房张三爷没在同一个家神中管事，早迟不碍事，问题是这边张大爷、张三爷是同胞兄弟，一个家神管事，不能一年过两桩事头，征求谭富林意见时，谭福林说："今年大爷那边办事，我就明年再办。"张氏兄弟十分满意，觉得谭富林懂事，识大体，给了张氏家族第一好印象。大岚坳张家的三个闺女在跨年度的三四个月中都成为新娘，韩国良、宋庭智喜结良缘，喜不自胜。谭富林结婚时不足二十岁，那是在非常时期获得的非常喜悦。

十六

傅佑财有段时间未露面了，1949 年农历十月十四，北岌地区解放了。在 1950 年春天傅佑财回家，并说不再出去舀纸了，在附近打短工，他的女人没有来。他积极参加青年纠察队活动。每逢赶场天，许多人尽可能地去赶场，那时的地主、伪职人员眼看大势已去，暗中串联残害积极分子，有几家佃户因接待过解放军遭洗劫，甚至斩尽杀绝。解放军每场在街上贴标语，发布告向人们宣传，新闻事件多得很，两种政治力量的较量斗争，十分惨烈。

一天下午谭富林的母亲以借米为由到傅佑财家说：晚上有事，叫傅佑财通知庞大权、宋庭智到他们这岩匡头来。天黑尽时谭富林到了岩匡头，对傅家父子说："今晚有重要事情，解放军都要来了。"

傅家父子听了，紧张得不得了，傅二爷急得团团转，焦急地说："这么重要的事，我早点怎么不晓得，怠慢了解放军怎么得了啊。是天兵天将，是有星宿的。"

他们赶快清扫了一遍岩匡，规栏了一下家具。不久他们听到轻轻的说话声："哎呀，老乡们生活条件多差呀，住岩匡，太可怜了。"

在黑暗中两个身穿白黄军装的人走进岩匡，傅二爷快向照明火把上添加两块干竹片，洞里亮起了。解放军同他们一一握手，他们都没有握手习惯，手足无措。年龄稍大的解放军高大魁梧，四方脸，一口皓齿，他对傅二爷说："老人家，您家有多少人啊？"

"三个人。"

"都是你的什么人呀？"

"我和两个儿子。"傅二爷回答道。

"好啊，好啊，有福气。"

"先生，我们命贱，是受苦人。"傅二爷回答道。

解放军转身面向大家说："你们的命运是被地主、官僚控制了，他们剥削你们造成的，共产党要跟穷人做主，一定要让你们有房住，有田种，有衣穿，过上好日子。"

傅二爷神情恍惚，看看在座各位，抽了一口长气才说："你们住得长久吗？要是不长久，我们更吃亏，所以白天一般人不敢跟你们打招呼。听文昌宫菩萨阐教说，共产两年半，闹一会儿就会走。跟着跑的要遭天诛地灭，人们怕呀。"

解放军轻轻拍拍傅二爷的肩膀严肃地说："老人家那是反革命分子在制造谣言，解放军已解放了全国，是要坐江山的，要替老百姓谋利益，还要建设社会主义呢！"

紧接着他把脸转过来看着几位年轻人，说："你们都是苦大仇深的青年人，要组织起来，带领群众同地主老财作斗争，你们怕不怕？"

"不怕！"

"你们敢不敢？"

"敢！"

后来这位解放军又给他们讲全国的形势，讲领导人毛泽东、朱德等的故事，他们听得津津有味，原来这世界上有这么多新鲜事儿，真是听君一席话，胜读十年书啊。

庞大权说："我早就盼望着能有出头这一天了。"

他们接着讨论成立农民协会的事，要大张旗鼓地宣传共产党的主张，并研究首批入农协会的名单。他们一直谈到深夜，岩匿中的照明火都烧了一大堆，外面露水已润饱万物。一位年龄稍大的解放军说："我姓周，他姓王，有事，随时来找我。"

王同志也再三请他们去耍，青年们簇拥着把他们送出大岩匿，看着他们消失在雾气茫茫的竹林深处。他们又重新回到洞里直聊到天边泛起鱼肚白才各自散去。

十七

北岌乡保农民协会成立了。谭富林任主任，庞大权任治安干事，傅佑财帮助传发文件等事情。一时间朱山五岭传开了，谭大娘的儿子干事了，但在公众场合人们还心有余悸不敢放开心胸，袒露真情，新旧势力还交织着、较量着，谁胜谁负尚未彻底见分晓，还有地主伪职分子纠集在一起，杀人越货。说是共产党干的，农协会穷鬼们干的，他们自己是正人君子，不干坏事。

不管坏分子如何造谣惑众，人们看到的是解放军和政府工作人员公买、公卖，严肃文明的行为。农会成员还像原来一样劳作，不同的是地主没以前那样刁蛮刻薄，因为大势去矣！

老农们所说的农历庚寅年，就是公历的 1950 年，随着人民政府工作的深入，农民觉悟的迅速提高，他们组织起同地主作斗争，人民政府提出减租减息，减租退押。当地的地主伪职人员纠结地痞流氓组织救国军，疯狂反扑，他们袭击人民解放军，暗杀进步分子和他们的亲属。一时间噩耗频传，真有黑云压城城欲摧之势。

谭富林等几个常常聚到一起分析形势，互相鼓励，好心的亲友纷纷劝他们抽身退出。亲人更是提心吊胆地生活，每次谭富林出去开会，母亲都会送他到门外，直到目送他的身影消失在尽头。若是晚上就绩麻纺线，等到他回家才睡；妻子日日惊魂不定，但是她们就从来没有说过一次"你不要去"的话。

一连许多天宋文彩家的"客人"不断，一拨接着一拨，总是进朝门就赶快关上门，短的一时半会儿离去，长的甚至住几天。一天下午，庞大权在对面慈竹林里反复吹口哨，谭富林警觉地挖上锄头，口称去看水，一背房子就迅速钻进慈竹林，他看到几位农会委员神情紧张地望着他。

"怎么了，你们都碌磕磕（四川方言，惊奇的意思）

的。"谭富林的眼睛在每个人脸上扫射。

傅佑财说："要出大事了，今天我去赶场，乡公所的王同志对我说：伪乡长王国贵出面正式组建所谓反共救国军，他任军长，军部设在大兴场上，那岩上地势险要，可能要占山为王，跟共产党长时间周旋，各处地主都蠢蠢欲动，嚣张起来了。他再三叮嘱我要大伙儿提高警惕，黑夜少集会，白天也要相互关照，保护好家中亲人。"

"哦，是这样呀，那我们怎么办?"谭富林问。

庞大权说："我最担心的是你，房子就在大路边，一旦事发，怎么得了啊!"

谭富林说："我到哪里都行，可是母亲妻子没有栖身之处。"

傅佑财说："我们几个商量好了，现在庞大权搬到学堂嘴来了，这地头是张三爷佃户家地主的，那张大姐要生娃儿了，你可在这半头挨着搭两间屋住着，就是你和庞大权都出去了，他们几个在家也有个照应。"

"你们为我想得周到啊!"谭富林感慨万分。

庞大权也说："话别说乱了，明天就干。"

第二天几个开始出屋基，办材料。宋文彩知道后把谭富林叫去说："娃儿他老表，你有啥事，怎么不跟我说一声啊?要修房子，我家里你用得着的只管来搬去用就是了，你还跟我分彼此吗?"

谭富林还是在路边旧房将能拆的弄来用，只在宋文彩处找了些花篾竹的慈竹。乡亲们都来帮忙，送树子，送竹子，送稻草，几天时间，三间千根柱头下地的草房就搭成了。

又有几拨人来找宋文彩，但不像以前让他们进朝门，总在门外便有人传话说：宋先生不在家，或是病得凶，不能会客。

没过几天，傅二爷赶场回来，跑得气喘吁吁，背心的衣裳都打湿了，告诉谭富林和庞大权说："娃儿些，要出事了。我在街上听说，王乡长，不，现在该称王军长发话了，说宋文彩敬酒不吃吃罚酒，和农会跟他作对，他要杀鸡给猴看，要将四保的妖孽一起收拾光。农会立即派人到乡公所报告情况，听候指示，紧接着召开紧急会议，按照上面指示精神，将情况告诉宋文彩，使他有准备，农会成员要扭成一股绳，密切注视敌人动向，你们不是孤立地斗争。"

谭富林、庞大权一齐去告诉了宋文彩，他沉默片刻说："他不仁，我不义。我惹不起他们，就连让都让不起了，就只有和你们一起干了。有什么事，别瞒我，一起商量着行事。"

一连几天望天穴上人来人往，那儿是就任国民政府的四保保长卢旺福的家，这是一个泼皮无赖，无恶不作、视财如命的歹徒，其实他与弟弟卢旺财（人们所称的卢幺爷）两兄弟共有十五石租。卢旺财文弱，给人写点字据、凭章得点小钱，又只有一个女儿，一辈子不与人争斗。卢旺福生性逞强好斗、好胜，不分大小场合，他都会搅局子。只要他在场人们大气不敢出，谁要想回避，他立马走过来："耶，瞧不起呀咋个。"一定要挽到把你羞辱得他满意才放过，真是一个偷、抢、扒、窃、好淫武霸、无恶不作之人。当地百姓恨之入骨，不管是大姑娘、小媳妇，只要他盯上了，死也跳不脱他的魔掌，许多家姑娘被他践踏之后远嫁他乡，许多良家媳妇遭他强暴怀娃，人们恨之入骨，又没有人敢启口，那时有谁能为他们申冤抱不平呢！

卢旺福无德无才就连国民党政府也是知道的，在宋文彩不干保长之后，他每天跑到他们的大分局说事：我们那里没有人做主了，匪患又重等等，还不惜血本地孝敬那些头儿。终于一纸文书通知下来，卢旺福任四保保长。他婆娘也威风起来了，在众人面前炫耀说："娃儿他爹是政府的人了，父母都管不了，要服从政府提调。"

卢旺福要组织一次大反扑以获上司信任，同时也威胁当地百姓，稳住他的位置。他每天派人到大岩、黄山等处打探，伺机下手。一天傍晚傅佑财的哥哥傅佑喜割草回岩匡头，走到离岩匡几丈远处听到竹林里窸窸窣窣的声音，他立即屏住

呼吸,听有人小声说:"今晚就捉洞洞雀。"

那几个还反复看了周围地势路径才离去。傅佑喜回来立刻告诉傅佑财,傅佑财说:"不好,今晚在这儿开会的事被他们知道了。"他叫父亲和哥哥像以往一样高声说话、喂猪、喂狗,有意把竹块火把点得更亮,他悄悄溜出去同谭富林、庞大权、宋文彩等商量。

谭富林说:"他要来捉洞洞雀,我们就拦路打狗。"

"对,老子不等他到大岩就把他收拾了。"庞大权狠狠地说。

"我很久没有打竹鸡了,今晚试一下手脚还灵不。"宋文彩爱打猎,有两杆鸟枪,都拿来装上,还带足火药、铁砂子。虽说有了准备,各自心中还是十分紧张,各自回家做必要准备,由庞大权发口令,就是用两个指头放在嘴里吹口哨。大岩匡里热气腾腾,火把亮光照到了对面岩坡上,傅二爷高声喊:"傅大端菜拿凳子来!"像这儿客人真不少。

从鸡冠岚坳到大岩匡只有一条小道,两弯两嘴,直径距离四五百米,弯弯头尽是杂竹茅草经手滑溜溜的,如不打火把行动十分困难。庞大权率领一帮青年绕上岩高头,准备了许多石头,居高临下。谭富林和宋先生他们在岩匡倒拐处瞄着,这儿易守难攻。他们等啊等啊,越紧张,时间显得越慢。岩匡里傅家父子的表演一直持续着,直到地上起露水了,才看到岚坳那边有人影晃动。一会儿,一标人顺着岩脚边摸过来了,为首的是卢旺福。他恶声暴气地说:"老子今晚一网打尽,看哪个狗日的还敢跳。"

等他们进入射程里,宋文彩抠动扳机,岩上像流星一样,石块劈头盖脸地砸下来。"哎哟,老子遭了埋伏了。"走在前面的卢旺福被铁砂子打中,哇哇直叫,其他歹徒受伤不少,一个个屁滚尿流地往岚坳方向跑,没有不受伤的,为壮声势,在他们逃离射程之后,宋先生又发了两枪。谭富林率队追了一段就收兵了。

第二天北岊一方躁动了,救国军遭暗算了。卢旺福跑去跪在他们的"王军长"跟前，要求派人来支援他剿灭四保共匪。他们的王军长只是用深深的哀叹声告诉他大势已去矣，丧钟已鸣，他无回天之力了。

十八

庞大权的妻子张成英要临产了，庞大权一天到晚都心神不定。当时没产前检查，没有接生人员，难产情况太多了。何况岳母娘就是难产死的，她会不会取女儿的替代呢，真是难说啊。深夜庞大权翻来覆去睡不着，就要当爸爸了，应是高兴之极的事，但他担忧，甚至害怕焦虑得不能入眠，只听见妻子一口口吐着粗气。他因活路太多又因参加农会工作忙，少有时间照顾妻子，一旦想到分娩难产这些事儿揪心得很啦。他轻轻靠近她轻声说："成英，睡得着不？"

他把手轻抚在她隆起的大肚子上，妻子将额头抵在丈夫胸前，小声说："恐怕就是这几天要生了！"

"嗯，我们是否准备点药？"

"什么药？"张成英问道。

"当归、川芎、人头发泡酒是催胎的嘛。"

"天啊，你怎么还想到那种药啊，我妈就是那种药弄死的。"张成英挣脱他的手腕，滚到一边，悲哀地哭泣。

"你怎么这样呢，不要那药就算了嘛。"庞大权重新将她搂住，她还哭诉道："我妈本来可能生得下来的，父亲拿药酒估倒母亲喝，她不喝，他就估倒灌了几口，母亲被整呛了，顿时血像撒尿一样泻下，母亲再没有力气生他出来了，还不知道是弟弟是妹妹，只见一只手掉出来。"

张成英眼泪婆娑地叙述着。庞大权若有所思地说："应该是难产，正常的是先来脑壳。"

张成英问道："是你想象的还是看见过？"

"是我看见生猪儿，都是先来头，脚脚一蹬就出来了。"庞大权回答道。

"看那些事下作。"

庞大权急了，说："你自己都是女人，怎就看不起自己呢？生儿育女是一件天大的事，不生育，哪有人传后，这事呀应有人研究才对。"

几天之后张成英有临产预兆，晚上又通知开会，庞大权真不想去，好生紧张，看到他坐立不安的样子，谭富林母亲和媳妇立刻到他们的家来，当时还是十分愚昧，妻子生孩子，丈夫要回避，否则要染霉气，老年人不抱未满一百二十天的孩子。庞大权五大三粗，倒不忌讳这些歪理，但农会要开会对他来说比什么都重要，他走出去几回都又折回来，生怕在回来时看不到活着的妻子，谭大娘宽慰他："去吧，这儿有我哩，没事，我看她肚皮中间一埂，应是正常的。"

当庞大权惊慌失措地跑回家，在远处就听到大人轻快的说话声和孩子的哭啼声时，一坨大石头落下去了，他轻轻走到床前说："成英，我没守着你，生我的气不？"

"生了，是个女孩子。"

"女孩，我爱、我爱。"庞大权轻轻抱起女儿看看，热泪滴到女儿脸上。

十九

1950 年，是北岌地区最血腥的一段时间，土匪在作最后挣扎，肆无忌惮地烧杀掳掠为所欲为，激起公愤。许多群众找到解放军代表要求说："像这样提心吊胆地生产、生活怎么行啊？如果共产党不怕国民党，要坐江山就该给人民做个主。"

周代表说："我们知道土匪猖獗，你们的生命财产受到威胁，党中央毛主席、朱总司令已批准清匪反霸，肃清反革命势力，给群众一个安全生产的环境，北岌盆地周围的地理条件特殊，多是高山，林深交通闭塞，土匪被追剿时最有可能从他们的窝点大兴、利合岩上向这些地方流窜，你们要密切注意土匪动向，特别注意自己和亲人的安全。"

果然时隔三天，七十岁老人吴万全在望天穴上割草，那儿有一条毛草路，通过下边做活路的人看到吴老辈上去的，刚上去一会儿，就听到吴老汉喊："卢保长，你回来了啊。"

随即听到低沉的一声："撞见鬼了。"接着是滚东西下去的声音。下午了，吴家的人发现吴老汉没回去，到坡上找，发现他背心上被捅了一刀，穿透了他整个胸脯。血浸全身。一时乡民大惊，有土匪下岩了，快报告解放军的周代表他们证实。大兴岩上土匪被剿灭，跑脱了几个，其中就有卢旺福。谭富林、庞大权、傅佑财等在一起研究抓匪方案，若让他躲在家头，定还会残害别的乡民。卢匪房子背靠着马鞍山，前面一弯田园，地形开阔，两边都是房子。他藏在房里是暗处，缉捕人如从两侧过去惊动邻居，他会有所防备，唯一是从背后抓捕，两侧佯攻。

选定一个大好晴天，在房子两边都布着民兵和武器，轮番向他喊话："卢旺福，你已被包围了，放下武器，争取人民政府宽大处理。"

一个喊一遍，喊了两个小时，卢旺福脾气暴躁无比，从来是歪惯了的，听到一遍遍喊话，在家里闲不住了，跳到门口吼道："老子一个是本，两个是利，要老子死，总要抓两个来垫背。"他跑进去把枪抱起冲到门口，两侧都有民兵武装，他的精力要左右顾及，左瞟一眼，右瞟一眼，两边的人都躲到石头后面，这时解放军代表老周坐在他房右侧田坎上跟他喊话："卢旺福你听着，只要你放下武器，缴械投降，人民政府是会宽大你的……"

"宽大个屁！老子跟你龟儿些拼了……"突然，听到轰的一声巨响。"按住，按住了。"只听到几个人在卢旺福门前撕打着，很快卢旺福被捆住双手，推到坝子头来了，两边的民兵立即将他围住。

原来，在两边许多人与他喊话的时候，庞大权带着两个年轻力壮的民兵，从他房背后轻轻滑到他阳沟头，找准了土墙和猪圈偏偏之间已朽坏的竹笆折，窥视了好久，等卢旺福跳到门外场坝头疯狂时，他们三人猛一用力，推倒烂墙，一个箭步蹿上去，当头给他一棒，他端支步枪还未掉转来便被生擒了。民众拍手称快，经审问，杀死吴万全的事他供认不讳。卢旺福杀人偿命，执行枪决，凡跟着他跳的统统向人民政府自首。黄山一带最血腥最恐怖的日子结束了，艰难地翻过了历史的这一页。

二十

耕者有其田，这是农民最大的愿望，经1951年清匪反霸，乡间清平了，人民政府成立了。人民政府着手组织群众学习《土地法大纲》，发动群众划分成分，没收地主、豪强财产，分给贫苦农民。

原来的第四保更名为高回村，谭富林任村主任，庞大权为治安队长。他们日夜忙碌，对土地人口登记造册之后进行土地改革，由于这些地方地处深丘，地主都不是大地主，资产也不丰厚，只有黄山的瓦房和望天穴卢家的半座瓦房。

宋文彩与庞焕章调住，谭富林本分着黄山，但她母亲不愿回到她那伤心之地。仍然住学堂嘴，跟庞大权调换，庞大权搬到黄山住正房子。那时他才二十六岁，正值精力充沛、血气方刚的金色年华，从一个穷孩子到负责一方治安的人，他何等舒心和幸福。他日夜奔走在他希望的田野上，每日天刚亮他就下地干活，扛着一把用得锃亮的锄头看水、堵漏洞，没给乡邻分彼此，见活路做活路，笑声爽朗，说话诙谐，正是人见人敬人爱的主心骨。大姑娘、俏媳妇听到他说话都会抿起嘴笑，偷偷地瞧个不眨眼。

每次出去开会、赶场，张成英都会给他精心搭配衣裤，白头巾一尘不染，总要送他到朝门口，看着他穿过圳沟，跨上大路，直至隐没在竹林深处。他从哪里回来妻子都是为他宽衣倒水服侍周到。

庞大权总是说："我自己来。"妻子总小声说："没想到我们有今天，你辛苦我心疼啊，帮你做点什么心头才舒服点。"他俩都想此生的幸福生活才刚开始哩！

"黄山三杰"中的傅佑财在妇女方面是最肯动心思的,但自从1950年那次回家之后,刘氏没有再来。大伙儿问他,他就说:"岩匪头没有规栏,有父亲有哥哥不方便。"

土改之后,他家分到卢家地主的望天穴瓦房,而且宽敞了。谭富林又劝他把妻子接下来,多分一份地,他才给刘氏捎了一个口信去,没两天刘氏在没有人接的情况下自个来了。登记是:刘安英,二十六岁,算来比傅佑财大三岁。两人的活动总走不到一起,形同陌路,连挖土都一个从左边动手,一个从右边动手,有事无事都在隔壁傍起,无所事事。她来了几个月没啥动静。一天她又到隔壁黄明芳门口站起,黄明芳忙着给小娃做鞋子。黄明芳说:"你不做点吗?"

她轻声怪气地说:"我又做不来,怕一辈子用不着。"

黄明芳是个精怪人,忙说:"你不生娃儿吗?今年不生,明年都要生出来的。你跟傅二爷没困觉吗?"

"困屁的觉,人家摸都不摸一下,哪来种嘛!"

"那就怪了,不在一堆困还叫两口子呀。"黄明芳说道。

自从刘安英在黄明芳那里泄露了她的私生活,此事慢慢传开了。有可以开玩笑的男人对傅佑财开涮,傅佑财大为恼火,说:"这种憨子婆娘,我宁可当和尚都不要了。"

刘氏后家也来过几次,不谈他们的夫妻关系,只是走亲戚,想慢慢让他们和合,但终未见成效。

一天,谭富林和庞大权一起找傅佑财说事,当然是生米煮成熟饭之类的话。说了半天傅佑财呼一声站起来高声对他俩说:"你两个的婆娘,不怕已生了两个孩子了,哪一个调换给我都干。"

这一下两个傻了眼,庞大权吼道:"你怎么这样横,哪有调换婆娘的事。"

谭富林连连说:"不像话,不像话。"

傅佑财说:"你两个认为她造孽,引去喂到,我不要了。"说完,他一拍屁股走了。

傅佑财的哥哥傅佑喜是个老实巴交的勤快人,中等身材,肤色黝黑，感冒了就患支气管炎，当地人称之为齁巴，做一手好活路，三天没有两句话，随便人们谈论什么，家头闹啥矛盾都好像与他无关。本质上家头有弟媳，许多事他可以不管的，但他事必躬亲，照顾父亲、烧锅、喂猪、挑水、拿柴，整天做得手不空，特别是刘安英闹情绪，他的作用发挥得淋漓尽致，没得他呀，怕地球都不转了。

老傅二爷心中明白，大儿子要娶媳妇是难上加难。一天他把两个儿子叫到他的房间，轻轻关上门，招呼他俩在床边坐下，低声说："老二，你究竟要咋个？刘姑娘来这么久了不跟她圆房，是啥意思？"

傅佑财斩钉截铁地说："我不要哦，哥哥弄起去。"

"我不要，不要，两兄弟打伙一个婆娘笑死人了！"傅佑喜说。

"哪个跟你打伙。这辈子接不到算了。"傅佑财说道。

傅二爷拈着胡须若有所思地说："转房自古有之，那是死了。但你俩都在，而且未分家，人家刘家答不答应，这刘氏又从不从！"

傅佑喜像遇上毒球一样想踢回去，气得青筋鼓胀的。老傅二爷又说："这样，傅二摸个底，我再想办法。"

"我怎么摸底法？"傅佑财冲着父亲问。

"你们名义上是夫妻，该怎么问还要老子教你？"傅二爷一脸不愉快。

一天下着雨，傅二爷走人户去了，傅佑喜呢，穷忙活不归家。刘安英坐在屋里看着雨发呆，傅佑财走过去说："看哪个鸡巴嘛，我跟你说个事。"

"啥子事？"刘安英眼睛一亮，以为有戏了。傅佑财走近她故意亲昵地说："你看我哥哥怎么样，好勤快哟，你跟了他，吃不到亏。"

"傅二，亏你想得出来，我是哪个弄起来的哟？"刘安英抽抽泣泣地哭了。

"闹个屁，这辈子我都不跟你过了，随在你怎样。"他软的不行来硬的。

刘安英呜咽了许久又说:"你哥哥是齁巴,引个娃儿来齁巴气喘的,又该咋个办吗?"

"你像这样拖起,没人管你,娃儿也没得,老来屎大爷管你。"傅佑财恶狠狠地说,刘安英又哭了一阵。

又过了一段时间,刘安英打家弄伙,冲来冲去地发无名火。傅二爷有意不屑地说:"犟性,不通商量,吃亏是何人?"

原来是爷爷仔仔早就安排定了的,下一步该怎样走,她心乱如麻,她无人指点,只有去找黄明芳,被她反问:"你打算怎么办呢?"

"我没办法。傅二跟我困过了,算是过婚嫂。"刘安英委屈地说道。

"那你就跟傅大,他不会嫌待你!"

"他有病,人又怪,怕引个娃儿像猪撬巴。"刘安英说。

黄明芳眼睛几转转低声说:"我教你,高矮挽着傅二讨个种再说,他不,你就闹,看他几爷子怎么办。"

再憨的人,只要有人点拨,总会有法子的,只要有机会,刘安英就在傅佑财面前嘀咕,傅佑财也想烫手的山芋甩出去得越快越好,他答应了。一次二次刘安英都不放手,硬要下月"亲家"(月经)没来为止,没办法,傅佑财只有依她的,刘氏其实还怀有侥幸心理,一旦怀上了,或许傅二会回心转意。谁知傅佑财是铁了心的,一旦有征兆刘氏已怀孕又形同路人,而且有意怄她,使她断念头。老傅二爷却张罗着,让嫡系亲戚来吃顿饭,宣布:本来就是该跟老大的,因家头穷,为不起事,拖下来了等等。真是自欺欺人,在新中国成立不久的山旮旯头又有谁去过问呢。

第二部

蹉跎岁月

> 打铁要斗本身硬，有这样的生产
> 能手没日没夜地干，没有完不成的任
> 务。五一劳动节，乡政府组织一次栽
> 秧比赛，各高级社选一名选手参赛，
> 地点在场口边大田。

一

1953 年，那是充满阳光和希望的岁月，分到
田土的农民们，将无限的喜悦和希望的
种子都种到地里去。庞大权那庄稼能手的技能发挥
得淋漓尽致，他每天晚上都在筹划，抗美援朝志愿
军家属的地该啥时播种，缺男劳力户的秧田该在什
么时候平，哪户没人打窝窝，哪家没有人挑灰，他
都装在心头，做在手上。尽管晚上睡得迟，每天总
是在天蒙蒙亮时他就打开大干，挖着锄头往外走，
每天总会高声说："成英，我出去了。"

当妻子跑到门口时，总见一个背影消失在晨雾
中。一天谭富林开会回来找到庞大权说："这一二十
户人家，这么多田土，你一个人照管总是困难，上
边号召组织互助组，把大伙儿组织起来，互相协助，

众人拾柴火焰高嘛。"

庞大权一拍大腿说："好啊，组织起来男工妇女，做得下啥子做啥子。"

谭富林又说："过去你跟一家人当长工，现在跟大伙儿当提头人，生产方面由你安排。"

他们开了一个会，根据各户的生产需要分先后。若是播种那就打窝、挑灰、盖灰、丢种一条龙。一天要播很宽的面积，质量也不错。

妇女们尤其开心，她们不再像过去那样见着男人就躲躲闪闪，而是大大方方地走出家门参加生产劳动。一会儿在这山，一会儿在那弯，喊声、笑声不绝于耳。

庞大权做任何活路都是好手，例如打窝，别人一次上下打一行，他则站在两路之间，左点点、右点点，两行窝子像墨线弹的那样，又抻展又匀称。他在哪块土打过，哪块土就留下特有的样式。有的过往行人甚至望而兴叹："咋哪伙儿，这是谁的手艺啊。"只有庞大权，他不是故意露一手，只是在谈笑间手到自然成的本事。

那张成英又有喜了，她妊娠反应相当异常，简直像害大病。庞大权焦虑得没精打采，难露笑脸。左邻右舍的女伴采集许多秘方儿给她用，都不见效。谭富林的母亲、妻子简直像家人一样守候照应她。

当时人们不懂科学，总认为妇女怀孕之后不能用药，用了就会影响胎气。庞大权倒十分开通，他提议干脆弄点药来，把胎打掉，张成英又高矮不愿意。

到最后她开始不断咳嗽，年龄大的妇女说抱儿痨（其实是肺结核）只要偷到别家抱小鸡的母鸡和蛋，一齐弄给得病人吃了，而被偷的人家咒骂偷家，越凶越奏效，得病的人将母子平安。

谭富林母亲救人心切，私下里打听谁家抱得有鸡儿。一天谭大娘累得满头大汗从山那边跑回来，累酣酣地说："弄到了，弄到了。"

庞大权也喜出望外，以为妻子孩子有救了，赶急弄给她吃，谁知张成英以前听说过这处方，总想到抱鸡婆的肮脏样子，一闻着气味就翻肠倒肚，吐得要死，只好放弃。

庞大权肯帮忙，讨人喜欢，人们对他的家庭十分关心，探望的人络绎不绝，老太婆、小媳妇轮番守候。

张成英深感身为庞大权之妻的荣耀，多么有地位，她深切地期盼着，一旦生了娃儿，就赶快治病，她要为他生儿育女共度百年。

深秋的萧瑟掠过山野，漫山遍野的野菊花开始凋零。在没有忧患的家里是地丰盈、仓满谷的好季节。农历九月十七，张成英临产发作了，一阵阵挛急，一声声痛苦地嘶叫，庞大权感到惊魂不定，他拥着她，给她力量，安慰她。谭家婆媳寸步不离，从初夜到深夜，张成英都在生死线上煎熬，她基本没有力气分娩了。她面色卡白，身子瘫软，她蓄了一阵力气，使劲推动，孩子露出一些头发。谭大娘高兴地喊："成英使劲，使劲，快生出来了。"

她深深吸一口气，拼命一挣，孩子下地了，哇啦哇啦地哭。谭大娘忙洗孩子，张明秀赶快去煮醪糟，都以为大难过去了。只有庞大权感到张成英瘫软了，气微弱了，抱起还未放到床上，她轻轻地说："好点盘到娃儿，想不到我们这样分手。"

"成英！成英！你挺住，我要跟你医病，你会好起来的。"但妻子手脚凉了，身子僵硬了，庞大权抱着她失声痛哭，直哭得昏厥过去。这是苍天向他出示的第一张黄牌，那时他才二十七岁。在安葬了爱妻之后的时间里，他沉默寡言，不赶场，两个女儿由她远房姨妈肖老太太来带。因为肖老太儿女成人，稍空闲一些，一是帮带孩子，二是经佑家务。小女儿每天到处讨奶吃，那时生孩子的人多，这些善良母亲都同情这个送娘女，每次宁可欠自己孩子的，都让她吃个够。她还长得特别好，又白又胖，人见人爱。

二

那时这些地方不通公路，向国家交公粮要挑到县城，六十华里路，中途还要过渡船。每天一到河边，尽管载粮船穿梭来回，河边等渡的粮担还是摆一里长蛇阵。一天一担，两头黑，许多家庭的劳力都吃不消，庞大权带领的挑粮队，今天挑这家的，明天挑那户的，一挑就是十天半月，无论他回来得有多晚，吃过饭，洗过澡，他都带上一片烟叶到妻子坟前坐一阵。有时回家喊门时露水都润湿了他的衣衫。

一天深夜他又从坟地回家喊门："三孃，开门。"

三孃说："娃儿，你不能这样来纪念你张大妹啊，你要好好地活着才对得起她呀。"

"三孃，您就在这儿给我经佑家务，您的生养死葬我负责。"

"我的生养死葬倒不是大问题，你还年轻得很啊。"是曾经沧海难为水，除却巫山不是云呢，还是生育难产频发让他望而却步啊？他像这样痛苦多情地生活，赢得许多人的同情和敬重。

光阴荏苒，在忙碌思念交织中，一转眼爱妻去世已是第三个年头。那时人们激情奔放，中央提出掀起社会主义建设高潮，各地相应成立互助组、初级社、高级社。黄山这片土地都是庞大权带领的先进单位，全乡的一面旗。

打铁要斗本身硬，有这样的生产能手没日没夜地干，没有完不成的任务。五一劳动节，乡政府组织一次栽秧比赛，各高级社选一名选手参赛，地点在场口边大田。红旗飞舞，锣鼓喧天，领导和围观群众上千人，欢声笑语热闹非凡。其他选手都也进入秧头，庞大权才快步走进，一边走一边脱下罩在面上的衣服，只穿一件雪白的汗衫。

田略成椭圆形，越往外弧线长，庞大权站在最外沿一秧头上，要比内弧多栽许多秧子，但他一点不惊不乍。一声口

哨，比赛开始，各个选手奋力争先，有的扑爬泥拜，一身打得绝湿，只有庞大权秧巅一抖一抖，一排排秧苗齐刷刷地摆出来，像墨线勾勒的一样，他把圈内的全关在圈里从容上坎，白衬衣上没有水迹泥点，毫无争议地定格在比赛第一名。时任党委书记的王月明跟他热烈握手表示祝贺，并发奖品：毛巾和草帽，这一天他出尽风头，人们都把他的风采烙在心头。

三

1955 年春季，上边一阵紧一阵，初级社代替了互助组，进而要建高级社，谭富林已在 1954 年入党，白日夜晚开会的时候多，他自家生产都顾及不到了。庞大权十分羡慕谭富林有文化在高级社里任支书，他也不赖总是亦步亦趋地紧跟上。曾几何时，跟他亲故如兄妹的邻居开始与他拉距离，背地里嘀咕些啥子。他不理解，他不深究，仍是不分白天黑夜，不分地界家族地干活。在他所领导的社里，家家有余粮，户户得开心，他自己十分满足。一天他干完活回家，三嬢说："他老表呀，有人来找了你几次了，有事要跟你说，问她总说等你回来再说，现在正在堂屋里等你呢。"

庞大权将锄头往堂屋门前亮檐（又叫燕儿窝）一放向屋里走去，这时一个怯生的老妇人站起来，低声说："庞社长，您回来了，我……我……我……我想跟您谈……谈……点事。"

原来是黄泥坡的吴大娘，"吴大娘，有啥事请讲。"庞大权撩起衣摆擦手和气地在她对面坐下。

"我……我……我想……退……退社！"

"吴大娘你怎么想退社啊，政府号召走合作化道路，有饭共同吃，有钱共同花。你那样使不得，使不得啊！"庞大权说道。

这一激，吴大娘胆子还壮起了。"这可不是我一个人的意见，是大伙儿的想法，那谭富林开会多，地里无人干，我们可以帮他家干，像这样挽起不是道理。"

庞大权怔住了，他白天黑夜地干活，群众为啥还这样想啊！他觉得事关重大，要请示。吴大娘走时撂下一句话，"那就快点定下来，我们好春耕春播，一年无二春哩！"晚上又有几户男劳力上门纠缠。他们一五一十地跟他算起账来，总之一句话，入社后的收入没有单干时高，人们行动不自由。

庞大权还是未松口：土地是共产党一刀一枪夺来的，我们要听共产党的话，内心还是觉得老乡们说得有理，他也知道不少社员出工不出力，粮食好久收不回来，会议也太多了。他在妻子坟前一杆接一杆烟地抽，半夜他才回家。突然听到狗狂吠，声音由远及近，一朵火把一乌一亮向黄山走来，他知道是谭富林回来了，他家在黄山背边三四百米处，要翻埂子外出，必经黄山。如没事，一般他从朝门外转过，庞大权穿过场坝走到朝门口的石台阶上。

"咳！咳！"高声干咳两下，谭富林走近他轻声说，"还没有睡啊？"

"我在等你回来，有事商量。"随即他绕过谭富林轻轻关上门，向堂屋走去。等谭富林灭了火把，他递上烟叶才说，"社员们要退社，我不晓得如何是好，让你拿主意。"

"你答应没有？"谭富林惊慌地看着他。

"没有，这不是跟你商量吗？"庞大权说道。

"我们这段时间每天都在学习文件，要掀起建设社会主义高潮，这初级社仅仅是开始，要走集体化道路，怎么能退社呢？你要知道，黄山农业社是全乡的一个榜样，一面旗帜，你是全乡的模范人物，怎么能散伙呀！"谭富林越说越起劲，俨然是在大会上讲话。

庞大权想到自己和谭富林都是党员了，但是谭富林会开得多说起话来一套一套的，自己说不过他，只有埋着头不吱声。谭富林走，他没送，只是直勾勾犯傻。他还是每天早出晚归，一人顶几人地劳动着，社员越来越不听他招呼，今天这个有事，明天那个赶场，他找傅佑财谈话，要他出点主意。

傅佑财说："这样搞下去不是道理，但我们干部又不敢放口。你睁一只眼闭一只眼，干得了多少干多少，看清事情再说。"

庞大权无奈地说："依你的，依你的。"

四

1956年至1957年间，虽是国家的多事之秋，但在黄山，有庞大权的带领和傅佑财的支持，粮食、瓜果、蔬菜种满种尽，人争气，地争气。人们生活得十分滋润，庞大权也走出丧妻之痛的阴霾，重新焕发出蓬勃的生机与活力。在他三孃的唠叨之下，在众人的劝说之中，他的心扉渐渐打开，有人说媒没坚决拒绝，但标准嘛，就是不能太丑，要带得娃儿的。做媒人的也不敢拿差的往他身上扯。一天，"黄山三杰"从村公所开会回家，经过大土坡的水井沟边，看到三个姑娘在水井边洗衣服，老辣的一个蹲着搓衣服，嫩苔的两个拉起被单扭，一脸水珠，哈哈声不断。当他们三人走近时笑声戛然而止，个个涨红着脸，像三朵鲜花刚喷过水煞是可爱。走过之后，谭富林别有用心地说："哎，吴大爷这三千金还不错！"

傅佑财说："不知放了没有？"

谭富林说："大的一个放到周湾，姓周；第二个放到丰泰街上；幺姑还没有放。"

傅佑财精怪地说："庞大权，弄到。"

庞大权恳切地说："我倒想哩，不知人家干不干。"

谭富林诚恳地说："你们两个都应考虑个人问题了，傅佑财呢，老大不小了，还光棍一条，庞大权呢，没人经佑家务，你三孃说好想走了。"

庞大权说："两个孩子都带大点了，三孃实在要走也无所谓。两个孩子，包袱重了谁人愿一进门就当妈呀！"

他们三个随便说说混时间。一天中午谭富林的母亲热暴暴地到黄山来，向三孃和庞大权说她打探到的情况。

她说："我是看着大权长大的，对他像对我自己的儿子一样。我去问了吴家，人家吴大爷说：庞大权是有情有义的血性男儿，人品好，又勤快，吴家的幺女就看中你了。"

庞大权还一根筋说："谭大娘你跟傅佑财谈嘛！"

三孃火了，骂道："我帮你三年了，我媳妇带信来要我回去看屋，你别那样没出息，结得到还是要结，就你一根肠子通屁股。"

一顿臭骂之后庞大权蔫耷耷地说："谭大娘是怎样跟吴家说的嘛？"

谭大娘哈哈一乐说："你虽有两千金，可人才好，又勤快，脾气好，她吴幺女来吃不到亏。但我把话摆在前头，如你待不得人家，就是得罪我。"

"既然是接了人家，哪能亏待呢，现在政府颁布了《婚姻法》，要保护妇女权利，提倡男女平等。"

"就你晓得的多，哈哈！"三孃爽朗地笑了。

自古常言道，千里姻缘一线牵。在广大农村，即使比较开放的时代，媒人都是不可或缺的，更何况是封闭年月。男女间一旦过了媒人，父母又允许，便可以发展关系了。每场赶场天，吴幺妹（淑珍）就会在水井沟边洗衣服、挑水，反复磨蹭着，眼睛不时扫射大路上的行人，一看到庞大权又惊慌离去。庞大权呢，也怪怪的，爱赶场，爱说说笑笑过大土坡，好像小青年情窦初开，变得生龙活虎，风采依然。这些早被三孃看在眼里。一天，她找到谭大娘说："妹子啊，你帮忙帮快点，拉进屋子我就摆下挑子溜人了。"

"那成，那成，二轮场我就去说。"谭大娘欢喜地说。

很快的吴家把吴淑珍庚帖转过来了，口授意：日期由庞大权选定，尽管是填房，也要明媒正娶，一切均可简单。这时庞大权反常起来，他又想起和张成英相识、相知、相爱、相濡以沫的那段流金岁月，消逝的往事又一幕幕历历在目。

这续弦是不是意味着背叛，他一连几轮场没上街，在家唉声叹气，人都消瘦了。这反常态度急坏了三孃，她快去找到谭大娘做工作，经两位老人轮番劝导，他又会活过来。话都说到这份上了，吴家也是得罪不起的呀！他说：你们的心我领了，我找先生查日期，请两位老辈安排，就请几户常走到的亲戚。两位老人如释重负。

庞大权又赶了几次场，办了些布匹、胶鞋、雨伞、马灯，在当时还是稀奇货，年轻姑娘都羡慕不已。期辰定于农历七月二十二。经过几年积累，庞大权家粮食谷米是应有尽有。他情绪反常，每次外出或归来，总爱多亲近两个女儿或向远方张望，若有所思。农历七月二十一虽说已立秋多时，气温还相当高，庞大权到街上办买酒水、佐料等东西。傅佑财拉起一帮人为其帮忙。肩挑背磨好热，走到鸡冠岚坳的路边树下歇息，各人不住擦汗，傅佑财又说笑开了："你艳福不浅啦，结一个又一个的，而且指着好的挑，真叫人眼气。"

庞大权冷冷地说："哪个眼气可以弄去都不关事，你们以为我情愿吗！一想到就失悔，不该答应人家，青头子姑娘嫁跟哪个不行，这一进门就当妈，我害怕合不得。如孩子对她不好，我对不住人家，如她对孩子不好，我对不起死去的孩子她妈，成英临死还说好点盘着孩子。"

傅佑财说："如张成英她地下有灵也不会硬要你鳏一辈子，她又不是你整死的。"

"要知道，她是为我生娃儿死的，跟整死差不多。"

"得了，得了，明天就当新郎官了，还东想西想的。又有几个死了妻子终身不娶的哟，除非结不到。"人们不住往家头赶，男人聚到一起说女人的话就多，庞大权的姨娘老表说："人些说女人屁股大的生娃儿安全，身架扁的生娃儿困难，这吴幺妹屁股大，庞老表放心。"

傅佑财骂道："下流，亏你说得出口，这个是庞大权定择的，你们别眼气。"说得众人一阵大笑。

等他们到家才知道，办几桌酒席的计划被彻底否定，三山五岭的乡邻闻讯而来，都说庞大权肯帮忙，从未办大事，这次定要来凑热闹，庞大权与相帮弟兄伙扒几口饭又上街办东西，家头一切事务托给谭富林，他是支客师。

当他们第二次回来时看到朝门上都贴了红对联，为"贵客来四方；良缘喜百年"。堂屋大门上的对联，横批：天成佳偶，上联：缔佳偶一对赤诚行大礼，下联：结良缘百年美酒乐长春。寝室门联横批：乐在其中，上联：喜气满庭院，下联：恋歌盈洞房。

这些文言辞藻都是宋文彩的杰作，他的毛笔字确实盖誉乡里，平时没机会，今天当然要露一手，炫耀一下。庞大权斗大的字不识半升，说好说歹都不知道。他三嬢过来说："据今晚来看，明天办二十五桌都不够。"

庞大权说："那就办三十桌。"

"你好有面子，比当年地主还体面。"三嬢笑盈盈地说。

庞大权担忧地说："我倒不图体面，只怕怠慢了亲朋。"

谭富林又来教了一些接亲的礼仪之事。庞大权总不愿听，微显忧伤、疲倦。三嬢说："你早点休息，明天还有大事呢！"

谁知他进去换了一件衣服，带上一匹叶子烟，又到亡妻坟上去了。这坟在谭富林家和黄山中埂子上。谭富林回家必经坟前。人们还以为庞大权因为要当新郎官了，早点睡了。谁知夜深人静了，谭富林回家刚一露头就看到张成英坟前的烟火。他轻轻走近，发现庞大权是伏在坟上的，坟边烧了一小堆柴草，以备点烟。庞大权正在低低地悲泣道："成英啊，你丢得我好苦呀，我们相好那么多年才结婚，你是在我最背时的时候要我的呀！你嫁给我没过上好日子，我对不住你。你的心太硬了，咋就不给我托一个梦呢？我想见到你，要不是为了孩子，死的心我都有过。明天，吴家女子就要进门了，你同意吗？我没办法，为了盘娃儿我得再娶一个。成英，你是怎样想的啊，给我托个梦吧。"

他的哭诉令人同情，但他这种不理智使谭富林气愤，谭富林一把扯住庞大权胸前的衣襟，恶狠狠地骂道："你疯了，你是拿活人的痛苦来祭奠死人吗？真是乱弹琴，这个时候还不睡，明天一早要去接亲呢！你给我快回去，张氏丢不下，吴氏又是穿起来的？如果有阴间，懂人礼，那张氏定会支持你再要一个帮她盘娃儿、照顾你，未必你生活得越痛苦，她就越开心吗？"

庞大权被谭富林的痛骂闹清醒了，他期期艾艾地说："那我回去了。"

谭富林严肃道："回去，啥都别想，安心睡一觉，天一亮我就来喊你。"

婚礼按程序进行，烦琐而隆重，一整天庞大权都由人摆布，正当客人们多数都纷纷离去时，三嬢跑进屋把早已包好的衣物抱出来，说："大权，我趁今天期会好，也走了。"

庞大权傻了眼，嚷道："天都黑了，您住哪里啊？怕人家笑话我们不懂事，刚成亲就撵您走。"吴淑珍也努力挽留，但三嬢去意已决，他们只好递上礼品，讲了许多感谢的话，才送她同谭富林一家一齐离开。

送客回来，庞大权像松了一口气，刚进屋又看到两个女儿倒在椅子上睡熟了，赶紧打起热水给她们洗脸洗脚，抱上床去盖好被子。

庞大权站在床前许久没离开，那痛苦的经历和欢乐的时光都像电影一样不断出现在眼前，他初感心灵的负重和人生的不易。他鼓励自己是顶天立地的男人，千万别这般脆弱。于是他再一次为女儿盖紧被子，向新房走去，他的人生画卷又掀开新的一页。那是 1958 年秋天。

五

正当庞大权沉浸在二度新婚的幸福时光中时，乡上村上密密匝匝地开会，宣传办公共食堂的十大优越性等。在农历的八月中旬，竟然有已把公共食堂办起了的高级社，赞誉声不绝于耳。庞大权总以为是场前场后平阳富裕的地区才可以办的事，他想都没想过在黄山这样山高皇帝远的地方办伙食团，但在那轰轰烈烈的思维脱离现实的年代，总是使人晕头转向，无所适从的。

树欲静而风不止，要在高回地区办伙食团，谭富林只有首先推出黄山，但庞大权表示了沉默。谭富林多次夜晚造访都未能说服他。乡上工作人员逐个社逐个社落实，定时间。在动员大会上领导一而再，再而三地提示："一向先进的生产组织积极行动起来，带个好头。"庞大权明白是指自己，有意埋着脑壳，一杆烟一杆烟地抽着。有胆子大点的社长硬着头皮顶："集体做活路懒眉懒眼，集体伙食办起吃了更懒！"

来指导的同志又讲集体伙食的优越性，什么省粮省人力，我们要大办二业抽人去大炼钢铁，吃饭不要钱，按月领工资，一天等于二十年，十五年建成社会主义。到会人员都听得飘飘然了，但就是没有人表态。庞大权死死盯着谭富林，意思在说：老伙计下个台阶，别逼得太紧了。可谭富林也一口口抽着叶子烟，装没看见，正在这紧张时刻，高级社副社长巫志成发话了："明天起从尾巴向前吃，一天一个组，把伙食团办起来。"

巫志成是雇农出身，对共产党言听计从，而且刚入党积极过头。听到从尾巴吃起向前，就是从七社（黄山）向前推进，谭富林身为本社坐家，无退路了。他扯出烟袋在板凳脚上磕磕，瞟了庞大权一眼说："庞社长，我们黄山几时办伙食团呀？"

"这个，我想回去跟大伙儿商量一下再说。"庞大权结结巴巴地说道。

这时从学校调来当工作组副组长的晋老师，哈哈大笑，银铃般的声音在会场中激荡。她风姿绰约，美丽动人，真让那些低贱男人目不转睛。她走到庞大权跟前，大大方方地用手撑着庞大权的肩说："不用再商量了，现在定下来，我们还准备明天来祝贺高回村第一个公共食堂开伙呢！"

"这，这！"庞大权紧张得没说出一句话就定了。这时谭富林说："工作组出去碰个头。"

他们几个到外面去了。庞大权越想越气，新中国成立以来，他亦步亦趋地追随共产党，这段时间的一些事，怎么这样蹊跷啊。工作组成员都回到屋内，谭富林温和地问："庞社长有啥打算？"

他怕惹烦他发犟脾气，所以态度特别好。庞大权火了。呼一声站起来吼道："说到粑粑要米来做，伙食团办在哪里，谁来烧锅，谁来管理都还没有落实，明天就要开伙，又不是娃儿办家家酒，说得那样简单。"

他说得在理，工作组的几个对视了一下。谭富林又打圆场说道："庞社长说得在埋，今晚我们就去黄山开社员大会，把应做的事安排一下，公共食堂要尽快地办起来。我和晋老师走的点，上黄山，巫志成带队做面上工作走坝头。"

庞大权又提前赶回去，挨门挨户通知开会。各户社员都非常听话，在那激情燃烧的岁月，人们真正是在"忘我"地活动着。还是庞大权将自家堂屋做食堂，两边厢房押壁拆除做保管室和灶房，安排张明英、吴淑珍等有孕妇女烧锅，伙食团长由傅佑财（他能写，打得来算盘）担任。刚安排停当，工作组就催开伙时间，庞大权又火了，他以为缓几天，就说："等中秋过了才搞嘛。"

工作组又不同意，他们说："分散是过，集体也是过，不如在中秋天开办。"

看来势在必行，庞大权只好说："依你们的。"散会时鸡都叫了。

千百年来都是各打米另烧锅的农民，对吃集体伙食没有兴趣，八月十五那天，黄山食堂打糕粑、煮稀饭，还搞了几样菜。除本座房子的人来吃，以外农户都没有来，馊了许多，只有倒来喂猪。庞大权和傅佑财都嘀咕，对到谭富林，傅佑财说："毛主席是不是不懂农业啊？也可能有人在背着毛主席乱干吧？"

谭富林气急败坏地骂道："你那臭嘴，啥时候了，还敢说这些话，告诉你，去年整风反'右'，弄去劳改的贫雇农有的是，以后不准再说这种话。"逢场天他们出去打听才知道，坝头伙食团也办不起，庞大权暗自高兴，说不定闹腾一段时间就算了。

没过两天，又开紧急会议，上边派出更强大的工作组协同当地积极分子将各户的生猪、粮食、浮产全部收为集体，砂锅、铁锅一样没收，除伙食团必用的以外，当场砸烂，当废铁处理。庞大权又让黄山另外几户腾出房屋囤粮。他被迫行事，人们对他敬而远之，他内心酸溜溜的，好在当时粮食丰富，瓜果蔬菜集中起来很多，烂掉的都不在少数。每当他在外受苦受累受了奚落，回到家头有温柔的妻子和可爱的女儿，那是他休息换气的港湾，从内心念着多么不易的家，要珍惜和妻子相依不负终生。他用最大可能地为集体多办事，一心想着用实际行动弥合群众对干部们的不满情绪。但形势的发展事与愿违，农历九月又将乡改成了人民公社，下令把收归集体的粮食全部运到粮站，各伙食团用粮由上边分配。黄山粮食收得多，男工妇女挑了十多天才运完，又抽调民工上岩砍炭柴烧炭，又调大队人员去古蔺炼钢铁。这次谭富林点名要傅佑财任钢铁大军领队。

庞大权再也忍不住了，找到谭富林说："谭支书（以往从未这么称呼过），人家说岩鹰不打窝下食，我看你是除了窝下不得吃。傅佑财是我的手腕手背，他怎么能走啊？"

谭富林也特别客气地说："孩子他姨爹，你别发火，我也实在是没有办法呀，你和傅佑财是我最放心的人，关键时候你俩不帮衬我，谁能帮衬我啊。"

看到谭富林如此为难，他的心又软了。家里男劳力不多了，又抽去打米、酿酒、办养猪场，一切可能干的事统统上马，在地头劳作的只有一帮妇女了，最让庞大权揪心的是漫山遍野的秋粮烂掉，红苕没有人挖，就算挖起来的，大堆小堆的都成了臭屎。他成了妇女队长，急得像热锅上的蚂蚁团团转。他仍然带领妇女们晴天一身汗，雨天一身泥地干着。正当他们像耗子一样搞冬藏的时候，公社又下令，挖回的红苕一律堆在大场坝头，由街上居民来运到酒厂烤酒，中学的学生也要来运去吃。

庞大权说："红苕不能堆在野外，翻不得。"

来传令的人说："你只管挖起来，怎么处理不关你的事。"庞大权只有尽量挑些上火炕楼，美其名曰留红苕种。看到粮食霉烂损失严重，公社又下令：要节约用粮，每人一顿只准吃一斤红苕。庞大权想这不是胡闹吗，山上到处烂成堆，让人吃饱点嘛才能做活路嘛，但敢想不敢言，只有长吁短叹，默默地承受着。他是长工出身又是饿怕了的，他整天拉起妇女们种菜，真是种满种尽，一连几个会他都迟到了。谭富林不便说，就让巫志成说："庞社长，几次排名你都是下游，你不要白专，只抓生产，不抓革命哟！"

庞大权把脸一沉，没好气地说："啥子鸡巴下游，我不下游。"逗得哄堂大笑，他第一次在新社会感到羞辱，坐到散会一言不发，第一个冲起走了。

六

1959年春节以前，必须完成扩大公共食堂的任务，原则上是一个伙食团要达到两百人以上，黄山与本村隔得较远，就外乡的，隔黄山稍近的农户都划到黄山食堂来，而且各农户原住房一律不准住人，不准开伙。

本来已拥挤不堪的黄山一下子再增几十人，朝门檐下、走道、猪圈旮旯都住满了人，三户两户住一处，无法安床，只能打地铺，不分啥新媳妇、大姑娘，男女混杂。这时大炼钢铁的人回来了，也要吃要住，庞大权和傅佑财合计搭两个大棚，挖两个大茅坑，用篱笆押上糊上草和泥，聊以栖身。但粮食供应一天比一天少，开初傅佑财早晨去到中午回来，挑点胡豆、豌豆、高粱等回来，后来就只能挑点烂红苕，或是酿过酒的渣子，养猪场猪死完了，酒厂无原料垮了，人们再没心思种地，都去找野菜、野葛、野草充饥去了。但在庞大权的支撑下努力维持局面，上级还在这儿开现场会，表扬他自力更生的举措。

总是什么地方有一点水气，干渴的生物就往什么地方找来，干部找借口来检查，一般群众则来走亲戚。黄山当时还未山穷水尽，哪家有客人来了，就到伙食团申报，可分一份菜，就这小利益也让"探亲"者络绎不绝，很快伙食团招架不住，被迫取消。共产风还在劲刮，又提出什么"少种高产、多收"方式，将种子成几倍地播在少量地里，许多还未长出芽芽就沤烂了。看到事已经不对了，庞大权又搞"阴谋"，他让傅佑财带领"青年突击队"去搞少种高产。他则带领饿兮兮的老弱妇女按常规种植，让他们伤心的是泼上粪的粮食种子都有人偷吃。他们没骂谁，谁人不想活呀！

难忘的1959年4月，庞大权的第二任妻子吴淑珍难产亡故。有的说他八字大，克妻，也有的说张成英取了吴淑珍替代。

庞大权再次陷入深渊，痛不欲生，同样有一个送娘女，他抱起孩子讨奶也困难了，没多少妇女生娃儿了，但幸得好谭富林的妻子生第五个孩子，在那里挣吃一点奶，多数喂米汤、菜羹。他一下子苍老许多，常常长吁短叹，三嬢年迈不可能再帮助他了，只有自己带。白天给大女儿缠在背上，背起到处跑，晚上自己带着睡。娃儿一睡醒来就要找奶吃，没有便哭声不止。他常常是孩子哭多久，大人哭多久，孩子哭累了，大人还哭泣不止。

七

　　1961 年是最艰难的一年，尽管庞大权拼命抓生产也维持不下去了。伙食团停炊自散，从大年初一起人们各自上山觅食。庞大权到谭富林家坐起，他也虚弱得上气不接下气了，轻轻地说："老伙计，人都要饿死了，你这个支部书记总该想个法子啊！"

　　谭富林也瘦得青筋鼓胀，他无可奈何地说："中国这么大，不是你我说了能起作用的，谁对，谁错，历史会自有结论。我们这高头还没有死多少人，坝头的人才死得多，路上到处看到饿莩。"这对从苦难中走过来的基层干部彷徨失措了。

　　在那混沌无奈的年代还有人获得真爱情，此人不是别人，正是"黄山三杰"中的智多星傅佑财。1960 年，傅佑财已三十岁了，他意外收获爱情，真是红绳错系了他的足。自从他把妻子推给哥哥之后，就与哥哥分家，他与父亲傅春荣一起生活。那刘安英开初不愿意，但在实际生活中比与傅佑财一起实惠。

　　傅佑喜老实巴交，但勤快无比，干活不分内外，任劳任怨，十分心疼刘安英，把她当作手心中的宝，好吃的留给她，重活不要她干，有一个收益，全让她掌管，把她养得肥肥的。几年之后她便是三个孩子的妈了，有时背着别人在傅佑财面前嗤之以鼻，言下之意谁整赢。傅佑财呢，自己干着急，父亲常在人前夸他聪明能干等等，但把女人用过之后推跟哥哥，实在是不光彩的事，总觉得他品格上有问题。

　　一晃十年过去了，人到中年，他没有信心再找良家少女了，标准是只要生得稍微受看点，聪明点，二婚亲也行，但不能比不上刘安英。这个标准也考媒人了，索性就不再谈了，反正刘安英的大儿子是自己的种，万不得已，过房回来也能收老。

十月中旬的一逢场天，傅佑财上街去公社领粮往回走，在牛棚子场口上，他看到一老一少像是母女的人。母亲拄着竹棍，女儿面黄肌瘦，但轮廓还是眉清目秀的，似曾相识，但又喊不出称谓来，他怔了一会儿。那位母亲突然像寻着亲人一样惊喜地喊道："你是傅二老表吧？"

"啊，是，那你怎么认得我呀？"

"你忘了，你以前到烂泥沟来耍，你的姨嬢就是我的亲嫂嫂啊。"那位妇人回答道。

"噢，是那隔壁的幺娘吗？"

"正是，正是！"

"那么请问幺娘朝哪里去哟？"傅佑财问道。

"孩子他老表啊，你们这些年没走动了，你姨嬢家的人死的死，嫁的嫁，已经没有人了。我家他爸也饿死了，我大女放到大兴岩上，我和你二妹没办法了，想到那里住几天。"妇人悲戚地说道。

呵，原来是这样的，傅佑财叹息着，想告别溜走。谁知那杨幺娘还见缝插针，拦着说："他老表呀，你们那儿离这里只有几里路，我们到岩上还有三十里路，我们饿得走不动了，能到你那儿歇个脚，要得不？"

"要得！"傅佑财把两娘母引回来，那时把大伙食团又分成了小伙食团，生活虽然非常艰难，但庞大权的防区是要稍微好点的。大伙儿看到傅佑财引来两娘母都用惊诧的目光瞅着，傅佑财忙把情况说了，大家都非常同情，立即给她们安排了一些食物。两娘母感觉是到了世外桃源一样，同样的政策，同样的整法，她们就不知道这儿有一位视粮食生产为生命的社长。这两辈人一住就是几天，没有走的意思，傅二爷每天陪着老妈子摆龙门阵，傅佑财东一趟西一趟地忙活着，一有机会，母亲总支女儿去给傅佑财帮忙，姑娘腼腆跟随着。那姑娘才来时青梅酱眼，没有一点朝气，几天有点菜食、粗粮，便显人才了。她身体不高，约有一米五以上，很匀称，

皮肤白皙，大眼睛，高鼻梁，文文静静的，偶尔一笑，轻轻低下头很害羞，随便人们说荤道素，不搭腔。

傅佑财纳闷儿，这两娘母拖着总不是事，伙食团不可能长期供应菜饭，直到五天之后，吃过中午饭，傅佑财有意说："幺娘，你家大妹在大兴哪个队哟，姓啥子嘛？"

杨幺娘不傻，这分明是天气好，让我到大女儿那里去。但她喜笑颜开地说："哎呀，你看，我们在你这里打搅了几天了，还舍不得走了。我说，娃儿她老表啊，我们是老亲，大家都知根底的，你要是不嫌的话，我还想让小姑就留在这儿跟你打伴哩！"

傅春荣手拈胡须短暂沉默后，呵呵一乐："那敢情好呢，亲上加亲。"

傅佑财故意说："使不得，我大小妹那么多岁数。"

杨幺娘转过身问："小姑，你说要得不嘛？这儿比我们那岩旯旮头好点，他们都是勤快人。"

那杨小姑涨红着脸，低声说一句："依您！"

杨幺娘见子打子，郑重地对傅二爷说："傅二哥，娃儿定了亲，我们就是亲家了。"

"那是，那是。"傅二爷笑得合不拢嘴。

杨幺娘又说："我小姑是民国三十三年（1944 年）八月初十生的，今年满打满算十七岁了，她爸说八月桂花开，取名昌桂。"

傅佑财大喜过望，比杨家妹大了十三岁。那时也没定要办结婚证，队上承认了，这家多分一份口粮就算事成了。

八

1962 年中央提出"调整、充实、巩固、提高"八字方针。农村贯彻六十条，又下放了些土地给农民耕种，当时的大队（村）又开始抓生产了。通过几次商议，坝头一、二社死人多，生产停滞，田地荒芜，没有适合人选任队长。一天，谭富林和巫志成找庞大权谈话，让他兼任二队队长，一队由大队治安主任吴云清兼任。庞大权没讲任何客观，只是说："我三女还小，无人照管。"

谭富林说："可以送到我家去，她与我家老五一齐吃过奶。"

庞大权说："我要跟娃儿砍点柴，就这样定了。"他尽可能地做一些想得到的事，再三告诫大女儿："白天带好二妹，晚上早点引着妹睡。我在两个队安排生产、做活路，不一定什么时候回来，但是我是要尽可能回来歇，经佑你们的。"他只挑了一卷铺盖、两把锄头和一撮叶子烟，起身时二女躲在厨房里哭，大女抱着堂屋门枋，他硬了心肠说："幺幺，乖点，我常常都会回来的。"

说罢，义无反顾地走了，倒是傅佑财忍不住了，他找到谭富林说："全大队就找不到一个队长，你为什么一定要调他去，跟你做朋友算是倒邪霉！"

谭富林一点没生气，他平静地说："全大队，全公社，你到哪里去找庞大权这号人，对党忠诚，对人诚恳，不贪不占，又勤快，又能提调得力，做一手好活路，打起灯笼都难找。二队这几年人死多了，生产瘫痪，田土都撂荒了，非庞大权不可啊。"

"你也不能老叫他吃亏啊！"

"就是想到他家有你我两家照顾，可以减少他的后顾之忧。"谭富林回答道。

尽管有公社干部和大队干部送庞大权上任，一去还是碰钉子，喊开会，喊了半天，没有人来，各自找吃的去了。他看到人，立即上前搭讪，人家爱理不理的。送去的人十分恼火，怕庞大权不接挑子。谁料庞大权平静地说："你们回去吧，我一户一户去说，我不信他们的心是铁做的，不把二社的生产拿上去，我不回黄山。"

公社领导握住他的手说道："我就信你这句话，咱们一言为定。"

谭富林和傅佑财对庞大权也算是生死相顾，他们在不占任何人的前提下，每天凑一斤粮食给庞大权吃。但是庞大权劳动量最大，无油荤、无蔬菜，一斤粮他一顿都吃得到，常常饿得喝冷水。只有利用晚上回黄山，任凭他走到哪户，他们都会把自己家头可以充饥的东西拿给他吃，甚至端在碗里的食物也让给他充饥。在这时候社员们才认识到，当时庞大权顶风抓粮食、蔬菜生产的重要性，黄山不但没饿死人，还支撑着人们的生存空间。

天一亮，他就第一个出现在二社的地头，他挨门挨户去讲："你们撂着土地不种，去弄野草吃，这是长久之计吗？你们抗拒我，抵制我，我可以拍屁股走人。你们呢，是在等死吗？"

功夫不负有心人，"精诚所至，金石为开"。二队的广大社员醒悟了。他们在庞大权的组织带领下奋起抗争恢复生产，把荒芜的地刨出来，种上粮食、蔬菜，全队又呈现出多年少见的生机与活力。人心齐撼山易，在平阳富饶的北崀坝边又为全公社树起一面恢复生产重建家园的旗帜，这位朴实无华的庄稼汉再度成为新闻人物。

九

那时，离他第二任妻子吴淑珍去世已有四年时间了，他才三十几岁，领导、亲友都十分关心他的"个人问题"。好多青年寡妇、青头姑娘都以不同方式向他传递爱的信息，竟有大胆的女性在与他迎面走过时，有意撞他一下，更有公然挑逗的，他都装不懂。

这时一位他的远方姑母结婚到二社姓李的，她女儿十八九岁，待字闺中，她主动找到庞大权，说："娃儿他老表，你该立个家，帮你经佑家务呀，带孩子呀，浆洗衣裳，你好多为集体做事嘛！"

庞大权木讷地说："李姑娘，我已结过两次婚了，岁数又大了，算了。"

那李姑娘干脆说："我家李大妹就喜欢你勤快、能干，想帮衬帮衬你呢！"

"我命不好，克妻，怕克到人家。"

"我说他老表啦，你怎么就只长一根筋呢，一辈子都克啊！你考虑几天，一旦想通了，跟我说一声，我立马把你大妹子送过来。你不用回黄山，这儿平阳，离街近，孩子一齐接下来，团团圆圆的有啥不好呢？"

这一次庞大权真正在思考了，白天忧心忡忡，晚上关在屋里长吁短叹，不时又坐起来抽烟。花容月貌的靓丽女孩，难道还配不上带了三个孩子的中年男子吗？过了这个村，还有这个店吗？一天晚上他收工之后回黄山，他要征求女儿们的意见，三女在谭富林家长住，大女、二女在家把屋收拾得干干净净，看到他回来，别提有多高兴了。二女赶快去把三女接了回来，他把三女抱坐在大腿上，帮大女烧火。大女儿呢，十三岁了，像一般大人高，熟练地在灶上活动着，他有苦尽甘来的感觉。见孩子们都高兴，他乘兴问孩子们："爸爸再跟你们结一个妈妈要得不？"

大女儿一怔，半晌才说："只怕待不得妹妹呀！"这句使大女懊悔终生的话，竟然像一瓢冷水泼熄了刚在父亲心中燃起的爱的火焰。他一晚上紧搂着小女儿，思绪万千，回忆起张成英与自己纯真炽热的爱情岁月，相濡以沫的新婚时光，在难产消逝，阴阳相隔时刻骨铭心的思念。以及吴淑珍单纯执着的挚爱，对女儿们不嫌不弃的慈母关怀，使他浴火重生收获到幸福美满的温馨家庭生活，这些都历历在目。那时没有孩子是爱情结晶这样光亮润滑的说辞，但庞大权在灵魂深处的定位是对不起孩子，就是对妻子的不忠不信。他又回到原来的生活状态中。李家见他久无回音，觉得没给面子，自然答应了别的求婚者。一天黄昏收工时李大妹有意磨蹭着走在最后，等反复清理土沟的庞大权都已开始挎起锄头往回走时，她站在路边，等庞大权走近时她低沉凝重地说道："我在你眼睛里就是一只癞蛤蟆那样丑吗，你太过分了。"

"别，你别这么说，我怕……"没等他说完，李大妹一阵风似的走了。不几天就传出消息，李大妹放到岩上，她母亲逢人便讲，女婿家房子宽、柴方水便等等。

仅一年多的励精图治，全国的形势就已扭转。1962年秋收时二社各种粮食瓜果蔬菜均获得大丰收，交了公粮之后，社员分得许多粮食，加之贯彻中央条例，分了部分自留地给农民种，生活改善显著。

庞大权向公社大队申请回老家，他们要他兼任两队队长，他思虑再三，建议在二队选队长这样利于生产，方便生活，上级接受他的建议。在二队选队长，暨他辞职的大会上，庞大权慷慨陈词，他说："共产党把土地从地主手中夺来交给我们，不管是个人耕地还是集体耕种，都不能哄着干，人哄地皮，地皮哄肚皮，吃亏的是我们自己。你不种粮食，国家少收粮，但农民却没有生活来源，命都保不住，还能有啥发展。"

社员再三挽留，不走或是兼任两队队长，他恳切地说："只要明确了种粮是根本，发展多种经营才有好期会过，哪个当头都行。"在他的提议下选出了新队长。从此，二队的生产管理步入坦途，即使在"文化大革命"的十年中，始终保持了稳定发展。

谭富林的家庭生活自从新中国成立以来非常平静和睦、美满，老母亲善良贤惠，妻子张元芬勤快温情，相夫教子与世无争，婆媳关系甚好。他们已有五男一女，有谁在谭大娘跟前说"谭大娘，好福气，你真是对子起高楼噢"，准能听到谭大娘按捺不住的开怀笑声。他们一家对庞大权的命运极为同情，没少帮助他。老天爷的灾难之剑不知在何时指向世间的哪个家庭或个人，所以呀，人们才有"天有不测风云，人有旦夕祸福"的哀叹。

十

1962 年，谭富林之妻张元芬又怀孕了，本已是第七胎，这次她的症状活像当年庞大权之妻张成英那样，开初是厌油、压食，总以为是害喜的必然反应，到后来简直是吃啥呕啥，很快体力不支，不能劳动，越拖越恼火，完全卧床不起，开始"咳咳"地咳嗽。人们又说是抱儿痨，无知无识的愚昧意识断送了多少妇女的生命，一谈到肺病便谈虎色变。痨，有流传乡间一段民谣："肝、痨、气、鼓、嗝，神仙都医不得，纵然就医住了，都吃不得做不得。"

张元芬对自己的病没有了信心，每次给她熬的药，她都悄悄倒掉，怕有难产鬼进屋。谭富林还特别借了一支鸟枪放到罩顶上辟邪，又请道士退病，指望平安生孩子之后医大人。谁知天不遂人愿，张元芬在劫难逃。

1963 年 2 月初，在一个还春寒料峭的日子，谭富林家的气氛闷得很，似有大祸临头之感。头一天张元芳低低地呻吟，她膨大的肚子有动静，预示临产了，她连挪动一下身子的力气都没有了。正在这节骨眼上，一社发生械斗，谭富林火速赶去处理。那是家族为争夺公共房产的斗争，火焰极旺，久久难以平息。谭大娘揪心地盼儿子，妻子是用生命的分分秒秒在等丈夫回来，直到下半夜乱够了、乱倦了才收场。谭富林奔命往家中赶，到家看到母亲惊慌失措急得在屋里团团转，孩子们哭兮兮的，他让大孩子带着弟妹到别的屋去，妻子有气无力瘫在床上奄奄一息了。知道丈夫回来，睁开眼睛极其微弱地说："张大姐来接我了，我要走了。"

说得谭富林毛骨悚然，吼道："哪个鬼敢进我的门啦，老子用枪打她。"又转身对母亲说，"快去喊庞大权来，就说有事。"母亲还说："让人占了时候不行啦。"谭富林高声道："都啥时候了，还瞒啥子。"

母亲从未被他高声语气地吼过，知道他是心急了，赶快去把庞大权找来。谭富林把床上的鸟枪取给庞大权说："快装上砂子，打几枪!"谭富林从背后抚妻子，月妈（原乡间接生婆）用手伸进去抠，她无计可施只说快了，孩子露头发了，但张元芬昏昏欲睡一样。谭富林又吼庞大权，怎么搞的，快点打枪，又过几分钟，轰一声从他们家背后响起，张元芬受惊一振，娃儿哇一声落地了，没有发声。月妈又说是一个闷生，这时张元芬抽搐一下断气了。谭富林万念俱灰，扔下妻子，高喊老娘不得了了。当地六十岁以上的老人是不会在产妇跟前来的，母亲被吓蒙了，以为是拿木盆舀水来洗娃儿。月妈用手抓起孩子，那孩子立即就哭出声来了，月妈说："是一个儿。"

谭富林又吼道，拿撮箕来，母亲又拿一个撮箕来，谭富林夺过孩子用一张草纸垫着撮箕底将孩子扑身扔在撮箕头。婴儿小脚蹬了几下死了。这举动使母亲大为震惊，高喊道："你的心咋这样毒啊?"

谭富林气急败坏地说道："这种送娘儿我要他干啥。"一家老小哭成一团。事发之后，庞大权天天在谭家相帮，他和谭富林一样哭来哭去，真是流泪眼观流泪眼，断肠人看断肠人。在那偏僻落后的山村，无医无药的时代，生育夺走多少母亲和孩子的生命，拆散多少夫妻，摧毁了多少幸福的家庭。

庞大权、谭富林这样在敌人枪下都未低头垂泪的汉子，在家庭破碎时顶不住那刻骨铭心的失亲之痛。这两位生死相顾的同志在厄运向他们挑战时他们更亲密、更贴心。人到中年遇上家破人亡的打击不是所有的人都会经历，一旦遇上是要用毅力对待的。

谭富林还是忘我地为全村生产、生活工作着，不分白天黑夜地在七个生产队穿行着，家头全靠母亲支撑着。最使他感动的是庞大权几乎包揽了他家的一切重活，特别是在起身出门未带雨具时，总会在他开会外边或刚走出来的地方碰着庞大权，递给他斗笠。黑夜谭富林回家，一条路是过黄山，另一条从房背后的埂子下来，总会在黑里闪着一只萤火虫似的烟火在黄山朝门外或背后的坟坝头等他。他们之间从来没有一句客气话，许多在母亲面前都说不出的话，在他俩之间可讲。谭富林以为庞大权十分坚强，在连续两位爱妻离去时还撑得住。

一天一齐散会出来，谭富林说："家头差一个人，好显然啊，尽管有老娘、孩子们，总觉得空房空屋，心中痨得很。"

"唉！"只听得庞大权深深地叹一口气，啥都没有说。谭富林又说："有可当的，你别再犹豫，生活的道路长着哩，我倒不可能了，六个孩子，哪个瞎了眼的愿来当后妈哟，只可怜拖坏了我老娘，她养一辈又养二辈。"

他声音沙哑，只听庞大权幽幽地说："认命吧！再亲的人死了，又有几个跟着去死呢？赖着活，各人头上一片天。除了睡着觉，要我一个人在屋头待半天，我都办不到，在外面活动起好过点。"谭富林心中咯噔一怔，原来你是以马不停蹄的劳作来排遣心中郁闷和忧伤的啊！他活得累，生活得多不容易啊。

十一

谭富林真的命运还算不错，毕竟是支书名声在外，家头又有老娘经佑，比一般人家稳定，刚丧偶半年，又走桃花运了。1963年秋，一个秋高气爽的日子，谭富林下队回家，看见母亲喜滋滋地指挥孙辈抹屋扫地，见他回来便说："有啥事嘛今天都安排下去，明天家头有事呢！"

"啥子事？"他困惑地看着母亲，母亲喜形于色，笑眯眯地说："哎呀，该当是命，你那后家，张大爷那户的张二姐叫张元玉，新中国成立前就放了人户，那人犯事，出去了一直没回来，不知是死是活。这张二姐又没过事头，连那家是啥样子都不知道，一误就耽误了十多年，她也拖到三十几了。她自己看破红尘，谈哪里都不答应。但她父母想到他们老了，

怕她以后无人照顾，元芬死了之后便有这心思了。"

"这个张二姐我认得，怕不靠实。"谭富林迟疑道。

"来看了再说嘛，你千万别一口气回绝了呀！可能比你大几岁。"

"我巴不得大十岁、二十岁，不生育才好！"谭富林答道。

第二天，张大爷、张二爷两家本是亲弟兄，子女是亲叔姊妹，都是一直走动的老亲来了几个人，当真还只有张元玉没来过。她与谭富林是见过面的，此人体形高大，皮肤白净红润，特别是眼睛大而清亮，剪着短发。因是老处女简直看不出是奔四十岁的女人，比已故的张元芬还受看些。她一进门就去帮着谭大娘做事，手脚十分麻利，得心应手，谭大娘高兴得不得了。吃过饭时谭富林的岳父说话："富林，我小女没有福气，丢下六个孩子没人照顾，亲家又老了，是我的主意，让你们二姐来带孩了们，不知你的意见如何？"

"她多大岁数？"谭富林问道。

"这，这，你是说？"他以为谭富林是嫌她岁数大，张口结舌的。

谭富林忙解释说："年轻了，我反而不同意，年龄长点还好点，我娃儿多不说，坐月子太可怕了，我不愿再出事了。"

"呵，是那样啊！恰当，恰当！你二姐今年四十四岁了，比你长九岁。"

"好，只要二姐同意，我没有意见。只是我家头孩子多，很辛苦啊。"谭富林说道。

张元玉之父立即说："谭大哥，我们是亲上加亲啰！"

张谭两家又谈上一桩好姻缘。张元玉过些时候把迁移开下来了，结婚登记。她虽终身未生育，孝敬婆婆，哺育儿女，同谭富林相濡以沫度过五十多个春秋。

十二

从 1963 年恢复生产到 1966 年搞"文化大革命"这几年

虽在搞"四清"运动，但对生产冲击不大，当时的管理体制是县、公社、大队、生产队，是以生产队为核算单位，并有交够国家的，除去集体的，就是个人的分配提示。只消完成公粮，公粮款折回来交农税，还会剩些钱做社员决算资金。每年春季上级就下达当年的公粮任务，农税提留相应分解到大队。这是大队干部们最揪心的事，别看几个队长平时遇着嘻嘻哈哈乱开玩笑，亲密无间，一旦涉及公粮、农税等实际利益，谁也不让谁，撕破脸皮骂，甚至动手动脚。

1965年春的一天，分配任务的会在老庙子（学校）召开，各队队长都心有准备，到会都坐得远远的，耷拉着脑袋，吞云吐雾，吧嗒吧嗒地抽着叶子烟，气氛沉闷。大队支书谭富林、大队长巫志成、文书吴节明、妇女主任黎采凤碰过头之后来到会场，谭富林故作轻松，笑盈盈地说："蹽拢来，开会了。"

各位队长向中间挪了挪凳子，只有六队队长吴应清还原地不动，性急的巫志成一脸不快地说："吴应清坐啷远干吗，今天早晨逮到和尚了吗？"

"你的屋头才逮住和尚了！"吴应清是原村上的治安主任，因建制改变，现在任队长，论资历能干都不在巫志成之下，所以一直以来对巫志成不屑一顾，常常出言不逊。因为是分解任务，巫志成只有将怒火压下去，未吭声。

谭支书简短几句开场白说道："今年公粮、农税的任务下达了，是根据各队面积、人口来定的，下面请吴节明给大家公布。"

吴节明斯文呆呆的样子，高个子，瘦长脸，扫帚眉，没精打采，还穿一件粗布长衫，一副病态。他站起来牵起领口，撩撩长衫下摆，弄弄袖子，干咳两声清理一下喉咙，开始念各队人口、面积、公粮、农税数字。各位队长屏住呼吸伸长脖子静静地听着。吴节明公布完之后说："这个数字是大队研究决定的。"然后轻轻坐下。沉默、沉默，队长们又大口大口吸着叶子烟，一屋弥漫着烟味，足足闷了五分钟，吴应清噌的一声站起来，环视了一下会场，说："这个任务定死了吗?"

"你还要怎样改?"巫志成吼道。

"巫大队长，你的屁眼心心都是黑的，你坝头田块大，平阳、肥沃产量高，我队田地荫蔽，田块小，清水石膏，产量低，两队人口差不多，为啥一样分法，就拿挑粮为例，你们一队挑了三挑，我六队还挑不到一挑。"吴应清愤怒地诉说着，听惊四座。

巫志成尴尬难耐，但他那火炮性子是沉不住气的，他怒目愤视吴应清："你要怎样改，像不像共产党员?"

"像这样分法老子不同意!"吴应清咬牙切齿地说。

巫志成呼一下站起来，"好嘛，你跟我称老子，今天我就要看看这个老子是啥模样。"

吴应清也向前一步凑到巫志成跟前道："今天你要干啥，奉陪!"两个像怒不可遏的雄狮，你抵一下，我拗一下，继而抱成一团厮打起来。各位队长没人上前拆架，反倒把板凳踩远点。谭富林气急败坏地高喊："放开! 放开!"

两个谁也不听，脚揸揸地挽累了才松手。巫志成一甩手，吼道："我就不相信没人管得起你。"朝公社冲去。吴应清毫无惧色，抖抖身上的泥灰，再载上一杆烟点着，不快不慢地说："我还不干了。"闷悠悠地走出会场。

谭富林喊道："吴应清，你跟我转来!"

这次会就这样不欢而散，谭富林气得七窍生烟，这又有什么办法。这次会议情况不胫而走，一队和六队的群众都把替自己争利益的人视为英雄，全大队造得沸沸扬扬。

两天之后，党委书记叫他们三人一起到公社去，谭富林、巫志成到了，吴应清硬不来。党委书记葛子明原是副书记，是一个精明能干的小个子，一身农民打扮，说话声音洪亮清楚，你同他说话，会觉得那铿锵有力的话语不是从他口中发出。当他听完谭富林的陈述后，用锋利的目光盯着巫志成的脸，半晌才说："谭支书你有责任啦，在分解任务时，咋不考虑各种因素，吴应清今天未来，他说得不无道理。你巫志成就不对，队长提疑问，你不但不作解释，还跟人家动手，党性何在，觉悟何在？这是硬任务，队长们在面对他的社员时也难啊！"

沉默，沉默，足足沉默了五分钟，葛书记问："任务怎样落实，这事怎样处理？"

谭富林说："分解的任务除六队喊以外，其他队没有闹，就不变了。只是六队减下来的，加给谁呢？"

巫志成赶快说："我们一队群众已经晓得数字了。"

葛子明沉静片刻说："要跟吴应清下个台，减两百斤贸易粮下来，你（指着谭富林）去劝他把工作干起走。"

巫志成忙说："那两百斤贸易粮加给哪个队啊？"

葛书记鄙夷地看了他一眼，说："你们二轮场把庞大权跟我喊来，我跟他摆摆。"

当他俩同时站起来准备走时，葛书记又叫谭富林留步，谭又坐下来，葛书记说："你们大队可有适当人选，老巫没文化，性情急，做工作不适应了，你要静下心来考虑这事。"然后他又自言自语地说，"显而易见，有文化的社会成员给社会带来的好处，要比没有文化的社会成员给社会带来的好处多得多。"之后各自若有所思地走出小会议室。

十三

把谭富林弄得焦头烂额的自然是吴应清撂挑子，六队群龙无首，群众纷纷抱怨，"大队干部不考虑我们高坡队的困难，还打我们的队长。"谭富林真是有口难辩，他几乎每天去一次，硬是说不通，想让副队长代，这节骨眼上谁又有那么蠢呢？他利用晚上到吴家做工作，当然是南扯北扯地谈些开导的话，吴应清就是不理会。谭富林又去找葛书记，葛书记只说："后天公社召开三干部会（三干部即公社、大队、生产队），生产队会计都要参加，你把所有应到会的人跟我通知起来。你去问吴应清一声不当干部了，还是不是共产党员，一定把他给我弄来。"

谭富林在开会当天一早去了吴家，左磨右唤总算把他拖到会场。当他们走进会场时，台上葛书记瞟了他们一眼，全体党委委员、公社负责人齐刷刷坐在台上，桌子上放着一叠蓝色东西。会议由社长邓德林主持，讲了许久，在邓德林讲话结束时说请葛书记讲话。葛书记站起来，用那锐利的目光扫射全场，气氛骤然凝重许多，他用洪钟般的嗓音开始讲话。他说："今天在座的各位中绝大多数是从新中国成立以来，从清匪反霸，土地改革，集体化、公社化、'大跃进'走过来的，同志们不容易啊，为了党和人民的事业，辛辛苦苦一路走来难能可贵呀！这其中就有我们的雇农出身的吴应清同志，吴应清到台上来。"他做一个招呼手势，吴应清在全场瞩目中一磨一擦走到主席台前。葛书记抖开一套崭新的工人蓝衣服，亲自把上衣给吴应清穿上，并给他扣上胸前的扣子，然后退后两步，向着台下众人，向着吴应清深深一鞠躬，高声说："同志们，感谢你们了。老吴，感谢你了。"

吴应清抱着新裤子，对台上和台下分别一鞠躬，感激涕零。随即宣布散会，与会者心中热乎乎的，感觉比誓师大会的压力还大，他们又投入到忙碌的生产中去了。

十四

在这偏远山村信息闭塞，人们对政治不关心，反正新中国成立以来的运动不断，人们已不惊不乍。1966 年秋，开始学习一个文件《中共中央关于无产阶级'文化大革命'的决定》简称"十六条"，由上级主要领导牵头布置到各公社，放映毛主席接见红卫兵的纪录片，干部到各队通知说是政治问题，十里八乡的人汇集在公社土坝子头，仰着脖子看。原来毛主席穿草绿色军装，在天安门城楼上出现，真是万众欢声雷动。电影放完，灯笼火把纷纷点着，人们像火龙向四面八方伸去，人们高谈着观后感，整个山乡沸腾了。一般百姓只看闹腾，上层干部已察觉出运动来头和所指了，一下子变得谦恭、务实了许多。

在1968年春天之后，开会将批斗对象押上会场，押起公社书记、社长到各大队游斗，押起大队支书、大队长到各队游行，没人敢抓生产。当权派（干部）多数被打趴。哪个地方还在搞生产，那么就说是盖子没揭开。

高回村的农民朴质，他们觉得谭富林不讨人嫌，斗争会开得少点。那不行，"贫农造反司令部"发话了，一定要万炮齐轰高回山。他们在老庙子开斗争大会，地主、富农、坏分子（当时称"五类分子"）站一排，谭富林、巫志成站一排。当年斗地主的和地主同受斗争，简直是对历史的绝妙讽刺。而这次主要是斗争谭富林。一开始，打一排威风，要谭交代自己的罪行。任何人在讲话、说事之前都必须背《毛主席语录》。谭富林胆子小，《毛主席语录》学得也不好，只拣最简单的来背。当时毛主席有"备战、备荒、为人民"的题词，谭富林以为好记。当时开会也有提避孕的提法。于是在他交代罪行之前便说："《毛主席语录》：备战、备荒、避孕。"

天啊！谭富林篡改《毛主席语录》，如何得了，几个造反派如狼似虎扑上去一顿揍，打得谭富林鼻青脸肿，庞大权站在谭富林不远处看不下去了，大声喊："要打死人吗？"

造反派又掉过头来威胁他，他一点不惧怕，威风凛凛，一动也不动，会议主持人怕转移了斗争方向，喊继续开会，并说："立即报告专政机关，看将谭富林如何处置。"几个平时不听话、不勤快的在台前跳上跳下，闹一阵散会了。

他们把谭富林带走了，说是到高回村的最大收获，抓住了现行反革命分子。可怜谭富林老母妻儿大放悲声，黄昏时分谭富林还是回家了。据说是要先把他斗倒、斗垮、斗臭，再定篡改语录的罪。那造反派在高回村碰了钉子，组织起更多的人来"斗争"。他们要弄起谭富林到七个生产队游斗,第一站便是他的老家黄山生产队,因为庞大权是谭富林的保皇派,要煞煞他的威风。大会本来定在晚上进行,但因下雨,狗东西们怕晚上溜溜滑滑,改为下午,社员们拖拖沓沓四五点钟了,还来不齐。会场设在庞大权的堂屋头,来者东一个西一个像躲煞,庞大权呢若无其事,他一个人挑粪泼秧田。几个造反派头头觉得太没给他们面子,跳来跳去催人开会。老雇农庞焕章穿一件烂棉袄,抱一根带铜嘴和铜烟窝的长烟杆,一来就坐在堂屋门坝边,眯起眼睛吧嗒吧嗒抽着叶子烟,一再催促,庞大权这才放下粪桶,提着扁担进屋。批斗对象到了立即开会,造反司令杨学华,南扯北扯说了几句,没有一句文明话,什么那个狗日的又捂着盖子,他妈的保皇派又咋个。当时是时髦说话有火药味,一般人听得肉麻。他带来的人不断起哄鼓掌,时而又有人带领呼口号。会场气氛造起了便有人高喊"打倒谭富林,把庞大权揪出来"等口号。让谭富林站在高板凳上,庞大权在地上,一个女造反派分子几次想去按庞大权脑壳,他身体高,她一伸手,他脖子一硬头一甩,把她甩开,因当地有被女人压头不在时的说法,庞大权忌讳女人摸他头。一连几次,那女人气急败坏,愤恨得很。另外一个男造反派分子跃跃欲试想动手打庞大权,本社群众骤然紧张起来。那家伙走到庞大权跟前阴阳怪气地说:"你是不是走资派?"伸手抬着庞大权的下巴。庞大权朗声说:"我没有走过资。"

那家伙手一捞,就要打庞大权,就在这一刹那,庞焕章将长烟啄在大门槛上重重一磕,呼一声站起来,手中烟杆在空中几晃晃,微微扬起脸,掷地有声地说:"谭富林出去干没干坏事,我不清楚。放牛娃儿,长年出身的庞大权为这个队一天干到黑,是全队的老长年,哪个狗日的今天敢动他一根毛,老子就跟他拼了,我这烟啄不认人。"

听了这番话,许多人低下了头,有的老人说:"是啊,哪个眼睛瞎了没有看到吗?"

甚至有心慈的大娘婆婆哭起来, 短时沉默之后人们纷纷
离开会场。整个会场乱了, 一是人们良心发现, 不愿斗下去;
二是天黑了要回家收拾牲口之类。这样一来, 那帮造反派下
不了台, 那司令便说要找庞焕章"谈话", 庞焕章根本就
不走。

"你是庞大权的亲房吧, 别当保皇派哟。"庞焕章再一次
冷冷地说:"我几辈雇农。新中国成立那阵子都说: 依靠贫雇
农, 团结中农, 孤立富农, 打倒地主, 我看再革命没革到这
地步, 大小干部一个个都要不得, 一律打倒。屎大爷做给你
们吃。"说罢撩起烂棉袄衣擦擦眼角, 慢悠悠地走了。"司令"
和打手们见天色已晚慌张跑了, 再也没有到黄山闹革命了。

但是谭富林篡改《毛主席语录》的事就追查得不得了。
他们成立了专案组到各队调查材料, 强迫个别人签字下押。
一天晚上, 傅佑财窜到谭富林房子背后的竹林, 把庞大权叫
去一起商量。谭富林妻子和大儿子都在, 他们议来议去没有
办法, 谭富林妻子只有哭, 傅佑财一拍大腿说:"张二姐, 光
是哭是不能解决问题的, 谭支书回来, 你问他承认了没有。
只要没承认, 未签字, 一口咬定没说错。是他们听错了, 不
然是要判刑的。"庞大权也说:"只有这样。"当时没录音, 乱
哄哄的, 谁听清楚了? 以后谭富林还正言道:"造谣, 我这句
语录都会说错吗? 我没有说错《毛主席语录》。"几次查无证
据不了了之, 到后来成为一个笑话了事。

十五

随着运动的推进, 经常开万人大会, 批斗大会, 新鲜的、
奇怪的事儿层出不穷, 一直钉在土地上的农民有了许多外出
开会的机会。开始由生产队安排, 这次这拨人去, 下次另一
拨人去, 开会回来计满工分, 开始还有人不愿去, 多有几次
感觉出差比在家头干农活安逸, 大家都想去, 没安排的, 去

了回来一样记工分，否则就要造队长的反，批判不支持"革命"，到后来开会之事根本不通知行政单位，直接由造反组织大大小小的头儿来安排。像庞大权这样的"死硬派"焦虑万分，生产处于瘫痪状态，该种不种，该收不收，只有一些本分点的老弱妇女在家务农。他磨得又黑又瘦，他在想：再革命，总得要吃东西吧，把国家的一点储备粮吃光了以后怎么办。回到家，三个女儿相偎，本是享天伦之乐，他又觉得心中恍恍惚惚的。大女、二女都长得水灵灵的，反倒成为他的心病。一天晚上他去隔壁黄大爷家坐了许久，烟一杆又一杆地抽，没有一句话，还是被黄大爷看出来了，问道："老伙计，你有心事吧？"

"嗯，就是，就是。"

"那你就说出来我们商量一下嘛。"

"唉！"他深深地吸了口气，将烟蒂灭掉，烟杆在石桌边磕磕，慢悠悠地说，"老兄、嫂子，我不怕你们见笑，现在乱麻麻的，这世道不好啊，过去老年人常说，男大当婚女大当嫁。我大女、二女都……"

"啊，原来是这样，你焦什么嘛！你家两个姑娘，论人才、论手脚是百里挑一的，只要你放口，我立即给你领称心女婿来。"

"那就操烦你们了。"

没隔几天，黄大娘赶场回家笑盈盈地到庞大权家串门，说："娃儿他表叔，我今天看到我娘家隔房侄儿陈志远，嗨呀，差点认不得了，一表人才，是四中毕业的，现在当生产队会计，今年二十一岁，与大女很般配哩。"听他们这么一说，庞理秀害羞地进灶房屋去了。

"恰当嘛，叫他下来见个面再说嘛。"

下午庞大姐找到黄大娘说："我爸为啥有这种想法，早早将我送出去呢，他哺养我们费尽千辛万苦，好不容易啊！我不愿离开，我要帮着照顾妹妹，给爸分担一些忧愁。"

"庞大姐，正是他爱你才这样做，世道乱，他又是'当权派'，怕在你身上出事，你顺从你爸爸这份心吧！"

庞理秀泪落如雨湿衣服，连声说："我的命咋这样苦啊！"她是否知道，她父亲心中更苦呢！

几天之后陈志远来相亲，一进门就亲热地与庞大权交谈，不怯场，大大方方的，一表人才，又有文化，特别是小干部。庞大权一见就喜欢不已，大女儿的终身大事由他一锤定音。没办喜酒，没有嫁妆，在逢场天由黄大娘将庞理秀带上街，陈家来接人便完事。临行前几爷子伤心地痛哭一场。女儿走后，庞大权关门睡了半天。

第二年，二女才十七岁，武斗激烈，两派斗争发展成全国性内战，庞大权又征求二女意见："岩上好点，还是坝头好点呀？"

女儿说："岩上虽有柴烧，但到处黑黝黝的，路又陡，赶场都困难。"

他有底了，又托人说媒将二女放到丰泰公社平阳的地方，女婿姓李名朝建，是他改了二女的年龄办到结婚证的。这样虽然安顿好了，他的心已像掏空了，不到十岁的三女在读书，他一进屋真是寻寻觅觅，冷冷清清，凄凄惨惨戚戚。那阴阳相隔的两房妻子也是"不思量，自难忘"。人家的家是爱的港湾，是温馨的巢穴，他的家装的是痛苦的回忆与思念。别人吃了饭舍不得离屋，他只要饭一下肚，栽上一杆烟拖起锄头就出门。哪里还有点活未做完，哪里该有什么补救措施，全队的生产事情了如指掌。他只有用忘我的劳动来冲淡心中的苦闷。他听到别的房檐下飘出的欢声笑语，他羡慕；看见别的家庭双双对对地走亲戚、赶集镇，他心中泛起酸楚情感，毕竟他才四十岁，正值壮年。他的生产劳动需要乡亲的支持配合，他受创的心也需亲人的慰藉，常常能听到他深深的叹息声，看到他无奈地生活着，亲朋好友深表同情。一个高长标准的中年男人，常年带领着一大帮妇女生产劳动，哪有尽

都不动心思的呢？常常有人暗示或背着众人向他示好，可能是同情，抑或是爱慕，更可能有企图，他佯装不睬，或视而不见。

十六

1969年冬天，许多精壮劳力去参与两派争斗，吃大锅饭去了。山村冬天雨水多，阴冷，路滑溜溜的，一天做不了多少活路。庞大权带领一拨老弱病残或婆婆妈妈挖红苕，为鼓励大伙儿多挖一些，先各人挖来称过记上数，再倒大堆子（按斤头评工分）。然后从一方撮起头，今天这户先分到，明天那户先分，有劳力的人家，拿一个在那里候轮子分红苕，其他体力强的先去挑红苕，红苕藤也十分珍贵，那是喂猪、喂牛的好饲料，谁也不愿放脱一点儿。

那天造反派通知北岌场上要演节目，那时人们太缺乏文化生活了，只要演节目、放电影，泥烂水滑，跑上十几里、二十几里都要追去看。各人都心慌意乱的，都忙着快弄起回家之后好去看热闹，谁也顾不上谁。

庞大权只有两爷子，红苕藤和红苕都分得少，他一肩就可挑回去。每天都是众人走完了，他才收拾自己的回家。红苕称完了，他准备将红苕放在箩筐底下，上边放红苕藤，一肩担就往家里走。这时他才发现竹林湾吴汉民妻子梁光明的红苕才送走一趟，红苕藤又没有捆好，一挑就散了，急得哭兮兮的。庞大权又看不得，忙说："你去背红苕，我把红苕藤捆来给你送过去。"

梁光明赶急去背一回，庞大权把藤子跟她挑到阶坎上，放下转身就走，他本想快挑自己的回去，三女儿还等着呢。当他返回刚才分红苕的地点，看到梁光明一边捡红苕一边哭，眼看天黑下来了，背篼装得满满的，她使劲一背，背篼绳断了，红苕滚了一地。绳干脆了，又接不起，倒霉事儿一股脑儿向她挤来，庞大权见状又不便走，他说："快，把我箩筐头的红苕倒在你的背篼里，腾过来装你的红苕，我再帮你送一趟，黑起来了。"

他把自己的端到竹林头又跟梁光明送去，当他把红苕挑到吴汉民家时，夜饭都摆起了。因吴汉民有病不能下地劳动，只有领着娃儿在家煮饭，队长第二次挑东西来时，他心存感激，挽着他，一定要留他吃了饭再走，庞大权再三说：三女还一个人在家呢。但因盛情难却只得吃了再走，梁光明去捶了一把火把，等他吃过之后说："笋篼拿去挑你的红苕，我去把背篼背回来，绳子编好明天才能背。"吴汉民千恩万谢，再三说，老表帮了忙。当地人爱以老表相称，表示亲切，有平称老表不亏人的说法。梁光明在前头打火，庞大权挑着笋筐一晃一晃地随后，梁光明笑盈盈地说："我该怎样感谢你呀?"

"感谢啥子，没关系的。"

"这些年你生活得好苦哟。"梁光明侧身瞧他一眼慢慢地说。

庞大权还是白天与别人谈话一样深深叹了一口气，瓮声瓮气地说："这有啥办法，该当是命。"

梁光明又继续道："我这几年也是拖伤心了，他爸吃得做不得，三个娃儿又还不大，咋晓得是这种命啰。"

"嗯，嗯。"

到了分红苕的小坝坝头，梁光明突然一下把火把拽熄，庞大权惊慌地说："你整熄了怎么办?"

"你抽烟不是有火吗?"夜幕微光下，梁光明解下身上围腰布铺在地上，坐起紧紧扯住庞大权的衣摆。

"要不得，要不得!"庞大权惊惶地想要挣脱。

"你坐下来，我们坐一会儿嘛，我会吃了你吗?"

庞大权就势坐下。

"我觉得你好造孽啊，没有人疼你，没有人同你说句知心话。我呢，守住一个病汉，守活寡，我们两个的命就都这样苦啊!"说着，说着，竟然热泪婆娑地倒在庞大权怀里。凭理智，不行啊。但身强力壮的中年男人，几年没女人温存了，又抵不住这种特殊的诱惑，一时热血上涌，他们有了第一次刻骨铭心的交流。事后他们迅速坐起，庞大权说："赶快回去，千万别露一点风声，泄露出去唾沫星都淹得死你，以后再不能这样了。"

把火把分成两份，各自回家。当庞大权推门进屋，没见女儿，喊了几声，女儿在隔壁答应，"幺幺，快回来，你吃了没有？"

"在黄大娘那吃的，爸爸你咋这么久才回来？"

"我帮别人挑红苕去了。"在不懂事的孩子面前他的脸通红。

"爸爸你喝了酒吗？你的脸红通通的。"

"喝了。幺幺，今后爸爸出去了，要自己煮饭吃，不准到隔壁混伙食，听到了吗？"

"听到了，就是一个人在屋头有点害怕。"

"自己的屋子有啥可怕的呢？"随即是一声长长的嗟叹。

十七

梁光明回去，一如既往地做家务事，丈夫、孩子都已上床了。吴汉民不一定睡着，但他咳咳呛呛地怕冷，那时没穿的，不分白昼，多数时间在床上度过。他比梁光明大二十多岁，新中国成立前家务不好，长期跑贵州做生意，挑纸、生活用品去换毛皮、茶叶和土特产，回来再卖，收入不丰，只能糊口。他家是两兄弟，为其分柴山闹翻了脸，各自安家之后，两妯娌为孩子、财物常吵架，简直是水火不容，互相诋毁诬赖，两家孩子不敢在一起玩。横泼霸道的嫂子李世才更胜一筹。吴汉民做农活差劲，加之后来又得病，简直是行尸走肉。在早几年生了两男一女，小的六七岁，三十开外的梁光明身形不高，胖壮，皮肤白净，看上去受看。绝大多数妇女都有一个怪德行，只要玩好了，没隐私可言，啥子都拿出去摆，甚至自己同丈夫的私生活都不会隐瞒。梁光明在相好中说过自己男人多年不行了，守活寡，妇女们还同情她。自从同庞大权苟合之后有喜了，而且反应很重。

作为一队之长的庞大权，打那以后，干活、看水都尽可能绕道走，生怕遇上梁光明。他深知"不正当男女关系"在人们心目中的低卑、下贱，他多次暗自琢磨，该不会有啥关系吧！殊不知竟有这等巧事，那梁光明不正常了，拐了、撞上鬼了，人到中年怎么遇上这等烂事！庞大权焦得不得了。他一看到梁光明蔫耷耷的样子，就心烦意乱，胸中像装了一只猫。突！突！跳上跳下，晚上都睡不着。

一天逢场，多数人赶场去了，耳目少些，庞大权一个人在荒土头开土，四周都是竹子，很隐蔽，正当他坐下来休息时，忽然听到沙沙的脚步声，回头看是梁光明来了，他压低声音问："你来干啥子？"

梁光明微微一笑，说："你说我来干啥子嘛。"她走近，放下背篼，从里拿出一个烧红苕，两个饭团粑，说，"趁热，快点吃了。"

庞大权本来饿了，大口大口地将东西吞下之后说："你不焦吗？还跑来。"

"我焦啥子，怀了你的种，不知有多高兴，你已有三个女儿了，说不定我为你生一个儿呢！"

"还不是不敢跟我姓。"

"不管他跟谁姓，在这个世上有你的人种就够了。"这一着，倒把庞大权说高兴了，想到四十来岁的人了，一枪中的，既紧张，又快活。

梁光明见他高兴，又横躺在他怀里，说："前段时间，我真够呛，晚上多想和你说说话，摸一下都好，现在害过了。你摸长得快不？"她把他的大手拉进衣襟里，庞大权抚摸着微微挺起的乳峰，胀鼓鼓的小肚子，真是一身热血沸腾，他们又一次度过美好时光。

事后庞大权又是哀求说:"往后别再来找我,注意影响。"梁光明则心满意足,幸福地离去。

梁光明的异常形态最先被嫂子李世才察觉,她在妇女中散布,随便梁光明走到哪里,都有人指指点点,窃窃私语,没有人愿和她合群。一天傍晚,梁光明回到家里,因大儿子惹哭了李世才的孩子,李世才借题发挥,叨进叨出,唯恐天下人不知道:"你说你的男人不得行了,咋又装起了呢?是讨了哪家的种,走草母狗,好意思。"

来而无往非礼也!梁光明还是硬着牙巴乱还。但心无底气,更要命的是当她回房间,看到吴汉民坐在床沿上猪肝似的脸。过了一会儿,他用右手食指划了几下脸说:"好听,你的脸皮还见得人吗?你跟老子说清楚,是哪个杂种跟你绞上了。"

他刚骂这几句,就"咳咳咳"的接不过气来。梁光明正一肚子苦水无处倒,一腔无名火胸中燃烧,遇上窝囊废,竟然还如此羞辱,顿时气不打一处来。她把菜刀往地上一摔,哭喊道:"我不活了,我过的是啥日子啊,进门没过一天人过的日子,你年轻时出去晃,丢我在家守活寡,现在你拖一身病,要我盘娃儿、服侍你,我不想活了!"她一头栽到床上乱滚乱蹬,吴汉民离开床沿站到地上,她又滑下床,扯着他的裤脚,翻来覆去地滚。吴汉民真的吓坏了,喊大儿子说:"大毛儿,快把你妈牵起来。"

孩子上前牵她,她不,硬要吴汉民伸手来才行:"出去受了气,回来你还这样洗刷我,我还有啥活头。"

吴汉民真向她伸出手,殷勤地说:"娃儿他妈,你不要性急,没有你,这个家早就散了。"话虽这么说,他那纵横的眼泪不知为哪般流哩!

第二天,李世才还要展开攻势,又开始招惹。吴汉民有意在外边走来走去,咳嗽两声,他嫂子瞟他一眼:"活龟子!"

吴汉民一反病态,大声问:"你说哪个?"

嫂子说:"自己明白。"

"老子明白。"吴汉民把一根竹棍打在她门前石阶的坎上,挞得稀烂,吼道,"你这烂婆娘,再敢乱说,老子撕烂你的嘴巴,老子的婆娘怀我的种,关你屁事。"

李世才看到小叔子泼起了,吓得钻进灶房不敢出来,打那以后讨种风波平息了,人们反倒觉得李世才惹是生非。梁光明十分开朗地生活,庞大权不再有压力,习以为常地帮这个挑、那个扛,大众面前梁光明也公开喊娃儿他表叔帮她挑啥、做啥,十分自然。吴汉民在众人跟前同庞大权亲密无间,俨然是嫡亲表兄弟,庞大权合理帮忙,甚至吴家大毛常把庞三妹接过去一起耍,情人免了相思之苦,何乐而不为呢?

1970年农历正月初,梁光明在自己家头生一男孩,取名吴志林。庞大权一直喊幺儿。

十八

那时搞农业学大寨,砍山开土,山林树木砍伐殆尽,烧的成为大问题,一点点草根树叶人们都抢着弄。出工干集体活路一个个懒绵绵的,一说歇稍,各人割草捡柴搞得飞快,精壮劳力参加武斗,多数是图吃饭,生产越来越无法主持,不像运动之前,一喊就来,变得躲躲闪闪,喊到这个,那个又溜了,第二天要做些啥活儿,头天晚上就挨门挨户交代,要人情,俨然像帮自己,庞大权磨得抽长咽气,还是尽力维护着一队的生产秩序。天灾与人祸总是孪生兄弟,大凡有人祸,必有天灾。从1970年秋季起直到1971年农历四月,没有有效的雨下。先点下去的胡豆旱烂在土头,出不了苗,有点水粪都用在各自的自留地里,集体用沙土当灰。庞大权看到救不住,他又出招,让社员在集体地里种菜,要保证集体胡豆小麦出苗,而且要有好收成。这一来,群众又来劲了,连出去武斗的都回来参与,一时间黑更半夜都在挑水洗粪池,刮干脚泥,大种蔬菜,集体小春也沾光,长势大好,三坡五坎种满种尽，黄山的做法，别的地方的人十分羡慕。那时不图吃好，吃饱，只消有菜都好得很。但是公社管委会几次找庞大权过问此事，并讲是路线问题，道路问题，是倒退，是资本主义复辟。

谭富林复出主持工作，也替他焦得不可开交。一天下午，谭富林叫庞大权到他家去。一进门，看到管委会主任杨立荣，两个造反派头头结合管委会的副主任唐伯苓和李振翔坐在饭桌前等他，一二三个都板着脸，他还厚着脸皮跟他们打招呼，都装猪叫咕一声。庞大权心中打战，但表面十分镇定，叶子烟吧嗒吧嗒地抽着，找一条矮板凳坐下，心想看你龟儿些要怎样。还是只有沉不住气的唐伯苓开口："嘿！庞大队长，你的胆子不小呵，大面积土地划给社员种菜，你看拿来怎么处理。"

唐伯苓本来是民办老师，造反起家，现在当了管委会副主任是威风得很。那主任杨立荣更是恶狠狠骂道："就你胆大，这是方向路线问题，是资本主义复辟，你知不知道？"

李振翔也随声附和，轮番训斥，谭富林埋起脑壳抽闷烟，见他两个爱理不理的样子，三个都气急败坏，高矮要庞大权出措施立即纠正。

庞大权将烟杆一扯，在板凳沿上磕磕，用汗帕子擦擦脸，不快不慢地说："你三个主任说了这么多，我听见了，再革命嘛，还是要吃点东西才得行，不是前几年存得有点粮，那造反派哪有米来造大锅饭。今年倒收起来了，像这样干下去必定是冬旱接春旱，明年上半年社员拿啥子下锅？"他站起来抖抖身上的烟灰，慢慢往外走，这时凶暴的杨立荣跳起来，他想他们还没放口他竟敢走。

"阶级斗争你不晓得，只晓得种粮、种菜，要抓革命促生产，你懂不懂？"

"懂，试过了的，那样搞法不得行。"他气愤地提高嗓音。

谭富林假装跳起来："你跟我转来。"

"转来个屎!"谈话就这样无果而散。

自古以来天灾与人祸是孪生兄弟。1971年春天真正应验了庞大权的语言,冬旱接春旱,几个月无有效降雨,许多生产队小春绝收。

刚开春,公社管委会在开生产动员会时发布信息——据摸底,那些岩区生产队还有储备粮,尽管1963年以后强调各队要搞储备粮,但历年政治运动加之武斗,粮早整光了。岩区稍好些,可能是庞大权之流人物多些,坝头控制得紧的饥民四起,更多的人出去参加派性斗争,无非混点吃的。但家中妇幼老少总得要活,公社、大队出面借粮,每天都有一队队组织起到岩上借粮的队伍。条件不苛刻也不简单——或挑到粮站帮借主上粮,或是百分之十五到二十利息同类粮类。虽是这样,只要能借到再远都要去试了。直到这时才有人想起黄山,想起庞大权,他们小春丰收,蔬菜满地,小春还未收成就有几个队来联系,借一斤胡豆、小麦,还一斤四两稻谷,或挑到粮站抵统购。一时黄山故事又悄悄相传,重灾之年,还能造就一片世外桃源,在当时只能意会不可言传,农民如跟土地玩花招,定然有报应。

十九

时间是不息之流,好过歹过都在过。吴汉民拖到1973年初冬,"幺儿"已三岁多了,长脚长手,白生生的,眉宇高而宽,眼眸子一闪一闪的,人见人爱,一点不像他的同胞兄弟,只要听到庞大权一声"幺儿",一阵风跑来钻进他的怀里。全队的人都叫他幺儿,幺儿成了他的代名词,人们不再议他的身世,尽都见怪不怪了。吴汉民病势加重了,坐都坐不住了,茶不思饭不想,自知生命快到尽头了,他轻轻地说:"大毛,去把庞表叔喊来,我有事跟他说。"

听到吴汉民病危消息,庞大权急忙赶到他的床前,弯下身子说:"老表,这几天更不舒服吗?"

吴汉民轻轻说:"老表,扶我起来。"

庞大权将他抱起,梁光明用被子、枕头给他塞紧才勉强倚床而坐,歇了好一阵才微微抬起头,轻轻地说:"你两个都坐下来。"

梁光明坐到床沿上,庞大权坐在靠床的小板凳上。吴汉民看看梁光明,说:"大妹子,这辈子是我对不起你,你太不容易了,孩子长大该好好孝敬你。"

梁光明立即泪流满面说:"他爸不说了,不说了。"

他慢慢转过脸对庞大权说:"这些年多亏有你照顾,我从心头感谢你。"他向梁光明示意又轻轻地说,"把娃儿喊进来。"梁光明喊了一声四个孩子一齐进屋来了,吴汉民招呼说:"跟表叔磕头。"几个娃儿一齐向庞大权跪下,庞大权跳起来说:"老表,要不得,要不得。"

吴汉民提高嗓音说:"老表,我把他们几娘母托给你了,你要教他们学会做活路,要成家立业。娃儿些要听妈的话,不准对表叔说不敬的话,听到了吗?"

"听到了。"

"出去吧!"

屋里又只有三个大人了,吴汉民静了很久才回过神来,很慢地说:"幺儿,我很爱,如可能,可以用抱养方式由老表抱过去,随你姓。"

庞大权立刻说:"不,不!老表,你放心,我不带走他,就是现在这样。"

"啊,那好,那好!"吴汉民慢慢低下了头。两天之后吴汉民带着迷茫、悲伤和无奈离开这纷繁复杂的世界,梁光明再次呼天抢地地痛哭,人们再次为她落下同情的泪。

农业学大寨的风越吹越有劲,年年在挖资本主义尾巴,私人种一窝小菜,栽一窝南瓜都指责是资本主义复辟,责令当众拔掉,百姓生活饥馑无奈,而这两年总把黄山盯得特紧,甚至公社干部长期带队蹲点,遇上这样的高压态势,庞大权一筹莫展。一天晚上饭后，他悄悄溜到傅佑财家，轻轻敲门，傅佑财开门见是他，欣喜地说："我就知道你要来。"

庞大权坐下小声说："黄山这些年藏着掖着，社员没吃亏，像这样的清查，人在这儿守着不走是没法子搞事了。你的点子多，想想看，我如何办才又合法，群众又不饿肚子。"傅佑财也陷入沉思，两伙计一正一副，是两百人的当家人哩。闷了许久，傅佑财一拍大腿说："他们不是常说共同富裕吗？不准私人种，就集体种。"

"对，我也有这个想法。"选定大地塝，一大片挂塝田放干，种菜，肥料嘛，就分期到县城挑氨水，种牛粪，加草皮泡烂之后用，具体由傅佑财负责，种出来分给大伙。庞大权则领着多数劳力搞大兵团，作战"学大寨"，他们想到许多细节和可能发生的事，一直谈到深夜，庞大权才回家，露气浸润他的衣衫，但心中踏实了，轻松地走在林间小路上。

二十

1969年，毛主席发出一段指示：知识青年到农村去，接受贫下中农的再教育，很有必要。要说服城里的干部和其他人，把自己初中、高中、大学毕业的子女送到乡下去，来一个动员。各地农村的同志应当欢迎他们去。农村是一个广阔的天地，在那里是可以大有作为的。

知青作为一个社会的群体，美其名曰"响应号召"，其实是无别选择，一批又一批的下乡，父母身边只能留一个，十六岁以上在册难逃，不愿者，就下户口，直接发配。与其不光彩地离开，不如光荣地走出这一步。

1969年底，首批知青下乡，第一个到黄山的是北岌场上的张显玉，她父亲是位运输工人，当年不通公路，一切货物都是人挑马驮。她父亲人矮小，挑担子不得行，就吆马，两天一个来回，把收购的货物运下县城，又把人们的生活必需品从县城运回来。家头虽然不富裕，一家四口（有母亲和妹妹张显金）还算过得去。她母亲打草鞋，五分钱一双，算是稳定收入，妹妹张显金读书回家也做些家务，混混沌沌，无忧无虑地生活着。就在她十四岁那年冬季，总觉得特别冷，常落冻雨，人们称之谓下雪米。一天早上天雾蒙蒙的，半夜父亲就去喂马，听他对母亲说："我跟运输社刘主任说定的，今天早点把这批货送到，他们要分配结账。"

天还不曾亮，她父亲就赶着马出发了，走出老远还听到嗒嗒的马蹄声。当她放学回家时，看到自己家门口围着一大群人，母亲趴在床沿上撕心裂肺地哭喊着，她怯生生地走进去，人们像看陌生人一样看着她，她立刻感到大事不好，大声问："怎么啦，怎么啦？"

隔壁的简孃孃小声说："你爸出事了。"

她哇的一声哭起来，妹妹也在哭。这时街村支书走过来安慰几句，又让大伙打扫屋子，取下门板，用两条木凳安平，还点上一盏草油灯。一会儿，在一群人的簇拥下，推来一辆板板车，父亲矮小的身躯用白布和头和脑地裹着躺在车上，几位邻居妇女挽着母亲，怕她去碰丧，几个男子将父亲遗体抬到门板上。

几天都是在乱哄哄的哭闹中度过。父亲被安葬在场口不远的青冈山里，母亲见天以泪洗面，茶不思饭不想，她不再高声哭喊了，简直没精神了，脸灰蒙蒙的，眼睛陷下很深，一个大黑圈围着失神的眸子。懂事的显玉尽力安慰她："妈妈，别难过，还有我和妹妹嘛！"

总是劝一阵哭一阵，母女仨的天塌下来了，一切都打乱了。后来才听运输社的叔叔说，她父亲出事那天，因打霜，路面很滑，雾太重，马在过板板桥时打滑了，马失前蹄，背上的东西向前压，父亲忙中失策，一下扯住马尾巴，想拉住马，结果马反把他带下河去了，造成车毁人亡的惨剧。母亲哭闹一阵不再闹了，连话都不说，见天头不梳脸不洗，眼睛盯在那里就是半天，她气傻了。为了生活，张显玉没有读书了，运输社按她父亲工资的一半补助她们，她去帮学校挑砖、挑瓦、挖土方，反正一切能干的活都尽可能干，挣钱来维持这个家。妹妹上中学开支大一些，懂事的妹妹读走学，每天来回三公里，伙一群女同学没有什么可担心的。最麻烦的是母亲病势加重，没有人照顾是不行的，蓬头垢面，见着啥撕得动的东西一概撕成缕缕儿。那时煮饭全是烧柴，有钱可以买，现在买不起，路边渣渣纸屑、甘蔗壳壳见到能烧的都捡，为省柴，煮饭时米锅水开了就慢慢熬熟，这样的饭没有一点香气。再俭省也总得要吃熟的呀！当时街上居民不分男女老少，有点空就上岩上捡柴，有人戏称是捡柴大军。大军所到之处像飞蝗猎食，干的生的、老树小树砍伐殆尽，因那些多为公山，岩上人只要没损到他个人利益是不管的。纵有个别干部追赶，捡柴大军人多势众也不以为然，劳力强的家堆起许多的柴了。但张显玉家却烧了上顿无下顿，她只能利用星期天妹妹在家做作业看守妈妈时，同大军一起去。岩上的柴山在大军砍伐下向内收缩，过去走几里路就到，现在走十多里才能弄到柴。不要说挑柴回家，就是走这段路已早把人拖趴下了。

张显玉第一次去捡柴是在一个大雾天的早晨，捡柴大军队伍绵延几百米，个个手执锋利柴刀，挓着扦担，高声武气地喧哗着，她心中暗想难怪那些人见天都来捡柴，原来好耍。走到岩脚，开始拾级而上，有几处陡得像楼梯一样，眼睛不敢向背后看，脚杆打战战。她趴下，双手摸着路上石板向上爬，离她走得近一些的说："算了吧！还没有捡柴就吓成这样子，挑起柴，你还敢下来吗？"

她勉强伸直腰，紧跟着众人前进，到了树木多的地带时她的头发都湿得粘在脸上，衣服也湿透了，浑身只觉得火辣辣的。一路人很快散到林间去了，一霎时，噼里啪啦声到处响起，倒树声砍柴声响成一片。张显玉下不了手，她提着柴刀这儿摸摸，那儿看看：这哪有可捡的干柴啊！这时简孃孃大声吼道:"站起干啥,还不整点,你空手回去呀?"

这时有的人已经捆起一捆两捆了。她才去砍人家砍过的几根长叶子的嫩竹子,还没整到多少,到处传来喊走的声音。啊!他们咋这样快哟,因不抓紧就要受黑,她急得真想哭,正在这时,简嬢嬢走过来,一脸的不高兴。虽然她也披头散发,但精神着实不错,"捡起好多了?"

"没多少。"

"捡柴,你以为是来吃酒,客客气气的,是那几下整起,就要走,落在后头的,被看山的来抓到,把一切损失算给你,要罚款,喊街村干部来接。有的女娃儿身子都赔上了,你以为简单。"

显玉听了毛骨悚然,实在没弄到,他们走,也跟着走了算了。简嬢嬢高声喊:"沈强,过来帮她捆起。"

这时树林中走出一个青年人,肩上挑一挑半干半湿的柴,走到她们跟前将担往路边一放,撩起衣角擦擦满头的汗水,又用衣襟扇一扇脸,说:"怎么捆嘛?"

张显玉抬起头与他眼睛相碰,发现他牛高马大,足有一米八左右,因为热,脸膛白里透红,浓眉大眼,煞是英武。这是街边上沈二娘的大儿子,他父亲是南下干部,在粮站工作,听说是支部书记什么的。她正胡乱想着,简嬢嬢又发话了:"快点吆起,捆起走,那些都走了。"

张显玉又忙乱地搞,只见沈强先划捆篾,置于地上连拉带卷把一捆柴捆好了,当他把两捆柴都收拾好之后,提着刀走在一窝黄竹边左右瞧瞧,择中一根老得带黄的竹子就是一刀,拉出来,自言道头截压肩头,二截最好。他用衣服擦了擦竹竿成了扦担,又麻利地把两捆柴穿起,然后两手杆钩起试了试,说:"好了。"掉转身担起自己的柴走了。

简嬢嬢以为帮到头了,也挑起走了。显玉学着他们用肩去挑扦担,哟!原来两边柴刚离地,扦担就往肉里钻,左肩不好受,往右肩,不断换肩,没走多远,两个肩头都不肯要了，只有让颈子承担，颈子不好使，把头都压勾了，汗水像榨油一样出。开始还撩起衣襟擦擦，过一阵就随它怎么流，衣服都湿透了，一公里路都不知走多久，在要翻平的陡峭处，她挪不动了，别说挑柴，就走回去也艰难了。想想早死的父亲，疯癫的母亲，想起了聪明美丽而较张扬的人们戏称"菜花蛇"的妹妹。生活是如此艰辛啊！不如跳下崖死了算了，要是到黑之前下不去岩，简嬢嬢说的赔上女儿身，还不如快点死掉，想到这些泪如雨下。脚踏岩缘家何在，生死攸关在此间。

突然，洪钟般响亮的男中音在耳边响起："你还在这儿呀？"沈强向她走来。

"我实在挑不起，走不动了。"她赶快用袖子擦了擦脸。

"柴挑不起倒没啥，我挑走马肩（就是两挑换起向前搬），你人总得要走才能回家啊！"说着他迅速挑上担子，伸手拉了她一把，"快走，人家那些已经到家了。"

她鼓起勇气拼命向前走。每走一里左右，沈强就放下肩上这挑回去担那挑，这样张显玉就一直在他视线以内，在看得见街的时候，沈强先把她那挑送到家门口。天黑了，张显玉才到家，妹妹已煮好饭等她，见她蓬头垢面，一身汗臭，一歪一瘸地回来，吃惊地说："姐姐，你怎样了，成这样子？"

"捡柴恼火得很，二天我不去了。"

"有滚水，你洗个澡。"

"不用了，我动不得了。"她脱下衣服，擦几下，换上旧衣服就上床睡了。一直睡到第二天天黑，妹妹放学回来才把两捆柴拖进屋里去。

二十一

打那以后有人小声嘀咕，张大姑与沈强搞上了。一天妹妹放学回家，看见有几个妇女在对门店子上围坐着说什么，她走近听见有人说："找个帮干活的还是好，还说她恭敬，第一次捡柴就绞上了。"当有人发现她时便干咳一声，随即散伙。

妹妹回到家一脸秋风，把书包往桌上一甩："原来出了那事，还说捡柴恼火，我看你这辈子就别去捡柴了。"

"你说什么？"

"你自己明白。"

"你听到啥子？"

"人家说你跟到沈强。"

"没有啊！"

"为啥平白无故人家帮你挑柴，你回来时成什么样子？不要脸。"

"妹妹，我没有，冤枉啊。我可对天发誓。"两姐妹抱头痛哭。过了好一阵简嬢嬢过来说："啥子事哭得这么凶？"

"有人乱说我姐姐。"妹妹哽哽咽咽地说。

"说些啥子嘛。"

"他们说我姐姐跟到沈强。"

"哎哟，我还以为你妈死了，这点事还值得哭那么凶，沈强好啊，这娃儿一表人才，又勤快，街上有几个娃儿赶得上他，要是没意见，哪天我跟你做媒去。"

说罢，一阵风似的走了，过了几天张显玉到河边水码头挑水，沈强母亲正在那儿洗衣服，她满面春风地说："嗨哟，张大妹挑水啊，你妈妈好些了吗？"

"你洗衣服嘛，大婶，我妈还是那样子。"她心里明白，简嬢嬢传过话了，以后简嬢嬢又到她们家聊过几次。一次简嬢嬢说："腊月八老期会，叫沈强来上门行不？"

"我做不了主。"张显玉说。

简嬢嬢说："你们父亲不是本地人，你妈也没有近亲了，就自己拿主意吧！我看沈强靠实。"

"那，嬢嬢，依你。"

"好！好！依我的！"简嬢嬢快乐地喊着。

一顿简单的订婚宴，把一对年轻人套在一起，那是 1964 年的农历腊月初八，那时沈强二十岁，张显玉十七岁。

往后张显玉不再去挑柴，就场前街后捡点柴草凑合着用，沈强隔三岔五地白给她家挑一挑柴来。名正言顺地订了婚，嚼舌根的没再造。那时男女行为都十分正规，没有花前月下幽会浪漫跑来跑去。

1965 年春夏之交的一个下午，沈强兴冲冲来到张家门前，看妹妹还未放学，妈妈在床上呆呆坐着，张显玉在纳鞋底子。他兴奋地说："喂，告诉你一个好消息，我要去工作了。"

"哪里去，什么工作？"张显玉停下手中的针线活，眼睛直盯着沈强因亢奋而绯红的脸。

"安装队。"

"安装队做什么的？"

"我都不清楚。"

"在哪里？"

"暂时我都不知道。"

一股暖流满身激荡。两个年轻人久久没说话，过了好一会儿，沈强才重重地吞下一口唾沫认真地说："你要等着我，有工作了，我存点钱。你年龄到了就回来结婚。"

张显玉也认真地说："你不要变心啊！"说这句话时脸红到耳根，像夏天熟透的番茄。

"不会的，我这一辈子就只和你好。"

"我相信你，什么时候走，我把这两双鞋子给你送过来。"

"后天走，我还有几个朋友，我去跟他们聊一聊。"

他走了，张显玉目送他魁梧的身影，热泪模糊了双眼。第二天晚上沈强家举行家宴为沈强饯行，张家母亲去不得，就由简嬢嬢带着张氏姐妹去。沈家挺庄重，小弟妹赶到小桌儿上坐，沈强父母笑脸相陪。

沈强父亲是山东人，说话就是我们当地说的普通话，简嬢嬢小声说："沈书记是苗子。"张显玉默不作声，倒是妹妹话不少，天南地北地跟主人聊。到底人家是中学生，不怯场，气氛活跃。在沈书记给简嬢嬢敬酒之后发表主旨演说："简嬢嬢，你是看到的，我是直性子人，娃儿他妈也恭敬，沈强去工作，锻炼锻炼，是好事，个人问题嘛，定了就说一不二。啊，显玉别背包袱，好男儿志在四方。"

在回家之后，张显玉把两双红布包着的鞋垫塞给沈强，当四目相对时，热泪模糊了两人的眼。

"沈强，我走了，到那边写信来啊！"

"一定，一定！"张显玉走在最后，沈强一直目送她到转弯尽头。

在以后的时间里，两个青年人常通信，总是收到一封立即邮出一封，往返都要十天半月，那时什么想啊，念啊，都是写不出来的，总是摆一些自身见闻，生活琐事，鼓励对方好生工作之类的话。光阴荏苒，在相互牵挂中过去将近一年。

二十二

从 1966 年开始的"文化大革命"，在 1967 年春才在本地全面铺开，什么"大鸣，大放，大字报，大辩论"风起云涌。人们一时像着了魔似的，拿着《毛主席语录》，称为"红宝书"，各种组织成立，常常开批斗大会，各单位的主要负责人都是揪斗的对象。沈书记是最先被揪斗的，他兼了街村支部书记。他耿直，听到那些无中生有的"揭发"，听不得，所以被骂叛徒。他说："我是山东诸城人，在当地参加土地改革工作，后来随解放军南下，我一直在部队转战，没当叛徒。"

只要他一说话，马上就有人喊，"对沈力采取革命行动。"就有人按他的头，甚至拳脚相加。每斗一次，都是闯鬼门关一次。以前跟他好的人都躲了，有的背叛了，成了对头，连医生也不敢跟他治伤。

一天沈力在门口晒太阳，原公社党委第一书记王益民哼哼叽叽地从他身边走过，口中念念有词，唱道："打落了牙齿和血吞啊……啊。"这一句使沈力清醒了，别硬顶啊，好汉不吃眼前亏嘛，以后再斗，他像木鸡任凭造反派怎样摆布不争辩了。沈力挺过来了，运动结束后调县粮食局任局长去了。

沈强好长一段时间没有来信了，张显玉越来越揪心，一种不祥的预感笼罩心头。一个阴沉沉的傍晚，沈强的弟弟沈勇来到张家门前，显玉急切地问："沈勇，你哥哥来信啦？"

沈勇眼皮都没抬，瓮声瓮气地说："今晚上，我妈喊你到我家去。"

说罢就走了，张显玉心乱如麻，是什么事，头脑中混乱一团，只觉天昏地转。她赶快去找妹妹，因为停课闹革命，她是见天在外风风火火贴大字报，开批判会，有时深夜才回家。她不像姐姐怯懦、怕事，她泼辣霸道出名，同龄男孩她都敢打，是有名的菜花蛇，邻居都对她敬而远之。

显玉在"井冈山兵团"办公室找到妹妹，把她扯到一边，小声说："沈勇说他妈让我今晚过去，可能有事，你陪我去一趟嘛！"

"不去，不去！走资派家庭，我说你也别去了，还不如早点划清界限，吃亏的总是你。"看她那股野蛮劲，显玉吓坏了，她回家煮饭服侍母亲吃了，给她生上火，让她靠床坐着，然后轻轻关上门，朝沈家走去。当她到来时，沈家人一个个蔫耷耷的，妹子沈兰在灶上做事，沈母烧火，沈勇耷拉着脑袋靠在饭桌边。他们都用诧异的神色看着她，她的心吊在半空中了，像步入陌生境地，见着陌生人。正在这时，沈书记从里屋走出来，伸手示意，"坐，坐。显玉好久没来了。"

张显玉找一条板凳坐下，沈三妹为她端来开水。短暂沉默之后，还是当过书记的沈力开口了。"显玉啊，哪天就说把你请过来耍一会儿，家头事多，没得空。今天啦，我想告诉你了，沈强出了点事。"

"什么事？"张显玉一下站了起来，沈母马上泪如泉涌。

"别急，别急！"沈力招呼她坐下，他吞了一口唾沫说，

"他在工地上，人家休息时，他去撬一坨石头，石头滚下去砸死了人。"

"要抵命吗？"

"不会，他不是故意的，是一种过失性犯罪被判刑了。"

张显玉反而镇定下来："那不关事，我等他！"她说完这句话，泪也不自觉冲下脸庞。沈力十分亲切又怜爱地说："孩子，你别冲动，他判得不轻啊，十年啰。"

"随在好多年，我都等他。"

"姐姐！"沈兰一把抱住显玉放声痛哭，一家人都成泪人，哭了一阵后，张显玉说我要去看他。沈力在屋里来回走着，口中念着："艰难困苦，玉汝于成。"孩子们都没听懂他的话。

那是1967年。张显玉仍按照她的思维生活着，随便外边出啥新闻，都与她无关，她从不到公共场所去，每天赶做鞋垫子，她一心想某天她带着用心血织成的信物去看望未婚夫。做了一箩筐也无法送出去，因为运动越闹越凶，以前刑满人员都无期限地控制着，探监成为梦想。她的母亲已于1969年去世了，妹妹与在这里钻石油的青工结婚走了。她无牵无挂，成为知识青年下乡对象中人，只消找一个合适的人嫁掉便可不下乡，连简嬢嬢都说："随便你，沈强短时间出来不到，结婚成家的人才不是下乡对象。"

但她就是一根筋："人些说我跟到沈强，我就跟一辈子，下乡未必有劳改那么可怕。"1970年下乡时，公社副书记邓国民与张家有点关系，他以为黄山吃不了亏，特别找到庞大权说："老伙计，我有个亲戚的女儿下队到你那里，托你照顾，怎么样？"

"没问题，我把她当女儿待。"就这样张显玉成了第一个到黄山的知青。

二十三

1972年5月又有一批知青下乡，平阳一些相对近的生产队都安置了知青，黄山远离场上十来里，较偏远，只有一个知青，按规矩应增加安置。劳动节后的一天，谭富林回来告诉庞大权公社还要分两个女知青来，做点准备。他立即找人把保管室还有一间大屋分押成两间，听说是女孩，灶房与张显玉共用，还用树枝绑了两张床，做好了必需的准备。

一天中午下班，有人在岚坳上喊："庞大权，喊你赶快到公社接知青。"

他几口把饭装下肚子，挑起一挑箩筐就去了。他刚走进公社大会议室，管知青的赵主任喊："老庞，这里，这里！"

他走进屋里，一男一女成年人和两个姑娘都同时恭敬地站起来。赵主任说："来，介绍一下。"她面向老少四位，指着庞大权说："这是黄山生产队队长庞大权。"他们一齐点头喊："庞队长。"赵主任又掉过身指着那位中年女人说，"这是范嬢嬢（指一下一个瘦高个姑娘的妈妈）和她的女儿李景原，这位是王主任和他的女儿王爱东（指一下稍胖、略矮的姑娘）。"

"你好！"

"你好！欢迎，欢迎。"然后分别落座，赵主任对庞大权说："庞队长，这批下来的十多名知青，为啥把她俩安排到你那呢，因为黄山隔街上虽然远一点，生活一直较好，你又耐烦，原来那个张显玉，她说你像父亲一样照顾她。这两个跟我有点关系，所以让那些走了，中午才通知你来接。"又转身对她俩说，"你们不知道，庞大权是全公社生产队的生产能手，对人好，你们去吃不到亏。"

两位家长见庞大权厚道，都说下一次来看，今天就回去了，让两个姑娘跟庞大权一起去。尽管他们都有思想准备，一旦分别还是眼泪婆娑，磨蹭了好久。一路上李景原尽管背一包衣服，提一篓书，但还一直跟庞大权说话，她对什么都新鲜，问这问那轻松自然的样子。王爱东则一直努着嘴，气呼呼的，一言不发，显然还有点累，呼哧呼哧，脸通红，额上汗珠直冒。力大如牛的庞大权，挑一点细软东西如打空手，他一会儿指指点点，一会儿又介绍情况，像是导游。凡是可以歇脚的地方都短暂歇一会儿，因此傍晚才到家，生产队已为她们安排好夜饭，烧好洗澡水，热情又显斯文的张显玉高喊欢迎、欢迎，几位看热闹的社员十分殷勤地接待她们，像看大熊猫一样稀奇。

当时黄山的三个姑娘倒不太知晓，外边的知青们也有变化了。先下来的知青以农村的新鲜事物看待，而且是当政治任务完成安置的，各级重视得多。到后来，群众麻木了，又因知青要确保一斤多粮一天，处处需要让着点，也生厌烦情绪。而知青呢，从轰轰烈烈的热情中冷静下来是格格不入的感情，腌臢的生活环境，繁重的体力劳动，远离亲人的孤独，又没有任何文化生活，除了马、列、毛的书，就是火药味浓烈的报刊。

正在满腹沮丧无处发泄的情态下，知青协、管委会部分人又耍小人工作，以送礼厚薄，家庭地位尊卑，个人长相美丑抽调去宣传队或出公差，有的女知青被强奸猥亵，许多知青的逆反情绪就升腾起来。

到1972年之后常有知青出去采青，捉农民鸡鸭，不愿劳动，互相串联等。当他们生活得无聊时就爱去赶场，把逢场天出去溜一下，会会同伴当成一种放松享受，无论来自何方，只要是知青就火热亲热。他们在一起可以说一些同类听得懂的话。

一个从气矿来的工干弟子叫李延风，儒雅帅气，谈吐幽默风趣，口才难得。和他为伍者程鹏是某师范老师的儿子，瘦高个子，长方脸，一口皓齿，酷爱看书，总是手中拿着书或报，随口背诵毛泽东诗词。还有一位叫张学伟，听说是石油工人的儿子，兼乎前两者之间，不胖不瘦，中等身材眉清目秀，不大出风头，见着伙伴轻轻点点头微笑，含蓄有余，张扬不足。这三位是明星，他们走到哪里，哪里就跟着一群知青，说笑声不绝于耳。

五四之前公社知青办召集全公社知青开会，以示庆五四青年节，知青大聚会，他们早把大礼堂挤得满满的，互相调侃、嬉笑，好生热闹。正当青年们欣喜若狂时，李延风、程鹏、张学伟三位从门口向里走，同伙们纷纷向他们招手。

　　"喂，这儿来。"四方都在盛情邀请，李延风大乐过忘，径直走到主席台下首排，拉一个凳子背对主席台，面朝同志们招手致意，谈笑风生。过一会儿，知青办赵主任从右边通道上台，尖声尖气地喊："喂，坐好了，要开会了。"

　　一阵阵的笑声将她那猫声音湮没，又过一会儿管委会主任杨立荣拿一沓讲稿走上台，铁青着一张脸，吼道："闹，闹！闹个屁！"

　　这时近点的开始收敛，李延风谈笑正浓，且是背朝台上没发现。张学伟扯他衣服才回过神，为给自己下台，高声说："鹰有时飞得比鸡还要低，但鸡永远飞不了鹰那么高。"全场响起长时间的热烈掌声。

　　"啥子鹰啦，啥意思？"台上还是有人小声说是列宁的话。杨立荣就不信，指着李延风喊，"你跟我站上台来！"

　　李延风实感奇耻大辱，正想发作，这时站在后边的大群知青高喊："这个节我们不过了。"呼啦啦退场以示对李延风的支持。短暂沉默之后，知青一齐喊："开啥会，走！"集体退出，这事件使李延风更出名，但在少数人心中却播下了仇恨的种子，伺机倒算。

　　程鹏等知青到黄山串联也有很多次了，第一是这儿离北岌到丰泰大路只有三百米远，而且这儿住的三位女知青出去都说：这个队长像父亲一样关照她们，挑水拿柴，总是安排她们给生产队看菜园。只要有别的知青来串门，庞大权总是摘一大抱新鲜菜放在灶房门口。有男知青来，三个姑娘挤一间寝室，庞队长总是扫场坝、编箩筐，直到知青们安静入睡后他才休息。

　　快到六一儿童节了，天气已热得如火如烤，李延风、张学伟、程鹏仨一起要到龙潭公社那边去耍。从他们的住地起身有四十多里路，早晨又起床迟，太阳升得老高了还在龙池大队那边。张学伟说："日隆烤火的，这么热了，几时才到得了龙潭公社那边啊！"

程鹏说："我们又去李景原她们那儿歇一会儿，下午再过龙潭去算了。"

李延风说："不好，人家几个姑娘，每次我们空手去白吃。"

正当他们犯难时，一群雏鹅一拐一拐地穿过大路去找水田，张学伟说："这东西才好吃。"

三个小伙子一齐朝鹅奔去，鹅的动作慢，他们一人逮一只，想放了些，又说六个人不够吃。于是一人提一只，主人吼："谁人捉我的鹅，放到！"

他们没理会，逮起走了。到黄山时已是十一点多钟了，他们都把上衣脱来拴在腰杆上，又渴又累。

那天正值张显玉和李景原去棚里看蔬菜去了，王爱东想跟家头写信，就说，中午她去看，换她们回来烧锅。突然来帮不速之客，心中有些烦，忙说："你们坐，坐！"往外走，李延风笑盈盈地说："小妹，不欢迎啦。"各自舀水洗脸。

王爱东跑去告诉张显玉和李景原说三人来了，一人逮一只鹅，像棒客那样子。三人迟疑了一会儿，张显玉说："总得回去接待才是。"她又说，"中午偷菜的最凶，外队的利用中午，假装捡柴、割草，我们煮好了来换你。"

她俩回来，三位男知青热情地喊："张大姐，我们又给你添麻烦了。"

因他们都知道张显玉是一个多情烈女，既十分敬重，又因名花有主，多与她交谈。

雏鹅一身毛通，一时打整不出来，遂决定中午不吃鹅，晚上再吃。于是两女孩在厨房忙活着，庞队长又热情地用围腰布兜了一大包四季豆、青海椒、咸菜来，并告诉他们不够自己去摘，三位男知青都跟庞队长热情摆谈，程鹏还开玩笑说："庞队长，您不给我们定量吗？随便去摘。"

庞大权说："你们来者是客，吃点菜不关事。"

吃饭时，张显玉说："鹅该你们打整，饭该我们煮，几时弄出来，几时煮。"

三位男知青都说："要得！"

就这样说定之后，张显玉、李景原去换王爱东。她回来时三位男知青已午睡，她轻轻吃了饭又躲在屋头写信，文学功底差劲，写一遍不行，写两遍不满意，脱了几稿未定下来，在屋头冥思苦索。三位男知青醒来烧水烫鹅，有两个已死，有一个活的。张学伟说："留一个起来。"

李延风说："三个一齐干。"

程鹏说："干不到吧？"

"干得到，干得到！"李延风说。

王爱东悄悄溜出去了。傍晚张显玉回来煮饭、烧鹅，三个男孩侃大山，擦黑男社员看菜的到了，李景原和王爱东一起回来，王爱东一直忧心忡忡的样子，这儿站一会儿，那儿站一会儿，张显玉叫王爱东烧火，李景原抹桌摆饭，他们围坐一张方桌，热和和地吃起来。爱流汗的张学伟还脱了衬衣吃。突然，狗一阵狂吠，四方都是电筒火把，有人高喊："别放跑了，堵住路口。"

这架势把庞大权吓坏了，他跑到知青房门口说："啥子事，啥子事？你们要干什么？"

"你走开，我们要抓罪犯。"

"谁是罪犯？"

他们把知青房堵得水泄不通，并有带队的高喊："李延风、程鹏、张学伟，出来！"

直到这时他们才知道是冲着他们来的，捉三个鹅就是罪犯，就该如临大敌地来抓吗？三位男知青被激怒了，推翻饭桌，抓起菜刀或带上家伙，三个背抵背打起出来，在前面的首当打倒，他们恶斗半个小时，终因寡不敌众，被抓来五花大绑捆起来，多人被打伤、砍伤，一阵恶斗他们仨也筋疲力尽，由他们打骂了。

庞大权看此情形失声痛哭道："三个鹅就喊我赔，也赔得起，何须闹到如此地步。"

带队民兵连长骂道："都是你惯伺的，再有男知青来必须报告。"

三个女知青吓软了，王爱东才叽叽地说，她听到说，三个一齐干，便偷偷去报告民兵连长，因而管委会批准来抓人的。经审理是一场误会，但李延风等砍、打伤了人是刑事犯罪；也有人说，去抓的人把三知青作为罪犯打伤，而且五花大绑又该怎样解释？一时间成了头号新闻，还是把他们关起来了。

在那法律高阁的人治时代，他们认为这三个代表了知青叛逆倾向，不杀一儆百，恐怕还会出现更多的麻烦，分别判李延风一年半，程鹏一年，张学伟六个月。王爱东则成为知青败类的代名词。她父亲有本事又把她弄到别的公社去了，而且改名为王媛媛，通过一定渠道调出去了。

二十四

好不容易才过到 1975 年初夏，张显玉上街，沈母告诉她，沈强的单位来信说：沈强在凉山劳改特好，单位准备接他回单位去监管，你可去接他一齐到单位，出去看看嘛。回来一路上她想了许多，带些什么去，以何种方式见面，预定见面可能有的种种情形，回到黄山，她告诉李景原，自己可能去一段时间，如不在时让庞三妹来做伴。

李景原说："我可能搞不惯，现在一天三顿是你大姐在做。"

张显玉说："我去得不久，是探亲，我们还未结婚哩！"话虽这样说，多年的相思之后获此信息，已让她浮想联翩了。

她又去跟庞队长请假，庞队长满口答应，若有别的亲戚借此机会出去走走，三两月都无所谓。她收拾一个大包袱，除自己换洗衣服外，多是给沈强做的鞋垫、袜子、围巾之类东西。本决定早饭后起程，下半夜就起来收拾起，天刚亮就下脚上街去了。

不到十天时间，有人赶场回来说：已看到张显玉在简嬢嬢家门口，表情十分忧郁。庞大权说："不可能，再不说都要十天半月才能回来。"

果然没两天，她真的回来了，更沉默，更不爱出门，倒是李景原回去了就没有来，她是不等张显玉回来是不会来的。人们不便清问，只有庞理华常去，晚上和她一起住，因为是她父亲派遣去做伴的。一天晚上，两女人坐在床上你看我一眼，我看你一眼，没啥可说的。突然张显玉说："庞三妹，我给你看一件东西，千万别出去说。"

"我不会说。"

张显玉从箱子底下拿出一件黄牛皮纸信封，没封口的，递给她，庞理华看见上面恭恭敬敬正正地写着张显玉妹收，她抽出信纸，只是一小块小学生用的有格子的纸。而且前面还有一句毛主席语录。另外是一段非常恭敬的文字：显玉妹，一切可好！兄无颜面对父母，也无颜面对你，求你弃我，寻求新生活才是对我之真理解。以后是敬祝毛主席万寿无疆！兄，沈强。

庞理华说："称兄的是谁？"

张显玉说："是我的男朋友，他在单位犯了事，判了多年劳改，看到单位要接他回来，谁知又出了事。"

"不是说你去探亲吗？"

"我没去到，他弟弟沈勇去了。"

"咋回事嘛？"

张显玉茫然望四周，小声说："我们一起去了，刚到隆昌，在候车室，一个干部找起来说：'谁是纳溪来的沈勇？'

连续喊了几声，沈勇才应声，沈勇骇兮兮地站起来说：'我是。'那人走过来，说：'你跟我来一下，就要回头走。'沈勇赶快说：'还有她，大姐。'"

"她是什么人，啥关系？"

沈勇说："我哥的未婚妻，张显玉。"

"啊，是这样，走嘛，过去。"

他把我们带到一间煤矿办公室，里边也坐有两个人，见我们进去，热情招呼我们坐下，倒了开水，但来找我们的那位，把其中一个老点的喊出去，过了好一会儿，又把沈勇叫出去，又过许久，沈勇哭丧着脸进屋，我就知道不好，肯定出事了。一会儿进来一个中年女人，她把我带到另一间小屋，亲切地说："妹子，你真是一个了不起的人，现在你要有思想准备，千万别哭。"当她得到坚强回答之后才慢慢说，"好人多磨，沈强到安装队不久，安装队解散，绝大多数找到荣昌煤矿勘探队，多优秀的人啊，简直是队里的顶梁柱，领导赏识得很，准备提干，谁知出事，判劳改，单位多次通融，人倒没有吃亏，经协商今年我们单位把他提回来上班。正在办理手续之中，他去放羊，太冷了，烧点火烤一下，一暖和眯着了，烧了一片草地，自己也受了伤，加判两年。有你这样的女友，他终身不娶也值。"我再三要求去看他，单位考虑他弟弟是亲属，由他单位派车去看。我住在矿务局招待所，几天之后，他弟弟带回这封信。因为是劳改队人，写信不准封口，还能说啥呢？

"啊，原来是这样。"

说完之后张显玉十分平静，等就等呗。沈书记恢复了党籍，安排到县粮食局任书记，北岌是另派的书记，沈勇当站长。自从张显玉回黄山之后，沈家妹子常来看她。

二十五

虽说庞大权苦功血汗地干，毕竟是集体生产，人们出工不出力，局面越来越无法维持了。每年挑公粮任务重，总是第一场稻谷干就安排妇女们挑粮，挑到粮站每十斤记一个工分，她们都愿意。因为一挑无非半天，回来还可以再挣工分或做家务事，不会被骂没有出工，这样挑十来天，谷子收完之后，男女一齐再挑几天才能完成任务。

有的说是黄山生产队比坝头的任务还重，是庞大权争功劳，图光荣；有的说是帮谭富林完成任务，甚至于有的骂娘说庞大权显摆，不满情绪与日俱增。一天决定挑粮，早晨当人们到保管室把谷子称好，竟下起雨来，遂决定下午才挑。雨停了，吃过午饭，庞大权挨门挨户喊人，有的说："晓得！"

有的说："想搭南瓜架。"

他喊完之后，带头挑起走，因为路还在湿滑，妇女体力差又是光脚，没鞋穿，无名火只管向庞大权发，他挑到前边放下，又一个一个接上岚坳，又从岚坳上一个个帮挑下大坡，有的妇女有意惹，还挑着这挑，那挑又放下等了。只有梁光明才自己硬撑，没喊庞大权。一到粮站，这个家头有事，那个牲口要收拾，不管交没交，倒在别的箩篼头就走。庞大权苦苦挽留几个男壮年，找来大抬箩，一百斤、两百斤地送进仓。沈勇走过来说："大家都饿了，你们别碍难庞队长。算你们有这么吃苦耐劳的队长，共产党有希望，因为有这样的基层干部。"

二十六

1978年，农历五月高回村发生了一起盗案，轰动全村，事件出在第六队，就是当年吴应清当队长的队，与黄山队共靠一座野猫山，山东面黄山，称七队，山西面，龙沟湾队，又称六队，本队有两百几十亩耕地，一百六十个人，下分三个组，又称生产班，修了三个保管室。黄泥沟那保管室里有整个班近二十亩地收来的麦子，两个半挑，每挑不到一百斤，而且野麦扞（占几乎一半麦种呈扞状）。突然一晚上锁门的铁锁被砸烂，四个半箩麦子被全部挑走了。一时全队哗然，全村震动，究竟是一人所为，还是合伙行动。公社和大队调集专案组到龙沟湾生产队，把全队稍有点体力的人全喊到晒坝头站起。外队干部挨家挨户翻箱倒柜找，竟然毫无线索。一连几天公社都派人督查，几天之后，朱山村面坊工人说，前一天他们面坊有高回村杨光才来换面，麦子倒出来，野麦扦占一半，人家一斤二两换一斤面，他的一斤四两换一斤面他都愿意。公社武装部长带队前来破案，他们直扑杨光才家。哟！他们一家真的在吃面，妻子见到立即哇一声撂下碗哭起进屋去了。孩子们还是狼吞虎咽地吃。杨光才以为马上要捆他，他平静地说："部长，你们请坐，我吃几口再捆。"

说完，仍大口地吃着，他是当兵转业回来安家，没有住房，只好修三间简易房，把一家口粮用完了，这段时间靠门前一根杏子树充饥，从青疙瘩到有 点黄，现在杏子都摘完了，娃儿哭得不睡，他无可奈何才去一里外保管室挑麦子。四个半箩倒在一起就是一挑货，弄回来见里面占了一半野麦扦，不便吃，才去换面。

问他为啥没暴露。他是挑在坟坝头，用被单加草盖着才未找到的。他说完之后，看了一屋子的人，毫无惧色，坦白地说："部长，我跟你都是穷当兵的人，你运气好，当部长，我呢，当农民，不到饿死人的地步，我不会这样做，我去劳改，家中妻儿还望照看，他们也是贫下中农。"

部长下令："撤！"

他们一行人走到好远才分手，没有一人说一句话。杨光才还一直等着处理，但就没有人再提此事，六队社员没有一个说他不该这样。在死亡威胁下专政、愤怒都惨淡无力。

二十七

在天灾肆虐、人心惶惶的情况下，谭富林病了。他忧郁，沉闷，没精打采，眼睛深陷。他对人说："没觉得哪儿不舒服，就是失眠，走路都拖不起。"只有庞大权知道，从土地改革以来，他步步紧跟政策从未消停，他熟悉的社员生活老是艰难，上边一时要他这样做，一时要他那样说，他在众人面前感到无奈和尴尬，长期心神不宁晃晃悠悠地生活。他是两千多人的出气筒，也是全大队的救火队长，哪里有事就赶到哪里，弄得身心憔悴。

1978 年，秋老虎逞威风，山上树木都干死了，公社每天喊抗旱，水源枯竭，河干地裂开，人们每天忙着找水。还有一项大事就是把谷草收起来盖房子，那时百分之八十是草房，稻草十分珍贵。先按牛头分配，一头牛多少个，然后按人头分给住草房的，再分一些跟住瓦房的用。原来的老品种，产量低，谷草也少，许多人割茅草盖房，矛盾十分突出。

突然一天，一社李家几兄弟为分谷草的事打起来了，住草房的兄弟用锤子把哥哥的瓦房砸得稀烂，为的是大家扯平，共尝住漏房的味道。谭富林病得有气无力，为在路上能照顾母亲要求庞大权陪他走一遭。他们在老远便听到骂声打砸声，出于职务的本能，谭富林忘了病，奋力赶到。李家老父亲跪倒在谭富林跟前，道："支书啊，家门不幸啊，出些孽障啊。"

经了解情况是，李家有四个儿子，有一个参了军，还有三个，其中有一个分到土改时的瓦房，另外两个分到的是草房。住瓦房的以为谷草按人头分一部分，如铺草之类都需要用到。多数分给住草房的，另外两户不服说：你住瓦房还要草，我每年盖房开支，挑草劳动也都吃亏了，你真是饱汉子不知饿汉子饥。就开骂，越骂越升级，住草房的两兄弟先用竹竿夺，不解气，又爬上房子用锤砸，把几间瓦房打得千疮百孔，瓦砾遍地。谭富林说服这个，那个又干，真把他搞得声嘶力竭，水都没得一口。庞大权跑到隔壁为他找了一碗水，让他喝几口。其中一个媳妇煞是泼辣，骂老老少少、左邻右舍，干部群众肉麻。她指着谭富林骂道："你不是李家堂公叔辈，你来干啥说的？"

谭富林也气愤不过，吼道："我不是堂公叔辈，你们为啥

要喊我来，无政府主义吗，由你闹个够吗?"

好不容易才平息下来，李老汉突然哭道:"试想新中国刚成立那时候，稻草用不完，许多拿来沤肥料，现在成了这样儿。"

李老四凶狠狠地对谭富林吼道:"就是你们这些烂干部造成的，整得来没吃没穿，猪拉窝的一把草都没得，还好意思。"

又饿又病的谭富林说:"你们总是说我对不住你们，我又该问谁对不起我啊? 啥子都不是我一个人想起干的呀!"

众人面面相觑，什么都不用说了。

夜深了，庞大权陪着孱弱的谭富林回家，他们没有手电，没有火把，只用一根竹竿敲打着，以防蛇咬，慢慢向山上爬去。两人在山埂上坐下歇息，在路边上抽上两袋烟，庞大权忧心忡忡地说:"共产党真是对不起农民，一点田土，一放就活，看到有起色又控制，几反几复农民穷了，整怕了。"

谭富林长长嘘了一口气，徐徐道:"对不起农民，又对得起基层干部吗? 人都得罪完了，上边要批，下边要骂，这日子怎过法啊?"他们站起来又走，这时东方泛起鱼肚白，预示今天的太阳会更辣些。

二十八

名人说:穷则思变。从1979年春开始，埂子西面的龙沟湾生产队悄然发生变化。上边也没以往盯得那么紧，他们不再扭着干部到处借粮，各自偷忙着。原来他们在要饿死人的绝境中寻找生的缝隙。1978年秋季，他们就极秘密地将房前屋后的鸡窝地、瘦薄劣质地分给农户，美其名曰方便各自收苞谷秆，割红苕藤，圳沟大田还是集体耕耘，用以交公粮，虽然极不均匀，但谁也没有怨言。

常言道，麻雀飞过都要留影子，这件事情还是被黄山的社员觉察出了，谭富林佯装不知道。黄山社员开始不满庞大权的统领了，其实1978年2月四川省就颁发了《关于目前农村经济政策几个主要问题的规定》。农村政策开始放开，但各级都心有余悸。新中国成立以来几次都是偷偷下放土地，强行收回土地，为此圈了不少人。整个中国农村在震荡，黄山的新的生活模式也在改变中了。

二十九

1981年庞大权犯愁的事情太多了，首先三女庞理华高中毕业在村小民办班教书，该是谈婚论嫁的年龄了，本来谭富林与庞大权十分友好，想撮合成为儿女亲家（谭家老五与之同龄），庞大权旁敲侧击地试探，女儿十分反感。还未挑明就惹她恼怒。谭五从路那头来，庞三看到掉头就走。谭五也是一个聪明人，他以为若女方不是发自内心接受的人，终生不会幸福，婚姻大事千万莫强求，他便参军去了。

最使庞大权难过的莫过于吴志林，小时以跟庞大权当幺儿为荣，长大了，他琢磨：我姓吴，他姓庞，为啥称幺儿呢？更有甚者当面洗刷说：这个就是庞大权幺儿。他越来越觉得不光彩。一次在石板桥上，庞大权与吴志林迎面走过，因为习惯了，喊一声："幺儿。"

吴志林黑风暴脸吼道："卵儿，谁是你幺儿？"那两眼射出的凶光，铁青的脸，攥着的拳头能感觉他对自己是多么憎恨。庞大权踉跄一下，险些没站稳脚跟。是啊，自古常言道：谁敢到别人家牛栏里认牛儿，是亲骨肉又怎样，吴家不敢承认，自己也不敢去认，要是当初按吴汉民的意见抱养过来才是上策，但是为时已晚了，只有让三女找上门女婿了。

庞大权履行承诺是最忠心的，承吴汉民临终之托，庞大权承担了这个家庭的主要责任，他教会大儿子犁、耙、挞，抛粮下种，将一身本事无保留传授于他。又让他二女、三儿读到初中，那时书包难买，他用篾竹给他们姐弟编织的书箓儿让人看到赞不绝口。大事小事都是庞大权拿主意。他在那里进出谁也没有闲言碎语，他在那儿孩子们觉得有爸爱，有主心骨。他和梁光明一起盘五个孩子虽然辛苦，但心中觉得有滋有味。在吴家大儿子要娶媳妇之前修房子，每天早晨五六点钟他就去挖泥巴，到吃早饭时已挖好上午三分之一的用土，中午匠人休息，他砍竹子划墙筋，晚上收拾场地处理事务到深夜，就是亲生父亲也莫过于此。梁光明常提示孩子们，多亏有你们表叔相帮，我们才有这个格式的家庭。吴家孩子发自内心感激庞大权践行在他们父亲面前的承诺。

1979年秋，梁光明已娶进大儿媳妇，将大儿两口子分出去了。即使这样婆媳之间仍有摩擦。第二年春天丰泰乡的牟氏青年与梁光明二女儿订婚，这牟家小子有点鬼精明。他来两次，就跟吴家兄弟说："你们那个表叔咋与你们家那么亲啦？我每次来他都在。"

吴二女以为没有面子，在梁光明面前又哭又闹，喊跟她说清楚。此事大媳妇趁机支持，梁光明既羞愧难当，又无言以对，便跑到吴汉民坟头长声吆吆地哭，使庞大权别再去了。知情人对梁光明与庞大权的关系是理解的，但也有唯恐天下不乱的人火上浇油，使其吴家矛盾升级恶化。

一天，梁光明大儿媳妇假惺惺地对梁光明说，她对老妈表示理解，那是被迫的，如果庞大权再敢踏进吴家的屋立即劈成两截。梁光明只有哭，大儿子厚道，更因庞大权父亲般的授业指导恩情难却。二女活要面子，不依不饶，幺儿更是跃跃欲试。几娘母扯了许久，唯有三儿比较文静，他埋着头一言不发，听到他们闹得差不多了，突然呼一声站起来走到屋当中，梁光明还以为要训斥她，吓得一抖。只见老三用冷峻的目光掠过家中每一个人的脸，然后指着大哥的脸，再移到二姐脸上，一字一板地说："你们的心被狗吃了吗？老汉（父亲）得病多年，做不得活路又死得早，老妈好造孽地把我们拖大，庞表叔对我们几姊妹照顾了多少？像父亲一样引着我们做活路、教技术，为这个家受多少苦和累。你们的眼睛瞎了吗？从今，哪个再敢胡说八道，我先劈了他！"

几个一起都低下了头，梁光明哭成泪人。三儿一下跪在她跟前说："老妈，你没有错，不然我们咋个长得大哟。"说罢放声大哭，几娘母哭作一团，家庭风波就此平息。

三十

黄山生产队1980年才下放土地，各自根据人口、工分粗略估计划下去土地，很不均匀，开初人们只要能自由耕作就行，长期按面积产量交公粮统购，矛盾渐渐暴露，肥沃地比荫蔽地，阴山比阳山地产量差一半，许多人又开始闹，公然挑战队长，逼他下台。一连开了几个会均无结果。庞大权白天有一杆无一杆地抽烟，在田坎上山坡头转悠，晚上辗转反侧，难以入眠，一段时间下来像害大病一样，眼珠深陷眼圈黝黑。谭富林心中痛，他重病必须疗养，但他事事关心着村上社上工作，他让庞大权召开大会，在大会上公开支持庞大权。按产量分面积，荫蔽、向阳、肥沃、瘦弱兼顾搭配，按册上人口均分，逐户、逐块田地登记造册，经一个月的辛勤工作，总算把该队第一轮土地承包完成落实，而且是全村最公平合理、资料最齐备的。再一次克服了庞大权在黄山队的执政危机。

三十一

在黄山生产队的变化中，有一个人起到至关重要的作用——黎乾芬，她是望天穴那生产组王习荣的妻子，王习荣出去学木匠跑了几年，带回这女人。据说是江北区的人，她体形高大，许多男人都比她矮小，皮肤微黄、健美、爱说爱笑，谈吐大方，不择场合，人们说她出得众。许多人都说王大毛值得，弄到一个大地方的女人。这黎乾芬来王家后，只跟丈夫好，对家庭成员一概仇视，因是穷山旮旯头，接到大地方女人，一家老少奉为上宾，不敢正视。没有人敢给她安排活路，她自由选择想怎样就怎样。她到生产队开过两次会，大大咧咧的，对哪级干部都不屑一顾，常说：这个生产队的人一副奴隶相。全队的张家长、李家短了解得一清二楚。对于家庭生活来说一方趾高气扬，一方唯唯诺诺是不会长久维持的。不到半年公婆姑嫂关系都急剧恶化，经常打架，村社干部调解无数次，成为名声大噪的闹架专业户。

谭富林他最藐视不忠不孝之人，对这位家庭造反派评价极低，多次训导她。王习荣耳朵炕到底，只管责怪父母、弟妹来将就，父母兄妹越发反感。在一次吵闹时，王习荣为支持妻子竟然用锄头挖上父亲，成为全公社逆伦典型。黎乾芬对谭富林、庞大权恨之人骨，但谭富林两个儿子参军，人们说双老太爷，人多势众，且全家人和睦，对人谦恭，无懈可击。庞大权势单力薄，又有绯闻成为主攻目标。人在一个地方或单位待久了，或执政时间长了，难免遭厌见。谭富林也劝过庞大权退休算了，他又期期艾艾地说："出去走习惯了，不走动一下会憋死人。"那时的基层干部从安排生产储种催收，转为计划生育和粮税入库上了。人们有句打诨语："催粮催款，刮宫引产。"

上半年突击计划生育，下半年全力以赴催粮入库，只要粮入库，税基本有保障，也有要补钱的。没有转移支付三提五统都是农税拿来支付，乡镇财政捉襟见肘，土地下放很大程度解决了温饱问题，钱还没有出处。平时农民出不了气，一旦要他交农税、上粮了，他们就是老爷了，千样万样都跟粮、税挂钩，甚至干部某天态度差点，没喊他，没对他笑脸都会成为抵交粮税的借口。再一项是计划生育，是国家提倡的，一对夫妇一生只生育一个孩子，农民呢，总是保守着养儿防老的观点，其次是一个孩子少了，不靠实。一边是不准，一边是硬要，这矛盾就随时都可能激化。计划生育提到一票否决的高度，计划生育搞得好坏对干部升迁、降级、罢免的待遇直接挂钩，干部们不得不卖力，出绝招。

1985年冬，梁光明的嫂子李世才的媳妇强生二胎，庞大权并不知道，但有人举报了。庞大权被乡干部劈头盖脸一阵臭骂，说他知情不报，要他带路，区、公社、村三级"宣传队"上门"做工作"。把茨竹湾团团围住进屋搜查，那孕妇早溜出去了，宣传队扑了空，带队的是区长，他们少许商量之后决定看是拆房子，还是批什物。庞大权也无可奈何地打转，区长下令他借楼梯来，他借来楼梯安上，几个就要往上爬，庞大权快说："慢点，竹楼上放的是寿木（用来做棺材的木料），看落下来打到你们。"区长立即说："今晚就把棺材木料搬走，如孕妇三天之内去引产，寿木还她；如不去，再来拆房子，而且寿木作价处理。"

宣传队又令庞大权找人来搬木料运到村公社。其实庞大权是怕打伤人才说有寿木，是无意的，并有意支走宣传队，缓和一下局面，谁知弄巧成拙。李世才一家咬定是梁光明指使野老公逼着抬她家寿木，恨者咬牙切齿，受害者有口难辩。

黎乾芬常在众人面前说吴志林家的刮毒话，甚至羞辱他。作为吴志林，知道自己的身世，在这种封建落后的乡旮旯确实难为情，常在庞大权面前秋风黑脸的。一天庞大权三女婿潘尚农同吴志林一齐回家，潘尚农非常亲切地与他摆谈，谈家庭、谈生活、谈打工潮，天南地北地扯。当谈到生产队的事情，潘尚农说："老爷子当干部的事，一般我不干涉，但整凶了，侮辱人格了，我不会坐视不理。在黄山，哪个都可以对他无礼，就是你、我、庞三不能。"

吴志林说："那是，那是。"吴志林很沉默，回到家里他对母亲说："我要出去打工，找到钱了，我给您寄回来。"

他好久没跟母亲好言交谈了，母亲觉得凄楚、茫然，久违的亲切，使她一时又无从说起。母子俩沉默了许久，梁光明说："幺儿，不要听旁人吹，你不要出去晃，该安家了。"

"知道了，见着表叔，告诉他我有对不起的地方别往心里去。"

"幺儿。"梁光明一把拉着儿子的手哭着说，"他好爱你呀，没有他就没有你。"

"知道，知道！"儿子也泪流满面。

起身那天清晨，吴志林穿一身草绿色衣服，英俊潇洒像庞大权，但比他更有活力，更富有英气，提着一个大包袱。母亲送到大路边，两双眼睛都望着五百米远处的黄山还笼罩在晨雾中，炊烟袅袅，无人影走动，母子都思念着同一个人。

三十二

自从谭富林生病之后，公社党委对高回村领导班子人员选配进行了多次讨论，都没有满意人选。虽说谭富林能力不强，但他忠诚务实，在群众中有威信。大队长聂志山个性强，言行高傲，他与班子人不融洽，跟群众没共同语言，在哪里都是一张报纸遮住脸对人爱理不理。农村干部你别看他是跑田坎的，五大三粗，真要和农民融洽有共同语言，为农民所接受不是想象的那样简单。不好找啊！谭富林生病期间，高回村由副职代管，工作难以推动，群众怨声四起。

三十三

1980年秋国庆之前的一天下午，那即将调到县上任副书记的公社党委书记程海川同刚到北岌公社的周刚在高回小学外路过，程海川是为让周刚尽快熟悉全公社情况而带他到各村了解概况的。程海川指着北岌方向说："这个村离场上五公里，人口二千二百多，半村在坝头，半村在这盆地东北，人们勤劳，民风淳朴，就是这埂子高了，缺水。"他停了一下，用手牵了一下胸前已被汗水湿透的衣服说："更难得的是那支书病重，他儿子是对越反击战中立了功的，是团级干部。"他俩一边走一边谈着。在快到校门外时碰上学生们放学之后上街背书，几个娃儿从校门里背着背篼嘻嘻哈哈走出来，后边一位二十多岁的青年人挑一挑箩筐，回身锁门，他把门锁好之后还试推了一下，转过脸看到程海川和周刚。他认得程海川，便说："程书记上来检查工作吗？"

"嗯，林老师要去搬书吗？"

"嗯！"他腼腆地笑笑跟学生去了。

周刚虽只扫了一眼，觉得此人面熟，好像在哪儿见过。程海川一米七四的身高，在他面前都显矮一截，身板不胖不瘦，浓眉大眼，一口皓齿，肤色白皙红润。周刚是老师出身，在教育战线十多年，像这样仪表堂堂的还不多见。程海川回头瞟了周刚一眼说："这家伙才是个人才，只是他一心教书不贪干村干部。"

周刚说："可以做工作嘛！我以前还不是教书的嘛，现在都走上了这条路了。"

"那就看你的本事了。"程海川说。

就在周刚刚上任不久，谭富林在病痛的折磨下决定退休。他事先请示了公社党委，请求尽快办理移交手续，他尽快接受治疗。公社通知他 10 月 1 日在公社小会议室办理时，他彻夜难眠，就这样离开，不再为党工作了吗？这片土地上的一草一木，田园路径，各家各户房舍人口、劳力情况自己都了如指掌。就这样不管了吗？一大早他就背上已收拾好的资料，绕道上街，想再看看各队的情况。每当见到人，哪怕是小孩，他都热情招呼，那些在田土头干活的人总是说，谭支书您病了，好好医，好好休息，就没有人挽留他或希望他病好回来工作，他心反而平静了。正应验了马克思的名言：世界上任何人都是可以代替的。

当谭富林来到公社小会议室，公社管农业的副书记杨立荣和大队委员几个人已在那里等他了。杨立荣特别客气地站起来接过他递上的包袱，扶着他的肩膀连声说："谭支书，坐！坐！"

环顾在场人说："周书记参加区委一个紧急会议，一会儿回来，我先说几句。谭支书是高回大队的老革命，从清匪反霸、土地改革一直到现在为党和人民做了大量工作，现在他病得不轻，急需疗养，又是老太爷，他儿子也给我们打了几次电话，要求让他休息。党委决定让谭大华接任支书，聂志山任大队长，要积极配合工作。"

这时听到巷道急促的脚步声向这儿走来，人们一齐望着门口，只见一个中等身材健壮肤色白净鼻梁上架着一副白色眼镜的人走来，他在进门时连声说："迟到了，迟到了，对不起。"伸手和谭富林握手，说，"老支书啊，我来迟了，来报到，已有一个月了，为熟悉情况到各大队转转。前次来您家，您又没在，关心不够啊！还望老领导原谅晚辈啦。"

谭富林心头一热感觉这位书记说话安抚人，很亲切，连声说："没有，没有。"谭富林分别介绍大队另外的同志给周书记认识，他微笑着跟他们一一握手问候。

周书记说："把全大队班子集中起来会见是第一次。"他审视新任支书谭大华，四十岁上下，人清瘦单调，埋着头，一味抽叶子烟，吞云吐雾，像今天的事与他无关。再看聂志山则昂着头，背倚在椅子靠背上，手中拿着一张《四川日报》遮住下半张脸，俨然在认真看报，其实眼珠子滴溜溜地转，窥视这会场发生的一切。妇女主任黎采凤头发花白，面容黯黑，闪着昏花的眼光。文书吴节明简直是上气不接下气，瘦骨嶙峋，像棺材头爬起来的一样，老眼昏花，坐在那里一动不动。

周书记心中沉重了许多，他轻轻地说："今天把你们集中在这儿，是老支书病了，要到成都治疗，党委决定：一、接受老支书请求退休的申请；二、是让谭大华任支书，你们有何意见，有何打算？"

一阵沉默之后还是谭富林表态："感谢党委体谅，同意我退休治病，并表示病好回来一如既往，支持大队工作。"周书记频频点头，投以钦佩的目光。谭富林表态之后，又长时间沉闷，聂志山移开报纸，一眼又一眼瞟谭大华。谭大华呢，仍然是吧嗒吧嗒地抽烟，倒还是黎采凤憋不住了，说："谭支书，老伙计，你病了，我都头昏眼花，怕多熬不了几天了，但是只要党委怎么指示，我就怎么干。"

周书记亲切地向她点点头，谭富林说："黎主任同我都是1954年入党的，有干劲，就是老了，力不从心了。"谭大华与聂志山谁也不先开口，就这样僵持着。杨立荣等不得了，吼道："谭大华，该你了。"

谭大华慢悠悠地抬起头，看看这个，看看那个，侧着身子把竹烟筒放进裤包里，又埋下头小声说："我没啥子，以前怎么干就怎么干，听你们党委的。"

聂志山听后差点笑出声，但他还是佯装矜持，放下报纸，清清喉咙，慢条斯理地说："老支书嘛，你革命这么久了，该休息了，安心养病，有诗云：沉舟侧畔千帆过，病树前头万木春。小谭支书嘛（谭大华），我听你的，服你管就是了。"

周书记和杨立荣对视了一下又无奈地摇摇头。办完移交，人们一起走出会议室，周书记再一次紧握谭富林的手说："老支书啊，养好病就回来，你的社员们还要你指导啊！"谭富林热泪盈眶，这是党组织对他几十年兢兢业业工作的肯定和嘉奖，他连声说："一定！一定！"

三十四

刚完善了承包资料不久，家住七社的民兵连长家就接进一个儿媳妇，按大会决议，人随地走，按次序，如先进的把好的择走就破坏了规矩。民兵连长是村委成员，他以上级身份多次给庞大权打招呼，希望在几份中选一份。庞大权想现在虽然只有一人进地，打乱次序，差的又该谁要，他就硬不放口，要按次序来。这可得罪了连官，逢人便讲庞大权的不是，说得一塌糊涂，一无是处。他暗地里说：要病倒谭富林，打倒庞大权，改头换尾，重新干。开始春耕了，仍稳起不要。因为农税提留是按承包地算的，该进但不进起去，意味着有份农税提留没有着落。庞大权多次向村委会汇报，支书不表态，村长不问青红皂白一顿胡叨，文书算不下去。村长还听连官和黎乾芬等谗言，以为庞大权该下台了，不下台自食其果，就要给他一点难堪，联村干部说不服哪方，闹了不短时间是该下结论了，联村干部才把支书、村长及庞大权带到社长办公室，让他们各抒己见。庞大权还心有余悸，怕兮兮的，怕镇长也发难，谁知镇长和气地说："老队长，你是对的，你老不必担心，我一定把此事处理好。"

等庞大权回家，连长老婆早在庞家等候他了，一见面就是一顿臭骂，只说些最刺骨、最有杀伤力的话，并下定语说：

"那份地我家不要，谁敢去量出来撂起，谁种。"

庞大权没有与她争吵，平静地说："人家人走了，该退出来，你不接手，人家未必还会种嘛，依轮子碰运气，不是我临死匹配的，这是大家的决定，是按照政策定的。"

泼妇又是一阵数落挖苦，不乏污蔑诽谤之词。正闹得凶，突然大路上来了一群人，联村的农技员高喊："庞队长！"庞大权赶快跑出去，一看大队伍，镇长带队，四个副镇长，还有公社一些工作人员，大队全体干部一行十余人，来到黄山场坝头。镇长亲切地对庞大权说："你去把丢地的户找来，把边界指划出来，我们来评，看是否划的是欺心田；若不是，他非进去不可。"

庞大权忙去找来划地方主人，逐块照承包产量、面积计算完全符合本社一份承包地数量和产量。公社社长把民兵连长喊到跟前，"这份地就交给你了，种不？"

"要种，要种！主要是有些事不安逸。"

"啥子不安逸？不安逸就该发难吗？你在这本队要好好支持庞队长工作。"

庞队长赶快走过去低语道："年轻人，就算了。"

镇长把脸一拉："青年人当就可以不坚持原则吗？就没类似事件发生吗？不管谁当，要看他坚持原则不，规矩一旦破坏，负面影响太大了。"他转身紧握庞大权的手说，"老队长，你是对的。你有什么难处，只管到公社找我。"

三十五

1981年秋收时节，这山旮旯头像是谁把天冲破了，见天是雨，人们的谷子是丰收了，晒不干，用锅来烘干，解决吃饭问题。当时粮食入库讲进度，挑粮的事又催得紧，公社、大队干部走马灯似的，一拨一拨催粮，教人们许多炕谷子的方法。这是天公不作美，人们憋着一肚子气。高回大队三位主要干部（因文书病重）踩着泥泞，光着脚板，一滑一滑地挨门挨户催粮，走到聂志山所在的生产队，彭汉元家，聂志山说:"彭大爷,想办法把粮弄来交了。"

彭汉元腰一躬一躬地把他们引到灶头前,指着装满一锅的谷子说:"你摸摸,看要得了不。"

聂志山伸手到锅里,暖和和的,又抽手拈几颗来咬,连声说:"有牙口了,要得,要得!"

彭大爷笑眯眯说:"大队长,你都说要得,那下午天凉起了就挑公粮。"

又说些开心话才走,走出彭家门,黎采凤还说:"抓什么工作都要抓典型,下午我们又来督促到彭汉元挑起去了,然后号召全村都要像彭汉元那样宁可不吃饭,也要挑炕干的谷子交公粮。"

他们又一户一户讲,如何炕谷子,要学彭汉元的挑爱国粮的光荣事例。当他们走到黎景齐家时,已是中午一点钟了,进屋伊始,聂志山又是一阵宣传,黎景齐平时反感聂志山,认为他冒充斯文,咬文嚼字的,当大队长之后更逞佯逞势,又看到其他两个都未开腔,就只有他话多,便恶向胆边生,他呼一下站起来,指着箩篼里的谷子吼道:"挑嘛!挑嘛!老子稀饭都没有吃,你来跟老子挑去交了嘛!"

聂志山被黎景齐的动作激怒了,一下站到他面前指着黎景齐的脸吼道:"老子是来催公粮的,怕你还敢打老子不成?"

黎景齐大跨一步,左手扯住聂志山下巴底下衣领口,右手重重地就是一巴掌,聂志山想还手,但被黎景齐使劲撑着,只有招架之功,无还手之力。两人稀里哗啦扭打起来,聂志山被黎景齐按倒在装谷子的箩筐上,高喊:"救命了,救命了。"

还是黎景齐的母亲拿来竹响竿使劲抽打黎景齐他才放开。人们都来看热闹,这时身为支书的谭大华才去拉聂志山。聂志山气急败坏大骂道:"你见死不救。"一下甩开谭大华的手。

黎景齐父亲走过来,哭喊着:"你这畜生,怎么敢打大队长啊。"才把聂志山牵起来坐到板凳上。谭大华又去喊人把聂志山抬到公社医院去医。一时一方天躁动了,说黎景齐不交粮还打了催粮的干部。管安全的副书记杨立荣下令基干民兵

去把黎景齐捆到公社大院。黎景齐泪流满面，雨水湿透全身衣服。

杨立荣走到他跟前吼道："你好大胆子。不挑公粮，还打人。"那干锣绳被打湿之后，捆在身上直往肉里钻，他哪里听得到骂他些什么。这时，周书记一只手提一个包，一只手拿一把雨伞，在院外使劲甩了几下，意在少带水进来。他一进院中央，直视了黎景齐一眼，黎景齐一下头都奄了，以为更重的惩罚到来了。周书记用低沉而带怒的语气说："松绑。"

队长跳下去熟练地解开了捆绑黎景齐的绳子。周书记扫视全场，说："你们该做啥做啥去吧！我跟黎景齐谈谈。"

人们一哄而散，周书记轻轻招呼黎景齐过来，带他走进自己办公室，抓过一张木椅，连声说："坐，坐！"

黎景齐伏在桌子上放声大哭，周书记并不催他，只是端着一杯茶望着窗外的绵绵雨丝沉默着。

这一年该队第一个挑公粮的不是彭汉元，而是黎景齐。

第三部

奋斗岁月

秋阳烈烈，气温反而比立秋前高，被雨耽搁下来的活路也不少了。收拾谷草，翻晒苞谷秆，翻红苕，还要铲田坡，犁板田，农村一派繁忙景象。

一

聂志山出院后周书记找他谈过一次话，他表示决不与谭大华这窝囊废共事。当时有个收集历史资料的专门小组成立，安排他去管理去了。至于谭支书呢，周书记对他没有一句话，他把眼睛盯准了另一个人。

世界上万物都遵循物极必反这个规律的，久雨自然有久晴，八月中旬天气转晴，每天艳阳高照，公社干部们又下队催粮，这次态度大为转变，不再吼三呵四。有的干部还为没有劳力的家庭抬谷子翻晒，社员们也无借口可讲，粮食入库很快。周书记要对个别大队班子进行微调，一天上班时中心校的郭校长专门到公社来请，说开学前老师短期培训快结束了，请领导去讲话，周书记欣然同意，还对抓教育的副书记杨蔚春说："我和你都去，都要讲一讲。"

当周书记同杨副书记来到学校时，老师们已在礼堂整齐地坐好，校长还到门口接，因为经常来学校，许多老师都认识，纷纷向周书记点头或握手。林云溪坐在倒数第二排巷道边位子上，周书记特别同他热烈握手，他显然要比周书记高半截，比第一次和程海川一起在高回校门外见面要自然多了，更显得英姿焕发、鹤立鸡群，周书记煞是喜欢。校领导在简短几句开场白之后，请领导讲话，杨书记让周书记先讲，周书记说："你客气，我可不客气，学校是我最爱来、最关注的地方。我十九岁开始教书，分别在村小、完小、中学任教。小学是启蒙教育，是开启小孩心灵智慧的基础教育。老师们教书育人，责任重大，也十分辛苦。"他把话锋一转，提高嗓音说，"但是，教书偷不得懒，万万不可误人子弟，老师是学生的楷模，是偶像，一定要以高尚情操影响学生，要以勤奋务实的态度，严谨好学的风格开导学生，为党和人民培养出思想好、有本事的接班人。你们要爱护学生，不要看有的学生不听话，学习差点，甚至调皮，那是在群体中比较，其实每个孩子都有优点，都有所长，都是他们家长的宝贝。只要有一技之长，总会对社会做出贡献的。全才人士有几个啊？现在我们的农村干部就已到青黄不接的地步。从新中国成立时走过来的人，已到五六十岁了，要搞改革开放，要培养造就一大批适应新形势的干部队伍，当得好一个生产队长也不错啊，真正当得好也不容易的啊！现在缺人才、缺干部啊！有时我真感头痛。谁能解忧，我在寻觅呀！"他不像是对老师讲话，像是向组织部门反映实情。他又说："请老师们调整好心态投身到新一学年工作中，争取更好成绩，拜托！拜托！"

老师报以热烈掌声，在杨副书记讲话之后是教导主任安排业务工作，周书记站起来，小声告诉郭校长："失陪了，我先走一步。"提着包包轻轻离开会场。校长礼节性相送，走到操场边，校长准备说书记慢走的告别话，周书记突然转过身，停止了脚步，笑眯眯地说："校长啊，有件事在我心头考虑了许久了，在你面前就是开不了口。"

"您说，我该怎么办呢？"校长和悦地看着周书记。

周书记环顾一下四周，低声说："我是向你要一个人啦。"

"您相中了谁嘛，看我能不能考虑。"

周书记说："我是想要高回的林老师，我要他回去跟我带班子，你……看，舍得不？"

"哎呀，周书记真是慧眼识英才，林老师确实优秀，任教五年，随便哪科都胜任，又肯做公益事情，我的许多公办教师，有几个比得上他哟。"

周书记见郭校长迟疑，进一步说："一个班，几十个人；一个学校，一两百人；那一个大队一两千人，责任孰轻孰重？"

两人沉默了好一阵子，周书记说："这样吧，你先做些人事安排，再给我透个风，我再找他谈谈。你看行不？"

"金子是放在哪里都会放光，我按书记意思去办。"校长怏怏地说。

"那不好意思，我不到万不得已，不会这样干的。"周书记快活地说，握手告别。

秋阳烈烈，气温反而比立秋前高，被雨耽搁下来的活路也不少了。收拾谷草，翻晒苞谷秆，翻红苕，还要铲田坡，犁板田，农村一派繁忙景象。中心校的郭校长和教导主任吴羽忠到各校点检查开学准备工作。他们抄小路，从圳沟爬到山冈上的高回小学也是满头大汗了。站在校门口向坝头看去那通往县城的马路像一条带子，路上车行如飞，不时传来车鸣声。四边山坡地头有正忙劳作的人们的忙碌身影，远处的像蚂蚁运东西一样隐隐约约，穿白的是个白点，穿黑的是个黑点，何以辨认？他们在动。除脚踏之下外三面岩梁高矗，绵延起伏把北岌场团团围住。郭校长说："真是站得高，望得远啊。"吴羽忠说："这校点位置蛮不错的，就是高了点，缺水。"

"哪有十全十美的地方啊，事在人为，这五年中林云溪在这儿任教把这儿的风气、环境教学质量改善了，学生家长满意了，呃，又要走人了。"

校长感慨地说，他们走进校门，看到院坝里打扫得干干净净，升旗台上已挂起红旗，推开教室，各间都是该修的修好了，摆得整整齐齐。就是不见人影。吴主任大声喊："人到哪儿去了？"

这时林云溪挑着一大挑水一闪一闪进来。"你在哪儿挑的哟？"校长问。

林云溪一边往缸里倒水一边说："我跟高边张四娘说好了，她家的水管烂了，我买去换了，今后我们就在她水缸头挑水用。"

"这样好，双方都有益。"吴主任称赞道。老练的郭校长说："你开学前的准备工作都做好了，老师们肯定感谢你。今后你走这学校过嘛，他们一定要请你喝茶。"

"我每天都来，怕是我请老师们喝茶哟。"

厚道的吴主任装不住了，看了校长一眼转向林云溪，做出一副无奈的神态慢腾腾地说："林老师，不跟你打哑谜了，你可能确实要暂时离开教育战线。"

"为什么？"林云溪一下子提起身来。校长突然惊诧地说："哎哟，你看我们只顾说话忘了坐了。我也疲倦了，过去坐下说。"三人一同来到办公室，两位领导坐一方，林云溪对面坐，眼睛直勾勾地盯着他俩，意在询问究竟怎么回事。郭校长亲切和悦地看着林云溪紧绷着的脸，哈哈一乐道："你看，你看，把你吓得那样紧张，是换位置，叫你去当领导，以后还要把这个村小办得更好才是呢！那天周书记来学校跟我说了，让你回到村里任支书，跟他带班子。"

少许沉默一会儿，林云溪问道："我教得好差的吗，你们就把我往村上推？"

"不，不，不！林老师你误解了。"吴主任抢着解释。郭校长说："风物长宜放眼量，这是党的事业的需要，你不仅是一名普通农办教师，你更是一名党员。感谢你这几年的努力工作，对完小工作的支持。你这个班，我准备让李紫云过来教，保住好基础。我们还要多多配合工作，把高回的教育办好。"

"不，我要去找周书记，我热爱这份工作，舍不得走。"
郭校长看了一眼，吴主任说："林老师，我们就走了，这些天真是辛苦你了。"迈步穿过操场走到校门外，又回头盯了还呆呆站在办公室门口的林云溪。

二

　　林云溪与任何人一样也是有童年和青少年的金色时光的。不过他的岁月消磨得比别人特别些。他的父亲林达奇读过两年私塾、学过医，主要还是务农为主。新中国成立前自家就有少量土地，新中国成立时评为自耕贫农，又分给他家一些好田好土，并从小茅屋搬到地主房子高回村住，打土豪，分田地，搬新家，住瓦屋，别说他有多高兴了。一身有使不完的劲，总是赶天赶地把自家活路做了又出去帮别人，帮了这家帮那家，从未分彼此，乡亲们打心眼儿欢喜他，随着合作化进程的推进，他从互助长到初级社长、高级社长步步紧跟，成为模范人物，但"大跃进"、人民公社、伙食团这些搞法人民有怨气。政府催着干群众不愿干，他觉得与乡亲逐渐产生隔膜。许多事他想不通，他辞去职务，回到队里为伙食团种菜，又以忘我的精神十分投入地干，以此换来乡亲有蔬菜下肚。共产风越刮越厉害，没有粮食下锅，种的菜还是秧秧就被人偷去吃了，他气得发疯，更因他体形高大，劳动力强，胃口好，经不起饿，最终没有度过 1961 年那肃杀的隆冬。他在临死前拉着妻子牟华芬的手，喘着粗气说："我不能把云溪盘大成人了，托给你，一定要把他抚养成人，你也要为我活下去，我在这山上也算得上是有脸面的人。"那年林云溪四岁，母亲刚刚二十四岁。在林云溪的记忆里，母亲从来是沉默寡言的，笑容难得爬上她的脸，白天母亲总是奋力劳动，人家休息，她就割草捡柴，晚上做家务，安排屋中家具，那些移得动的家什，一会儿放在这边，一时又搬到那边。单是一张吃饭桌子，一时安在窗子下，一时又安到屋中间。那时云溪小，什么都不懂。有多少晚上醒来看到母亲痛哭，她把

辫子尾咬在门牙里，是怕惊动孩子，或是怕惊动邻居。有时
用两手死死捂住嘴巴，她自己从不做新衣服。在那每人发几
尺布票的年月，林云溪总比别人的孩子穿得好，吃得舒心些。
因是独子也撒娇，每晚都要母亲搂着才睡得着，像这样直到
小学毕业。

　　林云溪记得他十二岁那年夏天特别少雨，到初秋田几乎
干完了，每块田角的洗脚窝头都装着一窝鱼虾，凭手都捧得
起来。一天放了学回家，看到几个农民提着桶桶一块田一块
田地捉鱼虾。他大受启发，赶快跑回家提了一个桶桶去摸鱼，
从这湾到那湾，每到一块田的洗脚窝，撩开谷子，便可看到
失水鱼虾一动一动的。鱼多被大人捉去，小鱼和虾又不中用，
尽量跑快些尽捡大个点的鱼。没干多久头脸鼻子都是泥。又
跟着大人到河边，把一身泥巴洗干净，泥衣服洗来晒在树丫
上，要等干了才能穿。反反复复浸鱼儿，一会儿换一次水。
一是鱼喝了水之后把肚里泥浆吐出来，二是鱼儿喝水时小嘴
撮起好看。因为热，河里到处都有洗澡乘凉的人，好热闹，
等多数人都回去了，他才想起往家里走，口中吹着口哨，提
起鱼，扬扬得意，像功臣凯旋的样儿。当他走到房子当头，
看到母亲铁青着脸，瞪着两只发红的眼睛逼视着他，他放慢
了脚步，一擦一擦靠近母亲，这时他才想起，母亲不知道来
这儿接了他多少次了。因为每天放学回家，母亲总在房侧坎
坝边等他，给他提书包，搓他的头，把他带进屋。他也不知
道母亲的力气有那么大，出手那么重。

　　她夺过他的提桶，扯着他的臂膀往屋里拖。

　　"哎哟，痛！"他大声呼喊道，母亲手指像钻进他的肉里。
母亲放下鱼桶又用打鸡的竹响竿逼着他："你给我说，还要这
样晃不？说！"

　　他不吭声。

　　"你还不认错吗？"啪、啪！竹响竿打在背上痛得锥心，
他眼泪哗哗往下流，就是没有哭喊。

　　当天晚上别说吃鱼，连饭都没有吃，睡觉都侧着睡。孩

子毕竟好睡，当他醒来时看到母亲在灶房烧火，眼泪一泼一泼往下流。他轻轻走过去，双膝跪在地上，伏在母亲怀里哭着说："妈，您不要哭了。以后我再不去晃了，好好读书。"母亲紧紧搂住他，门牙紧咬住他的衣领。

　　林云溪的隔房母舅牟海清与妻田绍芬有一双女儿，大的叫牟敬兰，小的叫牟敬梅。林云溪比牟敬兰大一岁多，比牟敬梅大六岁。牟氏的房子在刚上山冈的背面，坐南向北，林云溪的老房子坐东向西，隔牟家房子有四五百米，等于是牟家一开门就看得见大屋的侧面，老房子方向的人，赶场出外绝大多数路经牟家房子下边大路田坎上。走他们的晒坝头过也方便的。牟家房子是伙食团拆了修的矮屋，后来改成瓦房一溜排，屋不大，但随时收拾得干干净净。因林云溪母亲是寡妇，跟外姓人来往少，就只有跟堂哥牟海清家亲密，大凡小事互相照应，两家孩子没分彼此，经常吃住在一起。

　　林云溪七岁那年秋天开始去读书，牟敬兰哭得像泪人儿一定要跟着去，她舍不得云溪表哥。没有办法，她父亲只好说，等她跟云溪去，跑几天，读不走，老师骂她，自然就收场了。她不知是计，叫妈妈缝了一个小书包，一直跟着云溪读书，谁知女孩比男孩懂事早。数学成绩一般，文科一直优秀。有一次妹妹跟着他们跑到联校去耍，回来时大家都饿了，走不动。妹妹由云溪和敬兰换着背，敬兰小点，又是女孩，背起走不远又放下，朝云溪喊："该你。"

　　云溪又背，走到王坡大路上，云溪放下敬梅，提自己的裤子，他热得满头大汗说："你两个这样讨人嫌，二天我长大了，就一起接来做媳妇！"敬兰用干棍棍追着打云溪，两孩子笑得死去活来。只有敬梅不知所措，只喊："背我，背我！"林云溪又冲着她吼道："背你，背你！怕要背你一辈子。"

　　这段往事成为他们长大以后的美好回忆。云溪和敬兰像一家人的孩子一样朝夕相处，读书劳动一直到初中毕业，并一起考上高中。牟海清已得了累伤病，劳动能力大不如前，他又想女娃儿读那么多书干啥，早晚都是人家的人。他决定让敬兰不读书了，只让妹妹读。敬兰十分体谅父母的不容易，但真的事到临头还是伤心地哭了一场，很大意义上是不能每日跟随她喜欢的云溪了。林云溪也十分难过，甚至想自己也不读书了，但母亲的殷切期望和男孩的责任感都不允许他这样做。读初中在本乡是走学，读高中是在县中，远了，要读住校。刚开学那个月，他十分思念母亲和敬兰，但尽量克服思乡情绪，努力学习。当适应学校生活后，成绩相当优异，每隔一周回家一次，但有时故意星期天上午回来打一趟，免得母亲巴心巴肝地站在上边等。在云溪到县中读书的时候敬兰天天到他家走动，她又躲躲闪闪的，不跟他正面接触，总在他听得见的地方咳一声，或让他看得见的地方有意高声与人说话，使他知道她的位置，真正相遇总低着头，轻轻说一声："你回来啦！"

这是女孩子对她心爱之人的含蓄表白，要在有亲人、有同学在一起时才会放肆与他说些无关紧要的话。直到云溪高中毕业，快高考了的一个星期六晚上，林云溪因赶车误点，黑了才到家，他轻轻推开堂屋门，听见母亲和牟敬兰在里边灶房说话。牟敬兰说："三姑，云溪怕要考大学，到远方去读书了。"

"不，兰兰，我不会让他去读什么大学，我们没有钱，再说这几年不是你一直陪着我，怕我已经疯了，你不知道，我好舍不得他啊。让他早点安家，成一户人，我就心满意足了。等我再到那边见到他爸爸也有个交代了。"

啊，母亲，你比天下所有母亲都爱得真切，爱得苦啊！他擦干眼泪，高声咳了一声，装作刚到家的样子说："妈，你怎么不点灯啊？"就这样林云溪连高考都未参加，老师和同学都为他惋惜。

那时高中生不多，特别是优秀的更少，在他回乡两个月，村支部和小学就研究决定请他去教民校。谭支书又说上边号召各村都要办幼儿园，本村还没有，决定让牟敬兰去任村上幼儿园教师。他俩都十分敬业，爱校如家，深得学生爱戴和家长称赞。他俩负担不轻，两家的农活尽是赶天赶地地做，备课、批改作业尽量在晚上做。他们正年轻，心中充满爱，正是青春活力迸发的年月，样样事儿都走在人们前头。他们的爱情没有花前月下的守候，只有相互理解和怜爱的支持，没有信誓旦旦的山盟，有的是责任共担并肩奋斗的惺惺相惜。村里的人都喜欢、羡慕这对懂事的年轻人，他们的结合是天地之合。

三年多的恋情蜜意，直到林云溪二十二岁那年寒假才履行手续，搬到一起住。唯有一个儿子娶媳妇不办酒席，林妈妈硬是不服，多次在儿子跟前说："你倒无所谓，老娘一辈子就只有一桩喜事啊！"

儿子乐陶陶地说："以后还为您添孙子或孙女也不是喜事啊！"羞得牟敬兰满脸通红，使劲搂他："讨厌，讨厌！"一家人开怀大笑。1979年冬大儿子出世，母亲如获至宝，喜不自禁。那时已搞计划生育，但只是提倡还没完全动真格。大孩子刚半岁，牟敬兰发觉又怀孕了，小两口毫不犹豫决定去做手术了。他们都做得机密，但还是被母亲知道了。母亲不准去做，小两口能劝的话都说尽了，她硬是不通，一开腔就是：我守了二十多年，为的就是这房人。劝她说不是已经有了一个吗？她就不听，闹得寻死觅活的，为此事两口子哭了好几次，母亲像疯了，失态了，晚上跑到父亲坟上去哭。不知者还以为小两口对不住母亲。林云溪试探着问敬兰："就依了我妈吧，她太可怜了。"牟敬兰却坚决说："林老师你都是有文化的人，现在提倡计划生育。我已经给你家生了儿子了，我还想教书，还想到社会上走。啥子我都依从，就这事不能依。"

林大娘隐约听到一些，她也豁出去了，双膝跪在牟敬兰跟前，紧紧扯住她的双手，泪流满面地说："兰兰，我求你了。你要让我第二个孙孙生下来，否则我不想活了。"

牟敬兰想走又走不脱，只有说："我答应您，只是生下来我不盘。"

"要得！要得！"

打那以后，牟敬兰走到哪里，婆婆跟到哪里。每天早晨她不准牟敬兰把孩子带到学校去，宁可让孙儿睡醒了，由她抱去喂奶，去来两三里路，她就是乐此不疲。直到牟敬兰身体出怀了，只好说病了，幼儿园推给妹妹牟敬梅去教。

牟敬兰在林云溪跟前说："以前总以为你妈通情达理，真没想到有这样倔啊。"

林云溪只说："这母爱，真叫人遭不住。拿老命来赌，我没办法。"谁知牟敬兰生二胎是难产，时间长失血多，身体每况愈下，肤色、气体大不如前。母亲像是赎罪，每天山上一趟，家里一趟地磨得苍老许多了，林云溪心中暗想，"老妈，你苦啊。"他尽量在煤油灯下备课，批改作业，多挤时间做农活，一家小日子还过得去。

郭校长和吴主任走了之后，林云溪揣测着，在回家之前在校园里转来转去，他打开每间教室的门看了又看。经过几天辛劳，到处收拾得干干净净，还有几天，这里就热闹了。从农中搬到幼儿园整整七个班，真的要离开，实在舍不得。教书虽然辛苦，压力大，但毕竟单一，只消认真些，效果明显，何况他也送走一个毕业班了，积累了一些经验。每当学生们仰着稚嫩的脸喊"老师好"的时候，心中泛起愉悦的涟漪。走在乡间路上，遇上他们的家长总是喜笑颜开地跟他摆谈。这份感情太厚重了。他晃悠悠地往家里走，跟妻子、老母说一声，他要上街找周书记。太阳一时躲进厚得如絮的云朵里，一时又从缝隙里射出一缕缕光芒，没有一丝风，闷热得出奇，这天气像他的心情，是要变了。

回到家，看见妻子披头散发，一身湿透准备做饭，刚开火，因天变化，熏得一屋乌烟瘴气，呛得她咳咳地喘气。见他回来，轻轻地说："你回来啦，我和妈都去收苞谷秆，又怕你回来饭没煮好，先回来烧锅，妈还在山上。"

他没好气地说："等它烂在山上，不要了。"

"怎么能不要，那是下半年的柴火啊，这段时间不弄回来，下半年烧啥子？"停了一会儿，见他不开腔，她又说，"下半天，我俩把谷草拉来堆了，开学了，你又搞不赢。"回头见他已经拿着扦担向母亲捆苞谷秆的土坝走去了。

到了那里，林云溪看见母亲蓬头垢面，衣服被汗水打湿贴在背心头，弯着腰一抱一抱地收拾着苞谷秆，身子像小了许多。他心中像针刺了一下。

中国的许多农民就是用忘我的劳动来关爱儿孙的。一看到儿子来了，母亲用手理了理披在额上的头发笑盈盈地说："你没吃点东西才来吗，饿了吧？"

"还没煮好，不饿。"

中午饭后，林云溪说要上街有事，母亲和妻子硬要他收苞谷秆、收谷草。他急了，说："二天收就要不得吗？怕有的是机会。"母亲笑眯眯地说："怕落雨，泡烂了可惜，你啥子事非要今天去嘛，明天就不行吗？"

"不行，我怕明天就来不及了。"

妻子疑惑，他从中午回来就心事重重的样子，便问："啥子事，我去或妈去办，行不行？"

"不行，你们都办得好，我还有这样焦急吗？"

"云溪，出了啥子事？你说出来，我们听听，想想法子行不？"

林云溪叹息着说："不得教书了。"

"啊！幺儿你犯了啥子事，不要你教书了。"林妈紧张起来了。

妻子平静地盯了他一眼说："教得好好的，凭什么就要下你，我去找郭校长。"说着还真解开围腰，要去。

"别！别！别！你们听我说，听说村上没有恰当人员当支书，镇党委要我回村上来工作。"

母亲急忙吼道："使不得！使不得！当干部我们家是伤了心的，你老汉要这样做，是啥下场，你不是不晓得，教不到书就在家做活路。一辈子老娘都舍不得骂你一句，当干部拿给这个吵，那个骂，我心疼。"

妻子是有文化的人，总显得平静些，她轻轻地说："那你准备去找谁？"

"找周书记。"

"既然他们已经定了，你去找起啥作用？"妻子问道。

"反正像妈说的那样，不要我教书了，就一样不干，或出去打工。"

"哦，这还差不多，今天哪里也别去了，把谷草收了，明天再打主意。"母亲说。经过一番争论总算定下来了。风更大了，天也黑了，暴风雨就要来了，不容耗着，忙着收谷草去，搂柴火去了。

秋天的天气也是变幻莫测的，一阵阵狂风把竹子、小树吹得像扫把一样绕来绕去，把许多树枝杂叶卷上高空，乌云团团飞渡，树欲静而风不止。人们被追赶着抢收秸秆柴草。正当人们紧张得头都不敢抬时，云被吹散了，天空明亮了，也不再闷热了。林云溪撩起衣服擦了把汗水，长叹一声，"哎哟，累死我了。"又回头关照爱人，说，"没有雨了，歇一会儿。"

一屁股坐在田坎上，看着他们堆成的若干草堆、谷草，"刚才怕收不赢，堆小堆了，筹划过几天，我挑来码在厢房里，今年就不踩草树了。"牟敬兰走来挨着他坐下说，"你真的要出去打工吗？妈、孩子都舍不得你啊。"

"你就舍得我走吗，嗯？"林云溪把牟敬兰的双手合拢握在自己手中。敬兰看他一眼，深情地说："舍不得，又有什么办法呢？"

他俩坐了一会儿，天完全青天渺渺的了，一点不热了，身心舒服了许多。又收拾着柴草，想着自己的心事，突然听到自家屋前娃儿厮打的哭声，林云溪赶忙说："敬兰，快回去看看娃儿怎样了。"

"你也回去嘛，你一身汗水，烧点水来洗个澡，活路慢慢做！"他俩一起回家，不见不知道，一见气煞人，大儿子林志鹏头脸鼻子一身稀泥巴，脸上只见两个眼珠转，老二一身绝湿，连声喊："哥哥打我。"

"打你，想整死你。"

林云溪问："啥子事？"

"弟弟把我捉的蚂蚂盯（蜻蜓）放跑了。"

林云溪一向讨厌大儿子横仗，调皮爱出手，看他横毛倒齿的样子，"啪"一巴掌打过去，一手粘起泥巴，恨不得再揍几下。老妈提来热水说："打啥子，快给他们洗澡。"每次孩子干坏事，母亲就护，这不利教育，大孩子胆大妄为，没有惧怕，一身毛病就是母亲惯坏的，林云溪心中自有隐忧。

　　林云溪的母亲做事十分麻利，在他们堆谷草时，她把一切柴火处理得整整齐齐，每间屋子抹扫得干干净净，几间屋，随便你到哪里都会感觉很舒心。她每放一件实物是要充分考虑挪来挪去，恰到好处为止，如你去搬动了一点，立即自己就会觉得不恰当。心绪再差，只要置身这井井有条的环境中，都会使之释然。

　　牟敬兰在屋里细声细气地说："云溪，洗澡水舀起了，快去洗，我跟你找衣服。"

　　每日每次都这样，林云溪有洗澡癖，一出了汗就要洗，有时一天两次，甚至晚上睡出了汗，都要起床洗过。但今天反而说："今天出工早，收得也早，人家那些还在做活路。"

　　"未必定要等到黑了才洗吗？早洗早舒服。"

　　林云溪还在洗澡，听到外边有人来同母亲说："伯母，搞不赢啦？"

　　"啊，请进来坐，好稀罕的啊。"又听到母亲喊，"云溪，有客人来了。"

　　他嗯了一声，心中想本得好收工早点，不知哪个老师来耍。不敢怠慢，几下洗过，拧干头发穿上衣服，趿一双拖鞋就跑出来了。

　　"林老师，来打扰你了。"

　　"啊，是周书记，您好！"

　　周书记侧身对林云溪说："这是党政办公室的主任贾小溪。"

　　"幸会、幸会。"他们热烈握手。

　　母亲在一旁说："我以为是老师来了，真是眼拙，不识贵

人。哈哈！牟敬兰也赶快出来见礼。"

周书记发现这山中金凤凰，村中美人，身段特好，高挑匀称，就是脸无血色，缺少青年女性的风姿。他很是客气地喊："牟老师，今天来，要给你添麻烦了。"

两个孩子站在面前眼睛滴溜溜地转，周书记从贾小溪面前的包里拿出两包糖说："好乖，伯伯没带啥子，吃点糖。"

大毛一把拿起一包就撕开封口，弟弟喊："哥哥，给我！给我！"

"那还有一包你不晓得去拿吗？"

林云溪严肃地说："哪能这样，要给弟弟。"

母亲立即说："孙毛儿，我们进屋去。"把他俩带走了。

周书记走出堂屋，察看周围山势环境，说："虽然站得高一点，这儿是一个穴位，群山环抱，向山开阔，这屋基上乘呢。"

贾小溪说："周书记懂风水吗？"

周书记哈哈一笑说："小溪，不要一谈风水、地理，就是迷信。现在许多世界级建筑大师都在潜心研究中国许多古代建筑，建于大山、大脉之中，地处高亢，不被雷击，这与山势、风向、植被、光照这些大有关系呢！"

这时林云溪出来请他们到堂屋坐，老式堂屋，便是会客厅。虽然家具什物一尘不染，但毕竟是点煤油灯，怕客人不习惯，便点两盏，一盏台灯，一盏墨水瓶做的小灯。周书记说："点那么多干吗，摆龙门阵又不怕说乱了话。"说罢呼一声将小瓶灯吹灭了。这时听见林母说："云溪，你要来帮个忙呀！"

听到抓到鸭子的声音。林云溪往里屋走，周书记也跟随脚步进去，看到锅头烧着水，林大娘提着一个鸭子。

周书记说："伯母，别那样麻烦不要杀了。"

林大娘说："书记是贵客，一般有客来都是推豆花，这黑了，推豆花不方便。"

林云溪说："书记在街上经常吃豆花。我们这是有好客无好主啊。"谈话之间林云溪已将鸭子割死了。周书记对外边的贾小溪说："小溪，快来照亮，我们来打整鸭子。"

三个男人围着一个鸭子，婆媳俩还插不进场。周书记又问林云溪说："林老师，你爱做家务不？"

林云溪说："我想做，老妈不让我做，一直笨拙拙的。"

周书记说："我不同，父亲死得早，兄弟姊妹多，还有奶奶，全靠母亲一个人教书的工资维持。所以捡柴，做家务事样样都得干，现在每次兄弟姐妹团聚，都是我掌厨。"

"难怪你那样熟练。"贾小溪说。

"穷人的孩子早当家，林老师虽然母爱厚重，但毕竟比较贫寒，所以一点也不浮华。"周书记继续说道，"小时贫穷，大了多从事一些社会活动，是增长才干的。贫困多难是一种历练人的财富，对许多事情都能从容应对。古人才有'艰难困苦，玉汝于成'的叹言。"

林云溪暗暗想周书记非常懂得人情世故，没有架子，但他防着，就怕他谈要他转岗的事。周书记又问林老师爱看些什么书。林云溪说："鲁迅的、托尔斯泰的，最近看《人生》，还有王蒙等人的散文。"

周书记说："那你看的多是文学类书籍，看书是终生学习的最好形势，要注意博采众长，政治、经济、外交、文史、管理都要有所了解，博是大、是广，精是深、是专研。现在我觉得直接看书的机会少了，十分遗憾。"

谈话间，鸭子打整得干干净净了。周书记让林老师宰鸭，自己打整内脏，等林云溪还未宰完，他已经把肠肚清理得归归一一了。三个男人一直在厨房边做边聊，婆媳俩还成协办人员了。

晚饭之后，宾主又坐下来攀谈，周书记根本不问林云溪（当村干部的事），他挨林大娘坐下拉家常，了解她家收入，承包地块，生产队里的事，甚至有些啥亲戚，他们都在干什么。林大娘特别开心，以往的老师们来，都是和儿子媳妇摆，谈些来听不懂。人家周书记不一样，尽摆她知道的事，她心情特别好，一说一个笑。她称赞道："周书记，你不装大，对人真好，连我们这种老妈子都不嫌弃。"

周书记爽朗一笑说："伯母，我本来就不大，何必要装大

呢?"他又掉头问牟敬兰还想教书不。

牟敬兰说:"有病,孩子拖着,力不从心了。"

周书记说:"有病要静下心来好好疗养,你还年轻,身体健康太重要了。"

牟敬兰说:"我一直认为书记管两三万人的事,工作压力大,不易接近,在路上看见都不敢喊。"

周书记又是开心一笑,"哟!敬兰,你把我视为不食人间烟火之徒啊。农村农民是主体,是干部的服务对象,干部是他们的公仆,现在有人搞反了,干部凌驾群众之上。现在农村要有文化、懂政策的人来引领。教书是开导青少年的事,当干部是引导教化一定范围的所有人,两者都重要。不为良相则为良医,治病救人,教书育人,哪样更艰难?社会管理,是一个系统工程,要做得好非常不容易。现在是人才奇缺,青黄不接,许多老同志的思想、方法、年龄都不适应了。你们村是比较典型的,这个忙,你不帮谁帮更适合?"

几个小时转弯抹角,扯到正题上了,林云溪紧张起来了,他看看母亲又看看妻子说:"周书记,不是我犟,不服组织安排,现在当村干部实在太难了,我只适合单打一的工作,稍微复杂的事,我整不住。"

"林老师,任何人都是学而知之,没有生而知之的,你是本地人,人情风俗、物产都了解,又教了几年书,人际关系也好,你不担这副担子谁担?"

林云溪不敢明确表态。

周书记又说:"你林老师来任村支书,一开始并不是我的主意,还记得吗?我来北岁公社同程书记在校门口碰见,他就提示过我。不到万不得已我都不会干扰你的工作和生活。"

一直未发言的贾小溪也说:"怕啥子,又不是上战场,上有党委,下有一群大队生产队干部,啥子事都是群策群力,只是注意火候。"

周书记进一步逼视:"林云溪同志,你不是一名普通民师,你也是一名共产党员,应该有这个觉悟。"

林云溪还是没表态。还是牟敬兰爽快，她望着丈夫很肯定地说："周书记把话都说到这分上了，还犹豫啥子？无非两个实际问题：一是误工低，二是社员对干部误解多，骂得犯瘾。当干部在家时间多点，可以多喂一个猪。至于说社员，爱怎么说，让他怎么说，树正不怕影子歪。"

林大娘一听高兴了，说："你都这么说，我不管了。"

周书记拍手称赞："云溪，多么知书达理的母亲和爱人啊。你真有福气，不枉自我俩黑夜造访。"

深夜了，谁也没有睡意，但女人总不能耗着。母亲和敬兰都安寝之后，他们三个男同胞又谈了许久：生活、理想、世界名人、国际形势、国内走向。堂屋头摆了，寝室里聊，干脆盘腿坐在床上侃。说来说去，林云溪还是心有余悸，怕政策变卦。周书记说："据我分析不会变什么，要变也只能变好。我们这样的大国，一乱不得了。'文化大革命'后期国民经济已到崩溃边缘了，百姓也厌倦那种在饥饿线上相互侵杂的生活方式了。"

贾小溪说："邓小平胆子大，搞拨乱反正。"

周书记说："是有邓老总有魄力的一面，同时应看到是必然选择。再不顾人民感受，是要亡党亡国的，这不是耸人听闻。老是说你好，好，那你给人家百姓多大好处？人民是那样好愚弄的吗？现在还有'文化大革命'遗风，动辄打人，捆绑人，要不得，要激起民变，基层干部也要有忧患意识。"

林云溪说："国家兴亡，匹夫有责。各自都有一份社会责任。我有时在想干坏事没有人反对，整出了事没有人敢担当。如果要社会安宁，人民幸福的话，就应各自承担自己应有的义务。位卑未敢忘忧国，形成合力。国家的政策要在平浦运行，不能老在山上架坦克。"

"基层干部要尽可能为群众谋利益，新中国刚成立时就说：楼上楼下，电灯电话，这种生活离现实还有多远？我们的面前还是煤油灯相伴啦。"周书记沉重地说。

林云溪低下了头。

第三部 奋斗岁月

他们三个在黎明时才打一盹，当一轮骄阳喷薄而出，灿烂光辉照耀饱浸露水的山林时，周书记与林云溪一家话别。他那深邃睿智的双眼透过镜片在林云溪脸上停留许久，然后握手告别。

<h1 style="text-align:center">三</h1>

就要换届了，上面各级大会、小会不断地开，培训人员了。一般群众好像与他们无关，该干啥干啥，没有换届氛围。一天逢场，回家路上，林云溪赶场返家同社员一起走，有一个外村社员说："街上到处张贴着标语，啥子加强政权建设，又要开始选干部了。"

有个老头子背一个背篼一弓一弓地说："选啥哟，随在哪个当，只要不把那几块田收回去就不关事。"有个女人说："可能要收，共产党是历来不准田土划给私人耕种。"又有人说："只要肚皮头有装的，啥子都好说。"

林云溪听后独自想，人们的要求好低，就是解决吃饱肚子就满足了。其实上边还要求完善联产承包责任制。社员们还在心有余悸，怕变、怕收土地。是被折腾怕了，政府应该在农村长期实行联产承包制，使国家能长足发展。

在分路之前他又问誉大爷，说："我们这些也用电，像城市居民那样可能不？"

誉大爷的头几摆摆，说："想啊，不得行！说了几十年了，还是差不多。这一辈子别想那种安逸生活了。"

林云溪心自沉重，农民也不怀什么希望了。

换届工作是紧锣密鼓地进行，贾小溪是高回大队换届指导组组长，还有两位临时调来协助工作的同志。一个组指导三个大队。首先是支部换届，由支部再指导行政换届。贾小溪在事前与林云溪多次交换意见，并说：各支部也开了会。会期定为农历九月十日下午，要他做些思想准备。他在最近通过多种形式了解大队情况，并拜会了许多人。到十日下午党员们向学校集中。

其他教室都关着，只有靠教室办公室右边的教室门开着，那是三年级的教室，那时是五年小学制。有老师的学校到了三年级要换老师，教低段的一直教低段，三年级到五年级为小学高段，由资质好的老师担任。林云溪是教高段的，如不另干，应就是这间教室。他才一个多月没来，觉得这儿既陌生又熟悉。环视这偌大的四合院，虽是土木结构，但还是整整齐齐。五年多的时光就在这儿度过，特别是敬兰教幼儿园时，他们每天双双行走于家园与校园之间，敬兰那时面如桃花，浑身散发着青春气息，人见人爱，喜庆自己捷足先登，定为恋友，好幸福、好自在。可惜她已患病，判若两人了，他心中泛起一阵伤感，走进教室，看到那三尺讲台，上边那用木架撑着的木黑板，好熟悉，好亲切啊。人的命运啊，并不是由自己操控的。

林云溪还在怅然沉思，先到会场的老支书谭富林笑盈盈地望着他喊："林老师，这边坐，这边坐。"欠身给他让座，以往听到叫"老师"特别悦耳，今天听到感到酸楚，心直跳。他是有涵养的人，把一切埋在心底，客气地向先到场的人一一点头示意，在谭富林身边坐下。不一会儿，一队人在谭大华带领下走进屋，其中有换届指导组成员。起眼一看，多数是五六十岁人士，只有两位还穿无衔军服的二三十岁的人。贾小溪用征求的口气问谭大华是否可以开会了？但谭大华像没听见，口衔竹筒烟杆，吧嗒吧嗒吞云吐雾，直到烟蒂烧到烟杆了才扯出来在板凳脚上磕了磕，"啪"一声吐一大口痰，又慢慢侧身把竹筒烟杆凑到老式短裤荷包头。慢条斯理地看看全场说："我说，我没得啥子说的。你，你贾主任先说。"

平时随便还好点，在会场上当真是结巴，抖不散舒。贾小溪说："在我讲之前宣读林云溪支部转来的党员介绍信。"他郑重地宣读了林云溪的党籍从中心小支部转回高回支部的通知。与会者都知道这通知的目的。一个个盯着这位新成员。贾小溪讲了换届纪律和具体操作程序，然后公布公社党委对高回支部组成人员的批文，支书一人，委员四人。然后发片，一边发一边说："六人中选五人，书记必须要进支委，经监、记、唱票员清理，把选举结果写在黑板上。"

林云溪得二十四票，最高票，其余以多票的且过半的确定当选。贾小溪在检查票记之后说："同志们的眼睛是雪亮的，把几位优秀同志选进了支委。党委研究之后批复你们。我要向党委汇报工作，先走一步了。"说罢轻轻走出会场。大家又坐了一阵，没有人提议，没有人安排工作生产。那个壮实的转业军人呼一声站起来，踢开板凳，吼道："走了！"

"走了，走了。"各自散去。这就是林云溪回到村上后参加的第一个支部大会。

几天之后，公社党委批文下达，又一次开党员大会。同志们都按时到会，仍然是贾小溪来宣布批文，大意是：林云溪为高回村支部书记，谭富林、谭大华、黎采凤、张元强为支部委员。同志们抱以热烈掌声。纷纷道："祝贺，祝贺！"

"该林支书出节目了。"

贾小溪亦说："欢迎林支书讲话。"

林云溪走上讲台，对着与会同志深深一鞠躬，平静地说："感谢党委和同志们的信任，我资历浅，实践少，对农村工作一窍二不通。但因为同志们的支持和指导，我尽量为群众多做一些实事，做到三个字，一是'忠'字，对党忠诚；二是一个'亲'字，对群众亲如父母弟兄；三是一个'干'字，为群众的事苦干、实干。请同志们监督我。我愿为社员们尽绵薄之力。谢谢大家！"

会场上又是一阵热烈掌声。

豁出去了，开弓就没有回头箭，林云溪利用半个月时间早出晚归，走遍全大队山沟、田坎，造访百分之八十的社员家庭，了解到积压的上百个问题，特别是土地承包搞得早的队，没有合理解决群众诉求，没按具体方案，土质、产量差异巨大，一旦平均承担农税提留，矛盾特别大；各队资料也不完整，连续两年人随地走的微调，划出尽丢欺心地等；两级分化也形成，有人戏说：打发三个女当地主，接一个媳妇卖屁股。上半个队缺水严重，小天干就吃水成问题，普遍要求安装电灯。

林云溪找到周书记汇报了情况。周书记先是乐呵呵地说："林支书，祝贺你高票当选。"少许寒暄之后切入主题，周说，"你掌握了这些基本情况很好，今后工作有目标。现在最主要是你们那大队的工作班子，要搭配强势，你有何考虑？"

林云溪说："我初来乍到就组阁，怕引发矛盾。"

周书记说："物色人选由你，由政府来调配更具权威性，看来你心中有底了？"

"我是看中两个人，一是二社转业回来的张元强，他能力强，忠诚果敢，干劲十足；另一个是结婚到王家的雷春容。她来我们大队之前是老家那个村的团支部书记，初中文化，很有活力。"林云溪说道。

周书记又是一阵开心笑，拍拍林云溪的肩膀说："我们林支书慧眼识英才啦，不干则已，一干惊人，算我没看错人。这世界上几十亿人，对幸福就没有一个特意而准确的定论。那是我的体会和满足达到一定程度的感受，当你瞄准目标，一个一个成功串联到一起成为成就时，你会在实践中不断采集幸福的。"

林云溪感觉到，周书记是良师益友型领导，他知识渊博，待人真诚，看问题透彻，心中佩服。周书记又一转话锋，说："我建议张元强任大队长，抓生产行政可以，大事你要掌握火候，可以放手让他去干。谭大华的组织能力和表达能力差，让他做业务，当文书。雷春容任妇女主任兼计划生育专干，你这个班子就是优化组合了，有事多与谭富林商量。近期我和镇长找他们谈话。"

"太好了，周书记想得周到！"林云溪兴奋地说。

周书记沉吟道："刘邦唱大风歌'安得猛士兮守四方'。每次换届培植班子都十分慎重，决不能让带病车子上路，如在一个团队头的成员都能独当一面，整体战斗力就强了。"

大队的选举按程序：动员、酝酿、提名、预选等，有一

第三部 奋斗岁月

部分人漠不关心，抱无所谓态度，但仍有百分之六十的人关注，议得最多的是怕田土又要收回去。当时还有许多提法是很左的。干部、群众思想未放开。每届班子并未给群众干啥实事，就是维持现状，山还是那些山，人还是一样穷。冬月十九已是大队两委出炉三天的日子。通过深思熟虑一心想为群众做些实事的林云溪起得特别早，他草草吃点早餐下队通知开会。七个队，走一遍且不能停留都需要半天时间。下午要开新两委和各队长书记会。他身着深灰色的确良，穿一双走山路的军用胶鞋。走到门外看了看说："哟，今天雾散不开，可能还会下雨，又对敬兰说，上午风霜大，你不要出去做活路，将息（保重）你的身体。"

"那，你不穿大衣不冷吗？"牟敬兰一掉头进寝室把他的草绿色军大衣给抱出来。

"不穿，出去走起路不冷。"经他再三推辞，牟敬兰有费力不讨好的情绪，娇嗔道："巴结不上你了，出去！去！去！"并用力给他一推"显单调"，他侧身向她努嘴，做个鬼脸走了。

牟敬兰跟着追到房侧路边上，目送他走过岚坳，才紧搂着大衣进屋。根据干部们的位置林云溪抄近路走了一圈。林云溪走到一社王坝大房子当头听到高声武气的吵架声，还夹杂着女人低沉哭泣声。走进大坝子，看到有几个男子端着碗在各自门前走动，也有观战妇女在各自门前听。雷春容的婆婆王大娘背朝林云溪去的方向高声骂道："林寡母那儿君致（标致）得很，你快去嘛！家头不是没吃没穿，要当啥子干部。"

雷春容的男人王世平说："妈，你说这些干啥嘛？人家听到不脏吗？"

"呸！呸！呸！你这没出息的东西，一个婆娘都管不住。"

"我要哪个管啊，我在后家就当干部，你们又不是不晓得，我就要当，关你屁事。"雷春容说。

这么早就吵起了，肯定不是才发生争执。林云溪走到近前，不可回避，径直走到她们跟前，这大房子称三合头，一正两横中间一个不小坝子。几户社员也是学生家长纷纷喊：

"林老师，早！"坐正方的韩大娘说："人家是支书了，还喊老师，怕要多心啰！"

"怎么喊都行，喊名字最好。"林云溪本来不抽烟，为好接触群众，烟和打火机还是随身带，他递烟给韩大娘，"大娘，抽一支！"

韩大娘手在围腰上擦了擦，接过烟，林云溪又打火给点上。她真是比吃顿饭高兴，小声说："那老妈精怪，当干部有啥不好哟。"

林云溪装作没听见，只是呵呵一笑。雷春容家住横房，林云溪从对面方向来，她早看见了，平时她收拾打扮，高长身材红扑扑的圆脸蛋，十分受看。今天头未梳脸未洗，眼泪巴巴的，坐在门口矮板凳上，怀中斜抱着正在吃奶的孩子，毫无表情，没给林云溪打招呼。倒是她婆婆王大娘无地自容，钻进屋就再没出来。雷春容丈夫王世平看到林云溪向他们家走来，呆若木鸡，无表情地立在那儿。林云溪一边递烟，一边笑眯眯地说："世平，我们是同学，今后要多辛苦你了，你要支持春容的工作。"

王世平重重吸了一口烟，侧身对妻子说："跟她谈啥子嘛，你干你的，你不知道她空话多吗？"

看来没有大问题，林云溪对雷春容说："下午在学校开个会，请你按时参加。"说罢转身走了。

等林云溪走遍各队回到六队时，远处就看到一堆青年男女在大路旁围成一堆，有的坐在路边，有的站在路中，有的蹲在稍远处吸烟。当林云溪走近，一起围了过来。黄湾的梁相科说："这事要你做个主啊。不然我们自己去挖那些多田户的地来种，要剐、要杀随便政府了。"

林云溪分明知道是指承包地不均衡的事，有意犯傻说："啥子事情要杀要剐的？"

文化高点的关桂华说："老师，是这样的，这段时间我们都在议论，我们这个队的承包地划得太不合理了。当年是偷偷摸摸划下来的，是照收苞谷秆和拉谷草的面积落实下去的。

还是按新中国刚成立时许的石斗，本来就不均匀，加之这两斗三斗、四五斗的说成七八斗，丢在那里随你种不种，生产队就把农税提留给你进地户算起，长出的粮食交公粮都不够，这詹队长也是丢地户，而且怕那些有钱有势的大户，根本不管我们。林老师，这土地是共产党一刀一枪杀起来的，不是为少数家庭的，你要为我们做个主啊。"

林云溪诚恳地说："过去生产队的事都是老母亲在理。你们说的情况我与各方面了解，征求过意见后，共同定方案行不?"

"要得，我们就等你回话。"大家才慢慢散去了。

下午，换届之后的第一次大队两委和生产队队长会在学校的村办公室召开，等到三点多钟。有的会计来了，队长不来；有的队长来了，会计请假。冬天天气短，黑得早，林云溪心中焦急。他征求了大队长张元强的意见，会议照旧开。各队简短汇报情况，时间不超过十分钟，各队汇报起来都是一大堆问题，特别是五队，累计三十二个问题没有解决的方法。六队詹金生是个驼子，一点一点地在会场上走来走去地说："有人要在六队重新划田土，没得哪个有这个屁眼劲，你们走着瞧。"

林云溪不动声色，轻轻地说："请坐下，有事的请讲。"众人不讲了，而且面面相觑。隔了一会儿张元强说："有问题只管讲出来，方法总比问题多，鹅颈子长总有一个下刀之处，就等它烂起不成?"几个老家伙对视一下低下了头。以为看你两个咋收场。林云溪看了一下右腕上的表，不快不慢地说："雷春容，你带有小孩，先走。"

"我再说几句，"他犀利的目光扫射全场，几个心中有鬼的马上低下头，他严肃地说，"请同志们反映情况，并不是我们无计可施，找问题的目的是解决问题，在战略上重视问题在战术上各个击破地解决，我们将采用不同方法、措施解决各类问题。首先要处理完善好土地承包中的遗留问题，这是问题总根源，要求发展，连基本问题都没解决能行吗?我跟大家交个底，来者不怕，怕者不来。随在有多少问题我都不怕，各个生产队在近期必须拿出解决本队问题议案，不准等。

愿当者，好好干，不愿干者请写报告交来。我就说这几句。"
同志们抱以热烈掌声。

林云溪侧脸问："大队长还有什么讲的吗？"

"不讲了，天黑了，以后再说吧！"

"散会！"林云溪宣布，趁着夜幕降临前的微光，人们摸索着回去。当晚林云溪把张元强带回家中，两人进行了彻夜交谈，决定一个队一个队地开会讲解，处理存在问题，这个春节注定是要在忙中度过了。

自从周书记来访问之后，林云溪一门心思在了解全大队情况，思考着解决的方式方法。当然是要组织落实，缺员的要补员，该调整的进行微调，确保有令则行有禁则止。经过一个月，全大队各队长、会计配齐，单留六队暂时未动。因为问题太复杂，承包地还需调整，还查出詹金生与九个关系户在土地承包下去后未交公粮农税。只有春节之后再着手整顿。

四

林云溪一心想在春节期间陪陪妻子，弄她去检查一下，他发现妻子越来越瘦，咳嗽得也厉害多了。她在他面前总是佯装无病，轻松能干。有时见他回来总强忍着不咳出声来，把脸都憋红了。有一天傍晚，林云溪下队回来，听见她一阵阵咳嗽，他几步穿过堂屋进灶房去，看见敬兰一只手撑着墙壁，一只手捂着胸口，头仰着气都换不过来。他急忙扶着她，她反一下精神来了，推他一把："没事，你把鞋子换了，里边是湿的，冰冷的。"

他几下换了鞋子又进去烧火说："不舒服就休息，收工回来才煮夜饭吃都不得迟。你现在这样忙，妈也搞不赢，我怎能休息。不干更难过。哪个算到要得病啦，我帮不到你的忙，心头好痛啊！敬兰，你别这样，只要回到家，第一眼想看到的就是你。"等母亲回来，林云溪又对母亲和敬兰说，从今以后我家的猪喂两次，早上一次，晚上一次，都由我来喂，大桶小桶的，你们提起恼火。晚上煮来早晨喂，早晨煮好晚上喂，就这样这家头的猪一直由林云溪喂。

正月初四，人们还沉浸在新春的欢乐和幸福的气氛中。林云溪决定送牟敬兰去医院检查，这本来是头天晚上商量说定了的。临时她又变卦，借口说隔壁今天拜年，走了不好。母亲也说："新年头上就去看病，不在时。"听了两娘母的话林云溪真是生气，反驳母亲说："敬兰又不是昨天今天才病的，检查一下关什么事嘛？"劝来劝去，牟敬兰磨蹭一大早晨，直到上午十点钟才到医院，挂号门诊，把脉付款几趟跑下来要下班了。幸好医生是认识的，说："林老师，下午来，我让你爱人来照 X 光，做全面检查。"事已如此，林云溪尽量宽慰爱人，提出好几种方案，在哪儿吃点东西，休息一下，她都不肯。

突然林云溪说："敬兰，我们到四季香饭店去，那儿清净又宽敞。"她同意了。因为新年才开张，没几个人在此用餐，老板对他们特别热情。敬兰一进店就钻进小雅间去了。林云溪在外边点菜，她进屋反复查看屋内陈设，多么熟悉的地方。过去几年，他俩都在教书的时候，每逢上街开会或者赶场办事都爱在这里进餐，为的是避免人多眼杂，说笑他们。

特别是 1979 年 4 月他俩到公社办理结婚手续，不是逢场天，街上人不多，他们在办公室外碰见林云溪的隔房老表，他是一个会开玩笑的人。见他们整整洁洁喜盈盈的样子便说："老表，扯宰杀证吗，安逸啊！"当时杀猪要办宰杀证。牟敬兰听了笑死笑活，林云溪也觉得说得含蓄，表达准确。每当林云溪一挨到她坐，她赶快蹾开，四方都蹾过了。林云溪一点不笑，只说："宰杀证都办了，还挨不得吗？"两个笑得一顿饭吃了很久。今天又身临其境，回忆起往事反觉如箭穿心，才几年呀，自己病得变了形。等林云溪进屋，她突然站起来泪水盈盈地往外走。

"你疯了，菜都点了，要到哪里去？"

"我不饿，我不吃。"林云溪轻轻推她坐下，温存道："有病并不可怕，要正视、不要焦，我都充满信心。"

像哄孩子一样，她才吃了一点东西。林云溪劝她在街上走走，她硬不肯。林云溪知道妻子是自卑。一个健美如花的姑娘变成一个弱不禁风的屡弱病人，她心中何其痛苦。他们又回到医院的走廊上坐着等医生上班。在照光时林云溪轻轻扶她上照光间，退回来看情况，那医生说："林老师，你爱人的肺左叶烂了一个小洞，右叶变色有斑点，好好将息，多活一些时间。"林云溪泪如泉涌，差点哭出声来，但他撩起衣角擦干泪水伴装轻松，把敬兰牵出来。医生在开处方时说："要打针，效果会好些。"她硬犟起不再打针了，说打针之后两边腔部痛得翻身都翻不得。医生只好说好好吃药，多加营养，要静养，不能再劳动了。

五

正月十五大年一过，两委就启动了在六队的土地丈量。先量土，后量田。占好地和多占的农户不参加，以此抵制微调，但在支书和大队长的坚决支持下，几天就把全队土地面积量出来了，并做了详细记录，如某人的什么土，长多少，每大杆的五尺处衡量为宽，笔笔有记载。本来是无懈可击，但多地户为保护既得利益，处处发难，詹驼背和会计梁顺海公开组织起对抗准备用打伤人的方式来阻拦。一时间整个六队闹得沸沸扬扬，乱哄哄的。有的直接到区公所反映，说公社有人包庇。有的搬出谭大华，公开指使翻案的。有的只要丈量人员走到他的地边就要出来干架的；善意的人，黑夜到林云溪家头劝他停下来。压力让人窒息，许多老同志也为新生两委担心。林云溪深知，之所以有这种情形发生是上边土地政策求稳，区公所，公社又没有明确态度，他们是在孤军作战，幸好大队长张元强与他死了心要碰硬。

农历二月初的一天，林云溪刚到田边指导怎样量田，就接到区委通信员通知说：区长找林云溪去了解情况。林云溪还未动身，詹金生等几个就以为他们所谓联名上告起作用了。高声说：中央都要稳定土地政策，你几个必遭不可，要送你进鸡圈。说罢一跛一点好不得意，绝大多数社员傻了。沉默了一会儿。一向沉默寡言的梁树民说："像这样一屁股坐下去，不准有变动，不是有些当地主，有些去讨口吗？这究竟是不是共产党的天下。"

愤怒的群众又要开量，多地户阻拦要砍量地杆杆，眼看就要打起来，林云溪和张元强站在中间阻拦。林云溪喝住量地人说："今天就不要量了，让我向上级反映了情况以后再干，我们不是急着这一天半天。听我招呼的，赶快离开。"

"要得！"要量方的人一哄散了，以示对支书的支持。还有几个等着看笑话的围着张元强，他性急吼道："都走，二天再量。"队长詹金生和会计梁顺海对视一下说："怕就闹的今天了。"得意地走了。

张元强说："虽然区长没喊我，我也要去，林老师看这脑壳砍得下来不？"

区委和公社听了情况介绍之后不但没有批评他们，还向他们道歉说对他们的工作支持不够。下一步每天由区公所派工作组下来协助，一起丈量讨论方案直到彻底解决为止。

正当林云溪和张元强兴冲冲地回家时，已谣言四起了，说林寡妇的儿遭抓了，张元强遭撤职了，他俩觉得好笑。林云溪说："这人啊，在一丁点利益上就忘乎所以，上级再三要求彻底调平，按政策完善一切资料，每年人随地走，进行微调。少数干部占了大量好田好土，便拿稳定压群众，农村事情可马虎不得呀。"

正当林云溪和张元强刚翻上岚坳，就看见林家房子头一大堆人，听到母亲的说话声，还有一个尖声尖气的女人的骂声。"林寡母，你引的好儿啊，才当几天干部就被抓了不？报应！报应！我捧起手拜。"林云溪一直深爱母亲，自己受多大委屈都不在乎。像这样侮辱老娘，他不能忍受，他飞快往家头冲去，张元强怕他回去发生事故，猛追起，两个大汉一阵风似的赶来，人们戛然了。原来是詹金生的嫂嫂王本芬在林家门前闹。看她包块白帕子脏兮兮的，穿一件倒长不短的破衣裳，一双光了底的烂胶鞋。一脸皱纹，因眼帘下吊，看人总把脸抬得高高的。她见支书、大队长从天而降一样到来，骇住了，扯起背篼要走。林云溪轻轻按着背篼边说："耍一阵叫，忙啥子嘛。"

她惊慌地左看看，右看看。林母见儿子回来心中石头落地，她牵起衣角擦了擦眼睛。说："你说我的儿遭了，这还是回来了俺！詹大嫂，为人说话不要那样刮毒，我寡母没跟人赶汉，好脏的啊？"

林云溪赶快扶住母亲说："妈，别生气了，你煮点饭，下午我与元强还要去量田呢。"林云溪又侧身温和地说："詹大娘坐，我们聊一下嘛。"她又望起脸看了看林云溪和张元强像是想逃又逃不脱。张元强说："詹大娘，这次量田土跟你家关系不大，为啥你有这么大意见？"

她撩起围腰在板凳上坐下，向旁边看了看，诡秘地说："我那大汉得了病，娃儿又还小，要靠他二叔照顾，他说我这次不为他出力，就不管我们了。"

林云溪说："他几时照顾你，经常看到他在你家吃吃喝喝，又没看到为你家做点啥子活路。""人家在算粮时给我们考虑点。"张元强说："这就巧了，现在又不搞决算，咋个考虑法？"林云溪诡异的一笑，张元强更愕然了。但王本芬却意识到说漏了口，赶快拿起背篼一拐一拐地走了。

林云溪在向党委汇报工作时谈到是否清一下这几年粮食入库和农税提留结算清单时。周书记说："你提得对，应该清一清，不搞政治运动，并不意味着可以贪赃枉法，社会进步的主旨是公平、正义，不然权力一旦落入不法分子手中就会侵害人民利益，我们这个政府还敢说是人民的吗？"

他鼓励抓紧时间，在春耕生产大忙之前，把六社田土调好，原则上各户原有不动，多的退，少的进，任务共担。林云溪还说："田土瘦薄荫蔽与向阳肥沃差异仍然很大。"

周书记说："可讨论一些共同遵守的村规民约来调剂，绝对的纯和绝对的公平是没有的。你这段时间的工作给我提供许多课题值得我思考，而且是带有普遍性的，是土地联产承包之后的有益补救。"

六社的詹金生、梁顺海和他们的嫡亲至好，连续三年在粮食入库时为掩人耳目挑点到粮站卖高价，农税提留转嫁给生产队社员丈量出的数据写成规范的一式两份承包地样本，增减人口按样本依次序进退，社员十分满意。六队队长咎由自取下台之后，谁来担任恰当，社员们议论纷纷，林云溪想到自己是本队人回避，他请大队长张元强具体召集和主持，要无记名地提，无记名地选，给社员充分的民主选择自由。到开会当天，林云溪对母亲说："今天您去开会，不要多说话，我在家砍一天的柴。"张元强和谭大华到会，找许多社员摸底谈话。

有的则笑嘻嘻地，"远在天边，近在眼前。"张元强说："说明白点，你们选中谁了？"有社员质问："全大队哪个队开会林支书都去，唯独不参加本队社员大会，我们有意见！"

张元强问："林大娘，林云溪跑到哪里去了？"

"他在竹林湾头砍柴。"

张元强呼哧呼哧地跑到竹林湾，生气地嚷道："你要去啊，别整得我下不了台。"

林云溪只好带着砍刀到会场去。他刚到门口，响起热烈掌声。陈老会计代表社员说："林老师，你又别瞧不起本队人些呀，我们商量好了的，这副担子就你来挑，你管全大队，把本队带起走。"

林云溪一时语塞："我们安电灯，要得不？"

"要得，要得！"又是一阵热烈掌声，谁知道这一任就是几十年。

<h2 style="text-align:center">六</h2>

一谈到安电灯，社员们都热火，当林云溪和张元强去找公社、电站时，他们为难了。那时还未给高压联网，是靠水电。平时电量不足，一旦枯水就连供应街上、企业、机关、

学校都成问题，他们承诺，像这种积极性高的要优先考虑。林云溪和张元强又一头砸进找水、打屯水池的活动中，经他们提议每座房子打一个水池，平时下雨积在里面，天干时可用，虽水质不很好，但至少有水用。许多人都买钻子，置钢钎，都以找水建池为荣，此事还引起上级关注，公社社长亲自察看了许多口作用大的水池，在这里开现场会。

七

1985 年秋开始酝酿安电灯，那是全大队一项浩大工程。上级没有一分钱的补助，资金全都自筹，先要测量出进村线路距离，买变压器、电杆的全部费用，然后分向各社线路造价，每人平均要几十元，在当时可不是小数。大队按两级核算，全大队人均二十六元，各社根据具体情况分摊费用。平时都望安电灯，一旦实施又争议很大，林云溪召开各种会议讲解。从核定人口、拟订方案、收工程款到变压器的定点测量到每栋线的走向，抬杆打窝，都亲力亲为。争议最大的是大房子人口稠密区和分散小住户；人口多的大户和人口少的人户，如平均承担大户吃亏，如分梯梯难成方案。还是林支书一锤定音，一律照启动时人口，凡是在电灯亮之前出生人口都要交钱，以社为单位核算经费和工程。这照顾了人口少，没劳力，单散户的利益；劳动强，人口多，大房子的人又有意见了。一队黎远乾老汉有两个儿子未分家十多口人，又是住在大房子，觉得吃了亏。爬得汗流浃背到林支书家来找他要个说法，他按旧礼向林云溪深深一鞠躬，气喘吁吁地说："小人不懂，这安电灯为何要码到人多人少一样出钱，不知林支书是何意图？"

林云溪请他坐下，给他点烟泡茶，坐在他跟前，他反而觉得不好意思。林云溪亲切地说："老辈子，你的意见代表了百分之二十的劳动力强和居住集中的人。还有百分之二十的少户掉散户持反对意见。如果说按电表收钱，人少的安两盏，你人多的安几盏？还有今后你们分家要不要分户头？一个队应是一个整体相互支助。新中国成立前有的开明绅士都还要出资修大路，搞些公益事情，何况我们是为了大家一起享受现代化生活呢？"

黎远乾站起来，打拱手："林支书打扰了，打扰了！你想得周到，老朽让你见笑了。"林云溪送他走时希望他多向群众做些解释，他以后逢人便讲林支书公道对人客气，有涵养是好人。

收钱，买材料抬杆、打洞，林云溪总是早出晚归，回家常是一身泥一身汗的，母亲、妻子都心疼，最让她们烦恼的是经常有人到家理事、闹事、质询。有时早上一开门便有人来，晚上很晚了人还未走、陪着，随茶便饭常有人来吃。收入未增加，开支却加大了。她们心中有难言之隐。

一天，抬放变压器的大电杆，十六人抬起翻田坎，林云溪和张元强人高，顾着别人，多承重，哪个吃不消就去换哪个。一天下来拖得筋疲力尽，回到家一倒在竹椅子上动都不想动了。母亲看见说哭着说："儿啦，你从娘母身上下来几时吃过这种苦啊！不当这个干部要不得吗？老娘看不得你这样磨苦的生活。"

他赶急跳起来："别，别，你不需要群众需要我这样做。天塌下来总要有长汉顶着。"

第二天一早，林云溪照常出去了，最可喜的是本队社员把安电灯的钱送到家头，免得林云溪耽搁时间。社员们心疼他，几位没抬电杆的老农帮他家把秧子栽了，林云溪心存感激，常想群众滴水之恩本人要以涌泉相报，一定不辜负乡亲一片深情。安电灯拖了一年多才彻底完工，从此本村结束了用煤油或柴火照明的历史。

八

正当林云溪奔忙于全村事务和安电灯过程中，牟敬兰的病情日益加重，劝她打针，她说痛，劝她吃药，她说吃到药就要呕。人在绝望时富于幻想，只消说能医好牟敬兰的病，林大娘都会立马去做。为给媳妇治病，采取一切措施，包括求神问佛、烧胎、照水碗。看是为其减轻病痛，实际是在安慰自己，她日夜操劳，不到五十岁的人竟成了白发苍苍的老太婆了。牟敬兰呢，二三月间就开始翻晒衣服，打成包装好了隔段时间又翻起晒。她在丈夫面前尽量装作还行。林云溪咋不知道呢？她根本不可能平起睡，一躺下就咳得要断气，只能倚着床头用絮被垫着坐。胸口呼哧呼哧得像风箱，体瘦如柴，面如白纸。林云溪下决心弄她到县医院住一段时间，他亲自陪她，护理她，硬是说不服她。

林云溪说："你是否怕花钱，只要人在，缺钱是暂时的，可以借贷。"这才是说到她的真意图，她泪水盈盈地说："你到哪里去借？你这份心我领了，我不愿跟你拉账，我不在了，老娘、孩子，你们还要生活。"

林云溪也伤心地说："如你真对我好，就该听话，好好地活着，你就是成为一把枯柴，只要一息尚存，对我都是莫大的安慰。我永远不会嫌你。"说罢两人抱头痛哭。林云溪也经常同母亲商量尽量多给她增加一些营养。

秋收之前，牟敬兰提出要回娘家住一段时间，虽然只隔两个山嘴，直线距离五百米之远，她病了之后几乎没有回去。她十分自觉，怕肺病传染别人。在家，她用的碗筷单独存放，严格消毒，孩子由婆婆带，她想不能让痛苦传与他人。一经她提出，林云溪和母亲都十分赞成，以为病人换个地方会更好些。收拾起几件单裤衣服，林云溪背起小儿子送她过去。她后家这几年也不顺利，父亲牟海清本是做庄稼好手，但现在得了哮喘病，做不得活路，田头活路全是林云溪代劳，土头农活她母亲和妹子敬梅做。林云溪教书时还经常去后家干活，现在当干部了时间少了。他们刚到晒坝边，岳母赶忙出来："哎呀，我大姑爷回来了。"

父亲也高兴地说："云溪今天有空过来耍吗？"当他们刚进堂屋，牟敬梅才从侧屋出来，风一样过来，辫子往后一甩说："哟，今天大干部来视察呀？姐姐你好风光，大干部陪你回娘家啰！"

"砍脑壳的,你说话别哪个毒!"一起开心笑了,母亲说,"还不到学校去,今天早点回来。"

"晓得,今天要沾那两口子的光,打牙祭了。"

"就只有你鬼女话多。"母亲亲昵地说起这个敬梅,比敬兰小四岁,稍微胖一点,一般高,红颜花色,一张苹果脸,眼睛尤其水灵,人们评价比姐姐有福相,君致点,就是伶牙俐齿,不饶人,本已有二十多岁了,早该谈婚论嫁了,就是没有她瞧得上眼的。过了几十个媒人就这样剩起。等她走后,林云溪说:"妈,还有些啥活路,我去做。"

母亲无所谓地说:"那边还有半块红苕没有翻,没扯草,等它,让鬼女做点。"林云溪便去翻红苕藤去了。他确实帮忙少了,想起很惭愧。翻完红苕藤又去看田头的水,没男劳力经营的田总是草茸茸的。他又去堵螃蟹洞、扯稗子。学校放学了都未回去,他正在田里干活时,突然听到"爸爸吃饭了"的喊声,抬头看是大儿子志鹏拿着一点东西吃着,一跳一跳地在路上好得意的样子。扯完稗子,在缺口上洗脚才说:"你吃啥子哟?"

"鸭嘎嘎,外婆拿跟我的,让我来喊你。"看到儿子,脸儿晒得绯红,鼻子边糊点油水,才五岁多,扣除调皮的因素,实在是可爱,牵着他的手,有半人多高?"你怎么知道我们到外婆家来了?"林云溪问。

"三姨跟我说的,放了学是她把我引来的。"

牟敬兰在后家耍,林云溪每天都要去一次,有时吃饭,有时晚上吃了饭去摆谈一会儿,两个儿子自然是不回家。家头显得好清静,以前只有他和母亲成了习惯,自从敬兰过门之后,他的私生活、精神世界都发生了变化,从未感到过空虚,纵有小别,也有盼头,这一次他与母亲都有一种失去敬兰之后生活的预演。平时总想母亲太辛苦,应多陪陪她,跟她多说话。现在只有两娘母了,反而无话可说,他们的心被那不幸之事就要来临压抑着,只是谁也不愿戳破这张纸罢了。

一天晚饭之后,下了一阵雨,地上到处湿漉漉的,林云溪坐了一会儿,进灶房对母亲说:"妈,我又过去看看。"他趁着月色走到当头田坎上,母亲拿着电筒追上来说:"幺儿,不拿电筒怕蛇咬到你。"

他停下脚步,接过电筒说:"妈,您也要注意。"热泪模糊了他的两眼,厚重的母爱让他激动不已。他走到岳父房侧,堂屋的电灯光直射很远,心中泛起自豪感,不枉自辛苦十几个月,山村亮起来。他轻轻走到灶房外听到里边在吃饭,岳母说:"大女,你病得不轻啦,怕你难得跟云溪同到老了。"

"我还拖得到几天啊。"

母亲又说:"人家林云溪倒还结得到,可怜两个娃儿要造孽。"

"这都是命。"岳父气喘吁吁地说。

牟敬兰提高嗓音说:"还是有那种心好,不嫌娃儿的,这个家住得人,他和他妈的心都好。"

"自己病成这样还替人家夸嘴。"这时敬梅嚷道。

"病嘛,这是自己得的,人家没几时嫌弃我,是我命薄,这辈子我不能盘大娃儿心中难过,云溪像这样对我,已心满意足了。"

岳母又说:"可能云溪八字大,一般做得事的人八字都大。"

立即听到敬梅说:"迷信,迷信。这得病是谁克谁啊,怕是爸爸传染的还像点。"

林云溪假装跺跺脚,像刚到一样推门进去说:"还在吃饭吗?"小姨子精怪地瞟了他一眼走开了。

牟敬兰在娘家小住了几天之后回家,她不再争做啥事,白天黑夜忙织毛衣,纳鞋子,几天就是一双,多是比着丈夫的鞋码。孩子的就一双比一双大、略长。意在孩子逐渐长大之用,也可能是留下一点纪念品,只有她心中有数。一天,林云溪又去赶场,问她需要买点什么东西,她说:"扯白布、青布、红阴丹。"

林云溪说:"不是已经做起许多了吗,还要做垫子啊?"

　　她直勾勾地看了丈夫许久说:"你是不是嫌多了,巴不得我做的东西早点看不见才满意?"说罢,撇起嘴痛哭。林云溪赶紧回身说:"不是,不是。主要怕你累着了。"她突然像小孩子一样扑向他,扯着他的手放声大哭。一家老少都伤心。哭了一阵,她才说:"云溪,我好舍不得你哟,你刚从这儿出去,我就一分一秒地望着你回来。"林云溪母子也泪如雨下。

九

　　周书记听说牟敬兰病情加重,自出二十元给林云溪,林云溪不要,说:"你都要养家糊口,二十元不是小数,一月三分之一工资。"周书记说:"我们没有病,就节约点嘛,你给敬兰买点她最想要的东西。"过几天之后,周书记又通过民政局争取了四十元钱,并让镇妇联主任到家头来看望。

　　冬天县委办村干部(1985年公社寿终正寝,改为乡、镇)培训班。得到通知后,林云溪踌躇不已。牟敬兰病重,去了,他丢不下,不去,又失去学习机会。他初步考虑跟党委请假,让张元强去。晚上岳母和敬梅来耍,林云溪出来征求意见。敬梅立即反对,她说:"这么好的机会不去,是不是脑壳有问题了。你在家守着姐的病就会好点吗?况且她这种病又不是一时半会儿出问题的。"敬兰也说:"必须去,教书有教书的学问,当干部有当干部的学问,我看你那村长嘛,脾气又怪,五大三粗的,不知能当多久。"

　　既然敬兰都这样说,两位母亲也都支持,就决定去学习。在林云溪动身之前,敬兰把衣服跟他熨得抻抻展展的,把皮鞋擦得亮铮铮的,内放上一双崭新鞋垫,一直守着他,一次次上下打量他。她心中是喜悦,也是悲苦,这万里挑一的伟男子,竟是自己的丈夫,可惜、可惜。她暗自决心,一定要撮合一桩姻缘。

　　在林云溪不在家的几天里,每晚饭后敬梅总是早早到姐姐家来。一天早晨妹妹走时,敬兰说:"今晚早点过来,在我这儿吃晚饭。"妹妹应了一声,晚上真的没有黑就来了。敬兰高兴地说："今晚他阿婆要出去有事，早点哄两小崽睡。"妹妹打听说："三姑有啥事出去呢？"

敬兰说："也多亏她重视我，她替我到张月妈家烧蛋，'七七'之后还愿，就是今天晚上。"

牟敬梅说："三姑好不容易，为起你啥法子都想尽了。"

"是啊，我欠他们两娘母的情债太深，要二辈子来报了。"

晚饭后，林大娘悄声对敬梅说："负累你，哄着两个娃儿睡，我要天亮才能回来，云溪是晓得嘛，又要说我迷信，我想是神药两改，或许能奏效。"

说罢，提一大包东西消失在冬天的黄昏幕布里。性情刚烈的牟敬梅也为之动容。自从姐姐生病，两个孩子一直都跟阿婆睡，对别的人员来往无所谓，今晚阿婆不在，孩子睡不着。即使睡着一会儿，又惊醒地喊"阿婆"，真是叫他吧，又是睡着了的。她没带两个孩子一起睡过，用蚊帐遮好床之后，跑到姐姐屋头来，姐姐未睡，像是哭过，见她十分殷勤，两张床对面安着，中间一个木头踏脚板。对门一个大衣柜，两张床头都放着箱子，靠敬兰的箱子放小生活用品，靠林云溪床头的箱子过去放书籍资料，现在改放支部印章，上级文件资料等。他怕娃儿调皮去翻他的，用小锁锁着，钥匙交给敬兰保管。

敬梅在林云溪床边坐着，她看见姐姐虽埋着头，眼睛斜视扫了她几眼，便说："你一天到晚像夜猫子，还不睡咋个遭得住，好人都会整出病来。"

姐姐坐到自己床边上说："云溪也是这样唠叨我晚上听他睡了几觉了，还没有一点睡意。想跟他说点话，又怕打扰他休息。"

敬梅问："你们长时间就是这样各睡各的吗？"

"以前，天天晚上都泡在一起，啥子都翻起摆，谈得开心了，多一夜了都还在笑，直至他妈叨'捡到金砖了啊'，才静下来。

"自从我病得睡不下去，一躺下就咳得喘不过气来，用枕头、被子叠起靠着坐，他盖不好被条才分床的。从此，当真相敬如宾了，摸都不摸一下了。"

"他就有那么多瞌睡？"

"不是，他同我说一会儿话后就装睡着，有时很久都还在叹气，只是把脸侧在里头。"

妹妹做不出任何评价，只是呆呆地看着姐姐。

牟敬兰又说："他还年轻，又身强体壮的，他还需要那种生活。"

"没听到他有风吹草动的话呀，你是不是怀疑他外遇？"妹妹说。

敬兰看着妹妹的脸说："你理解错了，我是说他还是造孽，有说不出的苦。"

妹妹说："只要你注意保重身体，多活一些时候，对他也是一种安慰。"

牟敬兰仰着脸，用上牙咬住下唇好久才说："我舍不得他，真不愿这么早与他分手，答应我，在我不在了，到这儿来替我侍奉云溪，帮我带着两个孩子。"她说着竟跪在踏脚板上，扯着妹妹的衣摆。

"姐，你怎么这样。"敬梅呼一下站起来，惊惶地向四处张望，好像有许多眼睛盯着她，使她无地自容。

"不妥，这不行。"她埋下头扯着姐姐的肩膀说，"你起来，起来嘛！"

"今天晚上没有别人，你不答应我，我就不起来。"

"你究竟要我怎样吗？"

"我给云溪写了几句话，你在上面写个你的名字，二天有个证据。"敬兰抽抽泣泣地说。

敬梅心中翻江倒海，自己毕竟是待字闺中之人，对姐夫印象不坏，但没有要嫁给他的意思啊，无论怎么说自己还有选择的余地。看到虚弱的姐姐生死相托，她又不忍心折磨她。敬梅理了理散落在额前头发说："我答应你！"

"答应就在这儿写个名字，盖个手模。"敬兰递过一个硬面抄，上边已有她写的一段文字。敬梅生气地吼道："写在哪儿啰，大小姐！"

她自觉羞愧难当，像是写卖身契一样。敬兰从林云溪箱子中拿来印泥，敬梅看都没看清楚，就在角角头飞快写下名字，盖上手印，又在本子上撕下一张纸擦干指甲上印泥。一屁股坐在林云溪睡的床边上，眼泪汪汪的。敬兰则将本子合上，双手将它捂在胸口上，仰着头，深深地吸了一口气，像是办成了一件天大的事，流露出十分欣慰的神情。她见妹妹还在魂不守舍的样子，又轻轻地说："上床去，用被子盖着，冷。"

姐不说还不觉得，一说，敬梅寒从心上起，周身冷得发抖，叫唤道："哎哟，好冷。"赶快挪到被窝里。

姐又说："被子是否薄了，我拿他的大衣给你搭（盖）上。"

"不用，不用！"姐姐又坐到她的床边上，挨得很近，但妹妹感觉不到她是一个活物，没有一点热气。敬梅说："你还是回到被窝里去暖和着，我听着就是了。"

她回到自己床上，根本不是睡，是坐着，还烤着火笼。她又徐徐开导说："三妹，我之所以这样做是想了很久的决定，你还未有合适人选。要说云溪要人才有人才，脾气好，涵养够斗，别看他不动声色。什么事情总站在别人的角度考虑，又勤快，就只有大你几岁，配置得过你。"

没听到回音，敬兰提高声音问："在听没有？"

"在听，最伤心的是人们怎样看我啊，一开腔，'跟到姐夫哥'，唾沫星子浇来都会淹死人。"敬梅悲伤地说。

"正因为如此，我才要你签个名字，是我主张的，对哪个都是最好的交代。"敬兰说得气喘吁吁的。

"姐，你别说了，看你累成啥格式了。"又默了许久，敬梅叠好被子，站到踏板上穿鞋子说，"我过来这么久了，孩子别打开被子感冒了。"这行动敬兰十分满意。过一会儿敬梅又过来了，说，"我把他阿婆的被条加盖在上面，睡得热烘烘的，看样子很舒服。就是脚脚爪爪的，无法睡，我不习惯这多人睡。"

敬兰说:"只要娃儿睡得好,你就在这边睡嘛!啥子都是习惯,我生大毛之前,每晚他都抱着我睡,开初失眠,习惯了不挨着还睡不着。"

"姐你说些啥子嘛,不羞啊?"

敬兰说:"有好羞人,这本是夫妻生活本来面目。我的男人咋舍得让给别人。这是没得法的法。再有,自从我与他订婚之后,我们那边的农活多数是他做,要说尽责任,也只有到这步了,我想妈妈、爸爸都是同意的,你到别处找的人照顾不了家,在本队又有谁比他更适合?"

南扯北扯地过了一夜。第二天敬梅走时,敬兰扒在门枋上说:"三妹,今晚早点过来。"

"嗯,听到了。"但她竟几天没有来,总是她母亲探望。

十

周书记特批高回村工作暂由张元强负责,重要事宜需林云溪把关。那时各村没有电话,一点事,张元强反复地跑。林云溪再三嘱咐他放开去做事,不要畏首畏尾的,他自己说:"你喊我怎么干,我会不折不扣地执行,要我拿主意,我不行。"

敬兰病势加重,母亲建议给她做几件寿衣,买一具棺材。林云溪说:"不忙,她看到会难受。一切都要到她咽气之后办理。"她几天茶水不进,只有出气,没有进气,林云溪一直守候在她床前,腊月十二晚上她突然说想吃点东西。这使林云溪十分高兴,以为她好点了,赶快把熬好的稀饭端去,用勺子一点一点地喂,她真的吞了几口,累得上气不接下气,示意端开,头埋着,歇了一会儿,轻轻抬起头对林云溪说:"我冷,我冷!"

林云溪正准备去给她拿火笼来,她摇摇头,林云溪靠近她,她紧扯着他的衣服说:"抱我一会儿。"

林云溪脱下鞋子和面子衣服,从背后把她抱起,让她倚在他胸前,她只有微弱的体温,一副枯骨架,林云溪泪如泉涌,想当年,她是何等健美,何等安舒。她没有看到丈夫的

· 162 ·

表情，轻轻地说："你好暖和呀，你好久没抱我了。"

林云溪知道她的时间不多了，小声说："你有啥子事要跟我说吗？"

"我，我，没啥说的，箱，箱子里，有、有、有，我写给……你的信，你……来看，就……知……道……了。"这是她对丈夫的最后一点话语。林云溪一直抱着她，下半夜敬兰的手冰凉，渐渐全身冷透了。1987年腊月十三凌晨，牟敬兰死在她丈夫的怀抱里，终年二十七岁。

林云溪悲痛欲绝，更让他几乎撑不住的是前后两家母亲的长声吆吆的哭诉。两个孩子倒懂不懂扯起嘴巴号，他除了发现妻子落气时伤心地哭了一场。基本没有哭的时间，他要置办棺材、做寿衣、请道士、择埋葬地点，一脑壳的事，那是哪里喊就到哪里。家头拿进拿出由敬梅管。危难之中见真情，乡亲们拿来米，拿来菜，尽心竭力地帮助，这使他感动不已，暗下决心，在今后的岁月里多做实事来报答乡亲，牟敬兰埋在房子右侧的自留山上，从路上去有一里远。直径距离三百米左右，坐东向西，同房子一个朝向，在家里是看不见的。林云溪没有扶棺痛哭，他像傻了一样呆呆地看着棺材抬出去，花圈旗幡一应搬空。当多数送葬人员都已返回，落圹的鞭炮声响起之时，他突然绕过行人，飞快跑到坟坝头，看到逐渐被理坟人们一锄一锄泥土就要掩埋完的棺材失声痛哭，他倒在地上，人们怎么也扶不起来。理坟的人加快速度，将坟头堆高，意在尽快结束，让他回去。

回到家里，他几天茶水不进。表弟跟他请来医生，他也撑不起。医生诊断后说："赶快输液，闷气攻心，缺营养，叫所有人散开，让他静养。"人们传诵着林云溪为妻气到昏死地步的佳话。一个星期之后他踉踉跄跄走出大门，人们看到他又黑又瘦，容貌老了。周书记听说之后感慨道："无情未必真豪杰，怜子如何不丈夫。云溪是重感情的人。别让他垮了。我们要赶快去安慰他。"

十一

周书记和镇长杨岳强又是夜来访，那是农历腊月二十一，因是逢场天，又恰逢立春之日，虽然雨后初晴，傍晚寒意特浓，又感觉比以往黑得迟点，六点钟路上还行人匆匆的。林大娘在坝子头收柴，一见周书记来便放下柴火，走过来拉着他的手说："你来啦，我正盼望你们来开导一下我儿子，气惫了。"说罢，老泪纵横。

周书记亲切地说："伯母，你也要宽想些，你是风雨中过来的人，要跟云溪撑起这个家啊！"

林大娘牵起衣角襟擦泪，高声对内喊："云溪，周书记他们看你来了，快出来。"

云溪从里屋来到堂屋同领导握手连声说："坐，坐，坐，我家的事把你们都惊动了。"

杨镇长说："林老师，瘦了啊，要注意身体哟。"

周书记也说："云溪，你也要节哀，人生苦短，这是必然规律，各自就只有那么几十年的光阴，就看我们如何利用好它。"

这时林大娘喊孙儿去把他外婆和三姨接来了，她们分别与两位领导见面，周书记在同牟敬梅握手时镜片后的眸子滴溜溜地转。"牟老师幸会、幸会。"

牟敬梅大大方方地对他们淡淡一笑，轻轻点点头进屋做事去了。她们的任务是做饭，不是陪客。

在进餐过程中，周书记和杨镇长尽拣欢乐愉快的话题说，诸如，好久杀猪呀，过年的一些习惯啊，电灯安起给人们带来的好处啊。

杨镇长说："街上有人买起电视了，你们家也买一台嘛！"

林云溪说："不行，这老房子篱穿壁漏的，采光也不行，暂时不考虑买电视的事。"

周书记说："林支书你这个观点错了，家有一台电视真的就成了'秀才不出门，能知天下事'。里边节目知识性趣味性都具备。"

林大毛说："高头伯伯那里有一个，黑了去看的人多得很，屋头站不下，有的还站在场子头看。"

周书记说："知识性娱乐性为一体，像你这有老有少的家庭适合。"林大娘说："买一个安在堂屋头，等大家来看。"周书记又夸："伯母思想好，总是先想到群众。"

林云溪终于答应买一台二十一时的电视机。周书记又忧心忡忡地说："快过年了，村社干部误工还未兑现，杨镇长一边追着征收，一面考虑核算出来，要跟干部们兑现，辛苦一年了，让他们得到应该得的，欢欢喜喜过个年。"杨镇长立即表示："明天，我就照办。"

林云溪说："今年要借账不？"

杨镇长说："哪年不拉账哟，收入不增加，开支增加一年比一年恼火。"

周书记说："不搞'文化大革命'，中国农业欠账不会这么凶。发达的国家，农业积累起来办工业，工业发展了又返过来补助农业。我们是一味向土头刨，对农业投入少，它就只有那么点产出，而且生产周期长，我们要励精图治许多年才能形成良性循环。"

在稍微耍一会儿之后，牟敬梅母女要谢扰回家，直性的杨镇长说："牟老师，这个家要交给你来经佑了。"是谁道破了天机？牟敬梅的脸霎时红到耳根，两位亲家对视了一下，不知其中所指，还是周书记会圆场，哈哈一乐："你们两家隔得近，一直互相照顾，那边牟老辈有病，林老师是义不容辞的。还不是等于换工程。"

"就是，就是，我们两家没分彼此。"牟母说罢，一溜烟走了。牟氏母女走了，林大娘带孙儿睡了，他们三个一起钻到被窝里去侃大山，暖烘烘的被窝雪亮的电灯。如果不是刚办完丧事，气氛应是挺惬意的。

他们谈毛泽东的家庭生活，朱德与伍若兰的爱情故事，郭沫若与于立群的文化人生活，甚至谈到各自家庭生活。

周书记开玩笑说："杨镇长你这个炮耳朵，出来话多得不得了，回到家还是夹起尾巴做人。"

"是啊，婆娘老大人呗，求人家的时候多了，不扒起耳朵还行吗？你回去被你那老师扯耳朵的时候多。"说得三人开怀大笑。

周书记一下子精怪地说："林老师，是不是杨镇长说到你小姨子的要害之处她羞到住了。"

林老师说："不，不可能，这家伙泼辣得很，可不像她姐姐温顺，别打错主意。"

杨岳强说："不是我说漏口，就是有人说牟敬兰在时就跟她妹子说归一了的，叫她别嫁出去，嫁到这儿帮她带孩子。"

"你听谁说的？"周书记问。

杨镇长又说："我老婆在老师中听到的，信息还是敬梅透漏的，林老师你婆娘就没跟你透过一点风吗？"

林云溪搔了搔头说："要死之前，她给我说给我写得有信，放在箱子里，我没拿来看。"

"一定是这个事，你们还以为空穴来风。"杨岳强说。

林云溪淡淡地说："她姐姐就有这个意思，她也不一定答应，眼高本事低，怕过了几十个媒人了。"

周书记摘下眼镜，掏出帕子轻轻擦了擦又重新架上，向林云溪一摆手说："林云溪，此事只要你同意，十有八九会成，你小姨子有意在老师中透露，一可能是征求意见，二可能是造舆论，免得说她跟到姐夫，你也可能免掉先跟后讨的骂名。"

"就是，就是。如果她不愿，赶急找个男人嫁掉。"杨岳强十分肯定地说。三人沉默了一会儿，还是杨岳强闭不住说："林支书你还是求主动，别让你小姨子失望。"

林云溪看看他们慢悠悠地说："再不说嘛也要过一年半载嘛，哪有新丧就圆房的道理。"

斜躺着的周书记一下坐起来，他像是要阻止谁犯错误那样紧张起来说道："林老师这个问题，你又犯糊涂，你不马上娶她，也要跟人家交个底，啥子鸡巴一年半载，你把前妻的事办完要走出阴影才是道理。村民要的是一个坚强的支书，可不是要一个钻牛角尖的卫道士。那'曾经沧海难为水，除却巫山不是云'的元稹丧妻之后半年就续弦了。死去的人未必每天看到你，两个家，岳父又有病，责任重大，伯母已日渐衰老，你如果还一根筋走下去谁也救不了你。还是马克思的名言是正确的——世界上任何人都是可以代替的。"杨镇长也警告他家事、公事都要抓起来。林云溪表示感谢领导开导，振作起来。杨镇长说："好！好！好！我相信你不会被击倒。我们睡一会儿吧。"下夜才关灯。

十二

山村的春节比以往热闹多了，因为有电了，有钱人买起留声机。常常是悠扬婉转，这户放了那户放，扣除自身烦恼，春节味还是浓浓的。林云溪在挖红苕种的土，正月十六镇上要开第一个大会，人们所说的收心会，只是政府开始办公，一般人要到正月下旬才忙，惊蛰在二十几，春早不宜早，怕有倒春寒。他一直没敢去拿妻子的遗书来看，怕勾起往事，自己难以控制，随便亲朋如何开导，总是青梅竹马的结发妻子，怎能短时间丢得开呢？做斋烧灵房又该在什么时候进行，早了，人家讥笑烧血灵供起吧，花花绿绿一进屋看到就伤心，应抽空跟两位母亲商量才能定。正在筹思，大儿子跑来喊："爸爸，阿婆问你要去走人户不？"

呵，今天是初九了，是叔伯姨妈生日，他立马说："我不去，你们去嘛！"

没多久母亲带着两个娃儿从他挖土的下边过。妈也老了，但她还把儿子当孩子，看了一眼说："少挖点，有饭有菜，热来吃，猪儿我回来喂。"

"晓得！"等祖孙三人转过岚坳，他奋力挖一会儿燥热了，拖起锄头回家。重新穿好衣服，把门关上，躲在寝室里，欲开箱子，又迟疑一连几次都没勇气去触动，喃喃地说："敬兰，你丢得我好苦哟，有话何不当面给我讲呢，写啥信嘛！"

站了许久，外边的太阳都照到窗子上了，他才鼓起勇气，

打开箱子盖，一看尽都是他掌管的公文资料，翻了一会儿，看到角角头有个硬面抄，学生用的小本子，中间别一支小钢笔卡起，是提示，引人注目。他要接触到这本子，手都在发抖，一下子拿起来，紧捏在手中，歇了一阵才松开手，展开本子，拿起钢笔，坐到床边上看起来，字写得歪歪斜斜的像小学生学写的那样，但认得出来。

云溪：

　　我亲爱的人，没想到我们分手得这样快，我好舍不得你和孩子。我巴不得人死之后有灵魂，我在那边都能常常看到你和孩子。

　　我的生命无法挽回了，在我死之后，已请求敬梅来照顾你，帮我盘娃儿。怕她在我死后又变卦，我要她签了字，盖上手模，该不会变吧！你要像对我一样待她，对母亲的恩德，只有来世报答了。

妻子：牟敬兰

1982 年 12 月

　　右下角有牟敬梅的签名和手印，看第一遍热泪就已把纸湿透了，捏一会儿又看，如此几次，最后倒在床上直挺挺地躺下。他不知过了多久，突然听到开门的声音，又听到孩子叽叽喳喳的说话声。灶房里母亲大声说："大毛看你爸在房屋头没有？"

　　两个娃儿推门进来，大毛说："阿婆，在睡瞌睡。"

　　老二要爬上床，他说："去，去，出去耍，跟阿婆说我不想吃东西。"

　　母亲冲进来，双手抱在围腰布里说："你究竟要咋个，不替我想，也该替你娃儿想嘛！饭不吃，睡起干啥啊？"

　　他坐起来说："好，好，我热饭吃。"

十三

镇上召开 1987 年第一个工作会议，散会之后回家，路过学校，林云溪看到几个老师又在学校做开学准备工作，嘻哈打笑。他刚走到校门口，听到大喉咙的刘燕刚说："说曹操，曹操就到。来了，来了，你们跟他说。"

走进办公室，几个老师相互传递眼色。完小来代公办班的女老师肖玲，羞涩得一笑一笑地说："林老师，林支书，我们正在说你花了那么多精力把全村电灯安起了，也感谢你把办公室安了电杠，美中不足的是现在教室没安灯，早晨或下雨天学生写字都看不见。房子的两个角沟也漏得很，请你帮忙解决。"

林老师说："这个问题难啊，安灯是全村社员集资干的，村上是比到收的，村上没有钱。是否找学校在维修费中考虑点。"

话音刚落，几个老师群起而攻之，"呃，林老师变质了，打官腔了。"

"学校拨得出来，我们还会找你吗？"更有甚者说："村上没有钱，你干吗不教书，要去当干部。"真是有口难辩，林云溪说："别那样刻薄，村上无企业、无资产，真是没钱，可诓一下，需要多少叫家长们集点资。"

肖玲说："要学生家长集资，你去跟家长说去，二天又说我们学校乱集资。"又有人说："找个借口好搜刮民财。"

社会上对基层干部的误解咋这样深了。自从当支书以后，这些老师看到就冷嘲热讽。他想解释也不顶用，林云溪又说："我提到两委会讨论，集体拿出处理意见。"

刘燕刚说："林老师，好多点啰，对于你们村上只是九牛一毛，几百元钱而已。"

"许多事是误解，我答应请示还不行吗？几百块钱还而已！"他刚转背，几个教师一哄而散，他刚走到岳母房侧见敬梅来了，林云溪努力使自己镇静下来，不失态。敬梅没好气瞪他一眼，俨然他是个败类，遭冷耻，剥了她的面子。她一侧一侧走他身边擦过。走过一丈多远，林云溪用低沉但很有力的语气，说："牟敬梅，你等一下。"

"啥子嘛？"她回过头来，林云溪向前一步说："你姐姐给我的信，我都看了，你还有考虑的余地，我不会逼你。我的这职业是注定遭误解的。我只有用实际行动向他们表白我的心迹。当初是你姐姐支持我做出这一选择，如果你不支持，我还指望谁？"

她抬头看了他一会儿，从他的眼神里，就是铁骨铮铮的男子汉，在家庭破碎社会无情打击之下显得是多么无奈与脆弱。她的心在颤抖，两行泪夺眶而出，为掩饰内心悲情，她猛回头，大声说："我没有背叛姐姐的意思。"大踏步向家头冲去。

通过两委讨论几间教室都安上电灯，反正是村民集资，就在剩的作为今后维修费中拨五百元钱，包括角沟所需材料。具体实施那天，林云溪带电工安电灯，张元强带领人整角沟。当安装幼儿园那盏时敬梅小声说："你们选个电工嘛，啥子都是你亲自做。"

他头也不回，一边用钳子拧着螺丝一边说："培养得有一个，他还不熟悉，我怕伤着他就自己做。"

"难怪每次整保险都是你做，他在旁边看，只有你的命不值钱。"

"我懂一些电的知识，自己动手心中踏实点，关啥事嘛。"

这事得到完校的肯定，但个别老师还是说沾了牟敬梅的光。如果说当初敬梅是脱不了姐姐的情勉强答应的话，现在成为理解，看他忙忙碌碌的身影，一会儿出现在这个山头，一会儿又出现在那个圳沟，他这样做究竟为什么？她从内心悟到他繁忙的工作需要同志们的支持，他创伤的心灵需要亲人的抚慰。作为两三千人的村的支书，上半个村没有鱼塘，没有农派灌溉，全靠凭天接，小天干断水，大天干绝收，社员没有收获，拿什么来上农税提留。干部任何一句话，处理某一件事伤害了农户，都可能成为拒交农税提留的借口。前些年，他曾动员每座房子建一饮水池。今春，他又倡导有条件的山边、土角都建点积水凼，在平时下雨积在凼里，缺水时挑来灌溉庄稼，果然社员纷纷响应。林支书住的是土改前地主房子，不缺水吃，田土地也不干烧，但他买起钢钎、钻子、手锤，俨然是个大师傅，选址建池，一出去就是一天，经常有人跑到家头来请他去参谋去指导，也有来感谢的他乐在其中，似乎走出失妻的悲痛阴影。一天晚上十点钟了，听到哗哗的雨声，岳母去关灶房门，发现他飞快向这儿跑来。

"妈，别关门，雨大得很。"岳母扶着门枋站着，他一阵风穿进屋，左手提装工具的编织袋，右手用一件衣裳撑起遮住头，其实一身已绝湿。岳母关上门，同他一起到堂屋头。他放下东西，坐在椅子上说："张幺娘的池子为了完成后就蓄到水，拉起电灯整完，我刚出门大雨就下来了，跑得好累。"

岳母心疼地说："找件衣裳来换了嘛。"

"不，雨小点了我要回去。"

岳母又说："我的秧子要管理，还要整田，你家的田都还没有犁吧？"

"这几天忙过了就抽得过来了，已经动工的几口池子必须完成，否则错过时间，发挥不到作用。"

岳父咳咳地说："苦差，你这是苦差，多数群众还是不满意的。"

"随便他们怎么说，我问心无愧就是了。"雨小了些，到处还在滴滴答答的。林云溪站起身说："妈关门，我走了。"

岳父说："明天回去嘛。"

"我不回去，老母亲望。"他消失在雨夜中。

十四

1988年的春天来得比往年早些，建池工作只能坚持到农历二月上旬就得停下来。春耕工作急，犁、耙、铲、搭各类农活掀起高潮。作为支书的林云溪和村长张元强，比一般人忙碌得多，最主要是许多挂塝望天田需抽水，其次是春耕时争田争土争水，是非增加，他们像救火队，一时出现在这里一时出现在那里。有时走了几家还没得一顿饭吃。抽水是小型抽水机，需要经电表搭线才安全，许多农户图方便，不通过电表搭光杆线，十分危险。自从用上电开始，每次会议林支书必讲安全用电，介绍用电知识，并带起村主任、村电工巡视纠正，还是出了电死人的事故。那是七社的李永才，他几块田在离自己家几百米的地方。要抽水应在堂兄李永友家搭电表，因为两户曾经吵架，平时没有说话，现在要经人家电表用电，碍难开口。他一开始搭光杆线就被林云溪和张元强发现，提出批评，叫住停了。林云溪并喊着李永友说："你弟李永才要抽水整田，在你家电表上搭线。"

李永友高声回答说："要得。"

林云溪又回头对李永才说："我都跟你哥说好了，你在他那儿搭电。整得来不？"

"整得来。"

"要注意安全，别乱干哈。"

等干部走了，李永才迟疑了一下，自以为不便求人。还是搭光杆线，开头正常上水，隔一阵滑脱了。再光着脚带水搭就被电死在田头。等噩耗传来，林云溪赶紧把全村电断了，才赶到现场，耕牛、犁耙还在山上，他们招呼群众帮忙把死者抬回去，林云溪和张元强都十分自责。

"我们该跟他搭好才走。"李永才妻子和母亲大放悲声，惨不忍睹。林云溪立即向相关部门报告，安排人办后事，李永才的母亲李三娘爬起来扯着林支书的裤脚说："都怪你，千百年没有用电，没有这个死法，你把电弄起来害死了我的儿子。"扯到就不放，林云溪不敢走。亲友都过来劝她说："不关林支书的事情，他们没有责任。"林云溪还自责说："我有责任，没把线跟他从电表里通过，整归一才走。"

在场的人都傻了。李三娘更泼，等她泼累了，林云溪扶起她坐下说："事到如今不可挽回，你们家的田头活路我们村上包了。"

张元强也坚定地说："对，村上负责。"

村干部们带头捐款捐物才把李永才的丧事办完，并带队和乡邻把田犁耙归一，做到满载满插。林云溪常在会上检讨，对用电安全时刻记心头。

十五

正当栽秧紧张进行时林云溪的岳父牟海清病又加重，抬到镇医院住院治疗。幸好学校放农忙假牟敬梅全天候在家，但毕竟赶不上母亲的脚手，让她上街守父亲，又觉诸多不便，留在屋头做活又吃不消，无名火发向林云溪。一天早晨，林云溪在出去跟人家换工程栽秧子时，走她家头来打个晃。她冲他骂道："好大的干部，不落屋了。我姐姐死了，今年我们家的秧子栽不栽？"

林云溪知道小姨子泼，但还没有被她扯下帘子骂过，一时语塞："这，这，我几时说不栽秧子嘛！我，我，要换十来个工程，才把两边的秧子栽得起呀！"

母亲吓倒了，没过门就这样恶怎行，赶快出来圆场，"人家云溪几时说不栽秧子嘛。"又转回去对女儿说，"鬼女，你咋个这样恶呵。"再转向林云溪："你不要跟她一般见识。"敬梅冲进房间，她妈又进去低声说："不要这样恶，是嫁到别家去，只有挨瘟猪棒棒的相。"

"我不嫁！"

母亲又快跑出来。

林云溪急忙说："妈准备得赢不嘛，明天把这边栽了嘛！"

"要得，要得。那我今天就交接人了。"

等林云溪走远了，牟母骂道："你老汉不知哪天死，我今天上街服侍，你在家头耍乖点，啥都不要做，一谈到活路就用，看你这辈子怎么收老。"说罢，提起包包走了。

牟敬梅气了一阵，想到明天要栽秧子，今天就该准备许多菜肴、粑粑、肉、汤菜都要几个。自家连做粑粑的酒米都还没有泡。现在人们把栽秧、打谷作为一种联谊活动，真正下田的只有几个，凡友好家庭，帮忙的一家大小，一起来吃喝，孩子们可以一整天在一起玩，一天三顿还加歇稍，共四五顿。今天这家明天那家。这时是看当家女主人操持的时候，各种翻新菜肴层出不穷，各家女主人拼命显摆，谁也不甘落后。

今天母亲甩下这一揽子事走了，敬梅十分虚火，真的等母亲回来时间短，许多东西拿不出来，详细想自己只有在桌子上会得多，许多菜是怎样做出来的都不知道，泼的底气全无了。把门关上来找林大娘指导，以前喊三姑，现在又加一层身份，该怎么喊呀！她一个人来到林家站在场坝头骇兮兮地喊："志鹏，志程。"一阵风两个熟悉的身影跑出来喊："三姨，三姨。"

林大娘也笑眯眯走出来："啊，是敬梅过来了，进来坐。"但老人眼睛像丢梭子，意思是"有啥事啊"？敬梅也想不是外人就说："云溪说明天给我们家栽秧子，老母亲又上街服侍老汉去了，我不知道要准备多少东西。"

"哦，是那样呀，敬梅，什么都不用准备了，我这儿啥子都准备得有，我晓得你爸病了住院，你妈不得空，我啥子都是准备两份连海椒水都调好了，分些过去就是。"

她心中暗喜，但故作诧异地说："咋个要得哟。"

林大娘坐下来亲切地说："一家人不说两家话，现在只是多一个烟灶，还分啥彼此。"

敬梅又说："那泡米推粑的事，我还不知泡多少米恰当。"

"不用，不用，云溪用豆花机把粑粑磨来吊起才走的。"敬梅自知惭愧，原来林家两娘母做得比自己想的还周到，一时发火真是不该，随便带了部分食物，领着两个孩子回家去了。

经过一段时间的奋斗劳作，两家的秧子栽了，土头管理也跟上了。本可以松口气的，牟敬梅的父亲牟海清病危，从医院抬回家之后，他立即要求林云溪别走，把敬梅也喊来。吃了几颗药丸之后，他鼓起精神招呼林云溪坐到床边上，气喘吁吁地说："我怕死在街上，装在肚里的话没对你俩说，幸好云溪来接我。"

他埋着头歇了一会儿，声音明亮地说："云溪，你是我看到长大的，也是我的女婿，我看重你的人品，现在我又把小女交给你，你心头乐意不？"

"乐意。"林云溪肯定地说。

"三女，我把你托付给云溪，你乐意不？"

"爸，我乐意。"她也泣不成声，牟海清停了许久又说："那好，我放心了。你们不论遇上多大困难都不能分心，好好过日子，你们一定幸福到老，爸爸保佑你们。"

又是一阵沉默之后，牟海清再次说："云溪，一个女婿为半子，两个合起来就是我的儿啊，你要对得住我的老婆子啊。"

一家四口悲伤不已。直至第二天早晨断气，再没说另一句话。那是1988年4月19日。按照当地风俗父母去世之后子女在一百二十天内不能办喜事，不能穿红着绿。两家老妈商定在秋后将牟敬兰和她父亲的灵烧了，在国庆节前为林云溪和牟敬梅办喜事。牟家老妈还说："我那青头姑娘简单了没面子。"而且当事人也做必要的准备，林大娘还把一对猪分开来喂，大的加点饲料，怕到时候小了，不够用，似乎幸福之门已在向这两个家庭慢慢打开。

十六

1988年8月22日，农历七月十二，下午要开村社干部会，了解各社粮食入库及农税提留缴纳情况。林云溪上午就要出去和村主任张元强到各社检查生产情况，并通知下午在一社开会。晚上随便为一社某农户调解纠纷。在离家时，两个儿子在坝子头玩一个旧皮球，大儿子八岁，下期开学该二年级了，一米高了。样子乖，隔壁的杨七爷常说："不枉自林

大娘苦守一辈子，两个孙儿像米头子一样，又白又大。"并常摸他们的脸，"白面书生。"

林大娘引以为豪，一谈到孙儿，假装叨两句，心中如蜜汁一样甜。志鹏从小好强顽劣跟弟弟志程耍总爱整弟弟，一天要告几十回状，"爸爸，哥哥整我。"

林云溪没少教训他。当林云溪要出门时，志鹏说："爸爸，我要到学校去耍。"

林云溪严厉地说："不准去，开学了每天都能去。"他偏着脑袋说："我就要去，偏要去。"林云溪在开步离开之前，摸了一下他的头，说："别去，在家引到弟弟，听话啊。"

下午的会，通知是两点开，三点钟才到齐。林云溪在简短的开场白之后让各社汇报情况，各社拉拉杂杂，共计开了五十分钟。林云溪开始讲话，刚说了几句，看到隔壁的杨应才一看一看地急步走进会场。林云溪望着他意在问有啥事。杨应才两步半到讲台边，急促地说："林老表快回去，你家大毛出事了。"

"啥子事？"

"你的大毛在假鱼塘淹死了。"虽然不是大声说的，全体人员都听到了，林支书皱了一下眉头站起来说："张村长讲，我走了。"

他同杨应才跑了一段路："娃儿捞起来没有？"答："捞起来了，三姨听说就昏死了，还没苏醒过来。"

"这样，你赶快回去，把娃儿埋了，我找人请医生。"

"你不看看吗？"

"不看了，让他的好形象留在我心中就是了。用草席裹起，猪圈上的短截木板拿去扣起就是了。"

"埋在哪里？"

"他妈下边一台。"林云溪跑去找表兄杨应德，喊他快去请医生来，救母亲要紧。

然后往家头走，一公里多路，他觉得是那样漫长，脚杆打战，软得要瘫下去。但在医生到来之前，他回到了家。房里站了许多人，乱哄哄，他直奔母亲床前，只喊一声妈，泪如滂沱，医生给母亲打针输液，母亲刚一苏醒一哭又昏厥过去，急得林云溪团团转。但他不乏坚强，擦干眼泪，看到村社干部到了，亲戚朋友也来了，还是有礼有节地接待，家头一切支会全部由牟敬梅操劳。乡亲们走了之后，还有几位嫡亲在场。林云溪对敬梅和岳母说："你们那边的一切我都会负责的。只是来的时间可能少些，敬梅照顾好老母亲，小儿志程带到你那边住，每天带他上学注意安全。"

"你这边呢？"敬梅问。

"这个我能支持，猪食每天早晨煮一次，晚上煮一次，一天喂两顿白天能做许多事。"他母亲一蹶不振，再也站不起来。志鹏出事之后敬梅更害怕，有亲戚建议说，娃儿这么大了还是指个路，林云溪还是答应了。后来才在其他人口头知道，他家志鹏在林云溪走后，就抱着皮球往学校跑，他弟弟跑不赢，哭起转来了。他们推想是在过假鱼塘时皮球落入塘中，他吊着边上草草下去捡，等人下水去触动水，皮球向中间漂，他下去之后，起不来了。假鱼塘，不是鱼塘，是堵水田，里边方起得很深利于喂鱼、蓄水。以往都有人走那边去，那天没有人去，等他阿婆中午饭煮好了找人，到处喊还以为他到外婆家去了，一点多钟，杨七爷上街回来才发现，已浮起来了。

十七

林云溪默默地承受着，忙进忙出做他应该做的事，每天扶母亲吃药，换洗整理，停当才跟母亲说一声到哪儿去，这日子好像又回到只有他和母亲相伴的青少年岁月，好像结婚生子只是一段插曲。大儿子遇难之后十天的黄昏，他把母亲抱到竹椅上，给她安稳放上蚊香，说："妈，我去敬梅那边看看。"

母亲微微点点头，目光迟钝地看着他。他开了电灯，虚掩上大门，来到敬兰的坟前，他一头倒在敬兰的坟上，像是

投入她的怀抱，痛哭一场，喃喃地说："我知道你一个人寂寞，让大毛来陪你，我放心了。千万要把老二留给我，我也寂寞痛苦。"

他又下到儿子的坟前，捧起一捧泥巴放在胸前，儿子平时的各种姿态像录像一样从脑海掠过，那当时遭谴责、打骂的顽劣之举也变得十分可爱，现在想，调皮好动是男孩的天性时，大儿子何曾顽劣讨厌。他轻轻地说："志鹏，你是来哄爸爸的呀！你哄了我八年了，现在到你妈妈那边，要听妈妈的话，别再逗小弟了。"他又哭一阵，觉得轻松点了。有言说："男儿有泪不轻弹，只因未到伤心处。"

十八

林云溪的母亲牟华芬，自从大孙子林志鹏死后就再也站不起来了，后来经亲朋劝导虽然有活下去的愿望，但终因老病新愁的打击下难以恢复，在她绝望时又想与其像这样拖累儿子，还不如早死。在她心灰意冷之后，拿中药给她吃，当着儿子的面喝几口："放下，我晓得喝。"

林云溪一转背就倒了，若是西药，总是说："我晓得吃。"偷偷丢在床背后，牟敬梅按后家老亲该喊"三姑"，现在这种尴尬境地找不到怎样喊，每次来看望总是支支吾吾。若是林云溪白天要出去就给岳母说一声，她母女俩几乎每天探望一次。

1989 年 3 月这位饱经风霜的母亲撒手人寰。母亲重病期间的日夜守候，是对母爱的回报和补偿，明知分别那一天为时不远，也有思想准备，一旦再也喊不答应，只能摸到她冰凉遗体时，三十出头的铮铮男儿如同刚断奶的小孩一样失声痛哭。他送别灵柩时长跪不起，感动得许多人流下悲情的泪。

林云溪的性格本质是内向的，有时话多纯属职业或被迫所为，在一般情况下他不爱声张，不爱喧闹，总是愿静静地看书学习，思考问题。在母亲衬山之后的晚上，他才踏着月色来到母亲坟堆旁，才一年多，不是瘟疫，如此快的失去血肉相连的三位亲人，是何等沉重的打击啊！这次他先在坟前向远方望去，一派朦朦胧胧的气息，没有人看得到。他回身对着母亲坟冢小声说道："母亲啊，你是最爱我们的，在父亲去世的二十六年这么漫长的艰难岁月，您都挺过来了，那是您对儿子珍爱这根精神支柱支撑着您。为什么就不能在儿子丧妻失子的悲痛时候为儿子撑起一片天呢，这次您把孙儿当成了您生命的唯一。其实，儿子才是您的唯一嘛，有儿子在，还能挣回您所期盼的一切，您本末倒置了，错得我不能接受，不可原谅。在山上哭又怎样？青山哪管人间事，大地何曾理是非。人生苦短自做主，消极颓废自凄凉。"他还是想看看就回去，他几次努力挣扎都挪不动，索性倚在母亲的坟上躺了许久，理智告诉他，长久在这儿不是道理，毕竟人死不能复生，阴阳相隔，逼迫他不能不接受这残酷的事实。他鼓起气爬起来，几次险些摔倒，他专心扯住沿边竹子，慢慢向家头方向移去。回到家，关上门，沉沉睡了一天一夜。调整了情绪，又开始他奋斗不息的生活。

十九

从 20 世纪 80 年代初开始，歌星、舞星层出不穷，流行歌曲盛行，生活舒坦了的大批青年人，追逐着向往已久丰富多彩的生活。一时大批追星族狂热地释放着青春活力。稍微拿得出点钱的都买电视、收音机，除深夜几个钟头外，都能听到各类悦耳音响。赶场天，男子穿着大喇叭裤，姑娘身着高腰衣、紧身裤、高跟鞋，收拾得花枝招展，去旱冰场滑冰，舞厅跳舞，或是去打台球、看录像。平时就在乡间寻找吃的。哪家有红白喜事，成群结队而至，他们不送礼，一到场，毫不客气，大吃大喝，主人还要把他们奉为上宾，一点不满意就打群架。因为他们也分帮派，事先互相挑衅，所到之处少有不出事的，一打起来，碗碟家具、桌凳都是武器，架势吓人，遍地狼藉，打伤人又不付汤药费，都该主人兜着。他们称之为"潇洒走一回"。这股歪风越演越烈，地方政府、村社倍感头痛，你说打击，他未犯法，教育又不好找场合。时间一长就训练出一些出头鸟，他们称之为"舵爷"、"把总"。真正还有号召力，很会歌唱，声音高亢圆润，同伙戏称"北岌蒋大为"，成为许多青年崇拜的风云人物，他走在哪里，前呼后拥，自己也飘飘然了。周边几个乡场，他今天赶这个，明天赶那个，逢乡吃乡，逢村吃村。但在本村不生事，对林云溪十分客气，"老师，老师"的。在林母死后不久，林云溪还沉溺于悲怆之中，一般事情由张元强负责。刘虎生的姑姑住在百合镇，离北岌十公里。那天他在赶百合场去姑姑家耍。因他在社会上混，名声不好，他姑爷拿脸色给他看，秋风黑脸的，他姑姑以为后家侄儿来耍，丈夫不高兴，没给她面子，晚上安排刘虎生睡了之后两口子吵嘴，进而打起。开始动静不大，刘虎生没理会，后来听到姑姑喊："打死人了。"

他忍不住了，提起板凳过去，一脚踢开房门，揍了他姑爷两下，出来摸黑走了。他姑姑继续跟她男人闹。他男人怕刘虎生喊起人去再打他，第二天一大早到派出所报案说：刘虎生抢了他家财物连夜潜逃。派出所民警其实是来询问，调查证实的，没有要抓人的意思。他们找了张元强一起到刘家。刘虎生还在睡瞌睡，家人把他叫起来，问他昨天出去做了啥子事。张元强凶巴巴地吼道，你出去抢人，还装蒜，刘虎生本已浮躁了，吼道："我抢啥子人，我抢了你姐姐妹子！"

张元强火冒三丈，跟他打起来，刘虎生不是张元强对手，进屋拿菜刀出来与张元强对决，派出所民警上前阻拦，刘虎生把民警砍伤。当场被抓来五花大绑带走了。等林云溪闻讯赶到，事已造成。刘虎生被捆起还骂："老子劳改回来还要找你拼命。"

张元强也不示弱："随在哪天，个搞个奉陪。"刘虎生的未婚妻也身怀六甲，正准备"过事头"，一家老少追悔莫及。人们说："那天是林支书在，决不会出此粗暴话，激化矛盾，酿成大案。"张元强也承认冒失，自感过意不去。

农历六月初五是六社叶茂林结婚办喜事的日子，他自身也在赶吃队伍之列。在赶吃队员中有朋友，也有对手。他父亲叶应青焦得不能入眠，深夜造访林支书。他说："这酒不办，亲家那边不依，若办还不知是喜事，丧事？现在消息发出去了，四方都在议，要来凑热闹。"林云溪沉默片刻说："叶大爷，你们只管按自己的主张办事，治安事情由我们村上负责。"叶应青口头称是，心中仍然提心吊胆。到了初四晚上，火炮一放，电影留声机的高音喇叭响起，四面八方像赶场一样向叶家拥来。那些赶吃斗士趾高气扬，一群一伙，窃窃私语，左顾右盼，查看着地势。支书、村长殷勤接待他们。在坝子中间安放几排板凳，请他们就座。他们毫不客气，坐起分为了左、右两边对峙着。各自拎着酒瓶、板凳木棍。电影开始，本队社员一起来围在外边站着把斗士围了。林云溪和张元强一边一个。放了半个小时，两边都嘈杂得很，突然右边一个嗖的一声，向竹竿上的灯泡砸去。隔林云溪不远的一个人将一个啤酒瓶砸向对方，"哎哟"一声惨叫，场内大乱。

林云溪站起来喊："开灯！"

四周灯泡雪亮照起，林云溪早已抓住了扔啤酒瓶的小子，轻轻一招手，电影暂停。社员们把打砸人员围在中间。那小子吓得尿流。林云溪犀利的目光如电、如刀，从他们一个个脸上掠过，他们一个个低下了头。林云溪说："张村长快，领受伤的去消毒敷药。"然后问先出手的小子，"你砸电灯杆干什么？"

"他们要打架，要找我先起一个头。"

林云溪提高嗓音说："同志哥，自古说'洞房花烛夜，金榜题名时'乃人生快事，一个人一辈子就一次，像这样来搅局，换得是你们怎样想？在这儿是来喝喜酒的亲朋好友，人家主人以礼相待，还没给你面子吗？真正打出事了，司法机关是吃素的吗？不要忘乎所以搞无政府主义。以这种方式在社会上混有几个得好下场？别拿你的青春做赌注。要看电影的看，要走的走，哪里都不要闹事。"

电影重新开始，打架者一个个悄悄离去。从这以后打架之风大为收敛。林云溪建议政府大张旗鼓地整治，许多青年也认识到这搞法没有出路，纷纷卷铺盖远方打工去了。

<h1 style="text-align:center">二十</h1>

1990 年开春，本村有一个在部队服务的战士，因公殉职了，他家头已为他娶了妻子，这姑娘到部队探亲结婚，但无孩子。为做好家属工作，政府、武装部、村支部都去安慰。有人背地里议论："林支书妻子死了三年还未娶，与这少妇还般配。"林云溪根本不知道。这妇女公婆巴不得留住儿媳，就表态如是林支书来当继儿，房子打来修过，我这平阳大坝的，保他一辈子不那么辛苦。这说法传到学校，那几个女老师也爱传消息，告诉牟敬梅。就在这天早上林云溪去约张元强下队，走在张元强的晒坝头了，听到张元强妻子肖泽会正在叨张元强，听来也不是才开头，可能骂了一阵了。林云溪就有意"咳咳"高声假咳两声。张元强像是被骂惯了，一点没生气，大声说："咳个屎，是你那小姨子嘛，比我这些恶得多，你还是一副炝耳朵相。"林云溪走进去，肖泽会立即进屋去了。

傍晚，林云溪从刘幺娘房侧上去就到岳母房子当头，他听到岳母高声说："哪个晓得是这样哟，不该依你老汉的，现在没人作证，成了空口无凭。陈世美活转来了。"

小儿子一看到他，用食指头在嘴上一吹，轻轻跳过来说："爸爸，别回来，正在叨你呢。"林云溪迟疑了一下，还是走进屋，岳母第一次给他冲气，秋风黑脸，牟敬梅在屋里哭，灶房冷火薄壁。林云溪问："妈，啥子事吗？"

"你自己明白。"

他又站在敬梅门口问："你们是什么事生这大的气？"

牟敬梅说："你走，我这儿不是幺店子。"

林云溪丈二和尚——摸不着头脑，他还是去喂猪，扫猪圈，做完他每晚应做的事。看无法沟通，走到堂屋头说："老妈，我过去了。"

小儿子说："爸爸，我都要过去，今晚这儿没有吃的。"他牵着孩子回老屋了。

第二天一早又到岳母家时，牟敬梅已到学校去了。他弄点饭给孩子吃后，让孩子上学去。岳母又唠叨："没米了，苞谷粉完了，水昨天就抽不起来了。"

他停电修理水泵，又打米，打苞谷粉，默默地做着，平时劳劳碌碌没朝感情深处去想，事实上也不敢去想，他多么怀念在老屋的岁月，有母亲的统帅，生活得和和美美。做完家务，他去学校下边铲土，没带雨具，雨越落越大，头发都滴水了。这时学校打铃，做课间操了。因是雨天，不做操，学生闹得钻山，老师们就唱歌，通过扩音器，声音悠扬深远。若是心绪好，定感温馨甜美。但今天他听来揪心。在这学校的五年，是他青春年少，快乐无限的流金岁月。他入党、结婚、成家、生子，一家生活其乐融融。索性提起锄头到学校躲雨。他刚穿过操场，把锄头放在办公室门口，几位女老师一起喊："林老师，来唱歌，并把麦克风递给他。"

他说："唱哪首嘛？"

有的喊唱《金梭银梭》，有的说唱《妈妈的吻》，他自己默了一会儿说唱《弯弯的月亮》。他投入地唱，老师都说他声音洪亮好听。当唱到"有我童年的阿娇"时低头哼唱，他情不自禁地热泪长流。他微微仰着头紧闭双眼让两行眼泪从脸颊上冲下来，然后一咬牙，小声说："我的阿娇不在了。"把麦克风递给周老师，左手一抹脸说："对不起，我失态了。"

他伸直腰板提起锄头，穿过操场走向校外，打那以后，他像犯了事的孩子在大人面前一样，躲躲闪闪。晚上吃过饭总说有事，回老房子去了。早晨总在敬梅到校前很短时间才来。每当看到他，总是神色游移无话可说。牟敬梅心中难过，她是深深地爱着他的。

阳历二月初的一个下午和煦的阳光普照大地，春水田微风掠过泛起鱼鳞似的波涛。天气让人感觉燥热起来，有人开始脱下厚重外衣。牟敬梅在场子头晒太阳，织毛线。林云溪从老屋过来，进出几次，脱下大衣，挹起锄头去挖红苕种的土。在对面山上砍柴的杨四海搭讪着："喂，林老表这样早就开始挖红苕种的土啦？"

"是的，我隔几天要去学习几天，早点挖出来。"

这话是回答杨四海，其实是告诉牟敬梅的。他刚挖一会儿，又高声喊："妈，这块土头的红苕多得很，还是好的，要不要哟？"

岳母说："捡起来嘛，接到就喂猪嘛。"

牟敬梅立即跑进屋，放下毛线，挹一挑箢篼拿一根扁担跑去。林云溪瞟了她一眼说："这么多红苕，箢篼装得到吗？"

他撂下锄头，把箢篼拿回去换成箩筐来。牟敬梅红着脸说："你这样剥我面子哟，你等抿满了挑回去再换嘛。"

林云溪对她嘿嘿一笑，继续挖他的土，好一阵，一个挖一个抿，各干各，旁若无人。林云溪挖一缕上去之后下来说："哎呀，一干活就热。"

"你把鞋子脱了挖就不热了。"

"我不干，除了下田，我干活从不脱鞋。"

牟敬梅问他："听说，你要修房子么？"

"只有修哪，我的老房子你不去，你这边的矮房子，我腰杆都立不抻。"

"那要牛年马月才修得起哟。"

"等我开会回来，把几张灵烧了，着手买砖，栽完秧子动工，看在秋天能否修成，这当然还得看天气回话。"他说着，停了一会儿挖。向东北老房子看了一会儿，心事重重的，沉沉叹了一口气，好像他的思绪又回到从前。牟敬梅低头捡着红苕，慢慢地说："什么时候修，怎么修，我没这方面的知识，无发言权。怕钱还是借贷吧？"

"是的，现在手上的钱和圈头的两头猪都会花在四张灵上。一起烧了，免得牵肠挂肚的。"

"你总拿死人压活人，前期你要为姐守节，继后又为三姑守孝，照那样算，我爸死都还未满三年。你可想想，又有多少活着的人，长期拿生命耗着，对我姐，我爱她。她把话说到那分上了，我这个活真真的人，还不如棺材中的人，你哪一天，把我当活人看了？"

说罢，泪簌簌落下。林云溪放下锄头，搓了搓手上泥巴，掏出手巾递给她，轻轻说："是我辜负了你，我知道你生活得苦，我也不好过。在这种条件下，我不敢越雷池，不敢走出那一步，毕竟我们是成年人了。爱情是要有物质条件为基础的。"

牟敬梅进一步说："我不是要你咋样，你如果到一个伙食团吃饭，次数多了，都可能与炊事员打个招呼，一天三顿饭，没得一句话。还有，与那少寡你又是怎样表态的？"

林云溪一掉头，有些气愤地盯着牟敬梅。

"你们把我看成什么了？遇着流言蜚语不动脑筋分析，妄加猜测。牟敬梅，我告诉你，这样干轻则毁掉一个人，重则毁掉一个家庭。"通过这次推心置腹地谈话，各自心中舒坦多了，吃饭、做家务都说说笑笑。牟敬梅显得更青春活力，脸蛋蛋绯红。

一天放学回家，她脱下外衣，穿着玉色衬衣套红毛线背心在门下田角头洗脚石头上洗鞋子，搞得一田春水碧波荡漾，活脱脱像一朵鲜花插在水边。林云溪赶场回来看到此景，喃喃道："长恨春归无觅处，不知转入此中来。"

二十一

再说牟敬梅房子反背的刘幺娘家，直线距离只有两百米。都是共靠一个山埂子，牟家房子背北向，刘家房子向南向，下去两台地高。刘家房侧柴毛都是牟家的。那刘幺爷是钢厂工人，人们尊称刘师傅，工人收入自然比农民高，早几年就修了两个开间的沙砖房，一楼一底，楼层高三米，除了砖房，还保留土木结构一进三间屋。晒场、水井，一应俱全，小户型农舍倒也不赖。刘幺爷退休，儿子去顶替，他单位又请他回去带徒弟，最主要是他儿子在重庆结婚，媳妇家中人少，但十分富有,媳妇就要生孩子,刘幺爷回来要把房子卖掉,接刘幺娘去。时间只有几天,开价两万元,一连几家来看,都出不起,砍价砍到一万五千元,还是没有人要。当年万元户,一个乡镇都屈指可数,何况这山埂子上,谁个买得起。此事每天在老师中议,黎老师是位老民师,一点不精怪,对牟敬梅这辈人像叔叔一样。他说:"敬梅,这房子你们买最合适,本队人承包地,柴山宅基地都好办证件,外队人买来,办不到证,只有使用权,今后拆修就难了。"牟敬梅一听,好奇怪,为啥林云溪从来没有说过这些呢?一想到林云溪家旧房晦气,她家房子矮小,他俩长期过着织女河边望牛郎的生活,就好想把这房子买下来。她明知林云溪几年挣钱账都用来还三千元贷款,而母亲也是不会同意的。但放了学,她一个人还是跑去看了,刘幺爷急于处理,对她十分殷勤。对她说:"你们买最合适,我的承包地送你种,柴山也送给你,全部家具也相送。"另还谈了许多促销的话,牟敬梅没有底气,只说:"我想买,手边上没有钱。"

"那你林支书总有万八千的嘛。"

她说:"他更没得,还差账,当干部比教民小钱还少,家头又屡屡出事。"

刘幺爷说:"我还以为农村干部比我们钱多呢!原来这样低啊。"

"他们不是工资,叫误工补助,还是以农为主,收入不比一般农民多,耽搁多了,还不如一般农民。"牟敬梅如此陈述着。

刘幺爷说:"等林老师回来,我们再商谈嘛!"

林云溪去学习一轮周,牟敬梅像盼星星盼月亮地盼,像林云溪这样比较固执传统的农民,表达爱情的方式不是花前月下的追逐,或哥呀、妹呀的搂搂抱抱,可能想的是怎样过好日子。他在两年里连丧三位亲人的打击下还能保持旺盛的斗志,每年都是先进工作者,优秀共产党员,并把一个村治理得井井有条,每年最难收的农税提留,总率先入账。他开完会，带着奖状、奖品向家走来。过学校一转岚坳便看到自己的老房子，也看到房右边山埂上的三堆坟茔，像被电击，一下蒙了，那儿也不是家了。他朝岳母家走去，房上已冒炊烟，鸡鸭也一溜往屋里窜。敬梅牵着二儿子志程站在坝子边，向路口张望。她不是在等自己吗，几年来林云溪在荆棘丛中挣扎，她的心也划着道道伤迹。他的心震动了。她就是这样一次次地等啊，何日是鱼归之期哟。还是敬梅先看到："志程，爸爸回来了，快喊。"

小儿子挣脱小姨的手飞快奔过来，高喊："爸爸，你回来啦。"

"幺儿，慢点，看摔到你。"他突然悟到这几年要不是这两根支柱自己不知活成啥样子。哪有这些成绩荣誉。他把物品递给敬梅，抱起儿子使劲亲了又亲，这亲不仅是给儿子，也是给深爱着他的未婚妻的。

"这么冷，你们出来干啥？"

小儿子说："你开会去了，每天黑点我和小姨都在这儿等你。"

晚上刘幺爷和老伴都来到敬梅家，把林云溪留下来说有事商量。牟敬梅以为林云溪会坚决反对，因为没有钱，谁料林云溪平静极了，听完介绍说："你们的房子是一笔财富，能卖多少卖多少，至于承包地、柴山，承包权属于你们，可在生产队流转，柴山产权属你们，我们给你们看管。"刘幺爷称赞他懂政策明道理。只是钱全靠贷，敬梅紧张昏了："说你还有贷款，怎么还贷得到哟。"

林云溪说："想办法。"

第二天在街上跑了半天才把一万五千元交给刘幺爷。他十分感慨，农村干部实在是辛苦而收入少的职业。

二十二

1990 年农历二月十八林云溪和牟敬梅结婚。

由于千百年来的男尊女卑的思想和养儿防老的传统观念，

对实行计划生育十分不解。尽管计划生育政策实行多年，农民还是偷着超生。第一个是男孩的，可能不生了，若第一个是女孩的，拼命要超生，大有不见儿子不罢休的"志向"，阻力大，干部执行起来十分艰难。采取所谓非常手段，如牵猪、挑谷子、拆房子等手段。上级明确提出，"抓计划生育就是抓生产，抓不好计划生育就是失职"。各级都组织有计生宣传队，白天黑夜地侦查布控，弄去做手术。

想超生者耍出一切手段，春节刚过，人们还沉浸在新春的幸福和欢乐中。林云溪带着妻儿走人户刚回家，张元强带着电筒来说："你今天跑到哪里去了，派人来找你没找到。一社乌俊明的女人怀起二胎跑了，区、镇领导都来了，二十多人的宣传队，龙区长冒火得很，喊今晚派几个人在他房子周围布控。一回来就弄去做引产手术。"

林云溪想了想说："白天去二十几人动静那么大，今晚她得回来吗？再去也明天去跟他家人说清楚利害关系。"

张元强紧张说："如放脱咋个办？"

林云溪说："她不会在三五日内生，今晚不会回来。"

谁知龙区长带队的宣传队在乌俊明家守株待兔一晚，那女人真没回来。龙区长是转业干部，性情强悍，见到林云溪就是一顿鬼叨："林支书，你昨天跑到哪里去了，宣传队来了，你躲躲闪闪，快去借楼梯。"左邻右舍怕带过，把楼梯藏了，都说没得，连去几户都借不到。张元强继续挨户去借，林云溪走回来说："临时绑一层还快点。"

龙区长气不打一处来骂道："这就是你教育下的村民，觉悟这样低，不支持工作，你招架到。当农村干部像挞教鞭棍斯文呆呆的。"楼梯绑好了，龙区长又逼着林云溪，"今天我看你敢不敢上。"林云溪硬着头皮爬上去，其他纷纷上去推瓦，推下大半间。乌俊明的父亲出来，一下跪在龙区长脚跟前，声泪俱下地说："别推了，别推了，不管我媳妇生不生娃儿，我一家人不可能一齐死掉，要住屋。"

拆房只是一种威胁手段，达不到目的，只有停止。龙区长在撤离时对林云溪说："马上督促乌家把媳妇找回来把手术做了，别书生气十足。"随在动静有多大乌家媳妇硬是不回来。区委建议撤销林云溪的支书职务，或者跟张元强调职务。镇党委开会研究，委员们凭自己的印象议论着，周书记在巷子头踱来踱去，他在做深层次思考，十多分钟之后周书记坐到位子上，他把目光扫射全场，同志们屏住呼吸等待着。周书记用手指头敲打桌子边沿几下，严肃地说："同志们，这些年高回村的变化是有目共睹的，林云溪在战胜自身弱点，战胜困难中得到很好的锻炼。这副班子刚出炉就撤，对整个村的长治久安不利，毛主席不是说看干部不能只看一时一事吗？该村出了尖子户，连你区上都拿不下来，他一个村干部就能拿下来吗？我们不能形而上学地对待实践中出现的问题。同志们，请讲你们的意见，畅所欲言。"

同志们一致赞成周书记的看法。杨岳强说："只怕龙区长不答应。"

张书记说："我们这是党委集体意见。他不能凌驾于组织之上。"

周书记还是谨慎地说："我向区委汇报征得区委支持。"

没有多久，宣传队在去别镇执行计划生育时，险些造成人命，县委引起高度重视，在内部宣布："不能用过激手段对待违反计划生育的群众，各级宣传队撤销。"

二十三

1992 年，撤区并乡、并镇，从此少了县到镇乡的中间那级。干部变化很大，年龄大的退休，接力棒传给改革开放后的新生代，多是三十几岁的干部扛大旗。一天，林云溪去赶场，原镇政府已搬到原区公所大院，镇政府办公室的小刘在望着涌动的人流。因林云溪高，他一眼锁定他，径直走到他面前，说："周书记叫我在这儿等你，他要和你商量事情。"

林云溪随小刘向镇政府会议室走去。他刚到门外周书记站起来喊："林支书到这儿来。"他眯了一下眼睛适应屋内光线。周书记伸出右手示意已坐在对面的一位英俊而谦和的三十岁开外的中年男人说："认识一下，这是大兴乡党委陈书记，建制调整之后，任北岔镇党委书记。"又侧一下身子说，"这位是林支书。"

林云溪同陈书记热情握手，陈书记说："幸会，幸会！"

林云溪说："久仰，久仰。"

三人落座之后，周书记先开口说："撤区并乡、镇之后干部变化较大，上级组织意图，我将调离北岔镇，我的工作由陈书记担任。我和陈书记议过，原小北岔镇农技员一直是负责农业的副镇长兼着，现在是三合一体的大镇原则上要配齐。林支书这十多年做了许多有益探索，如稻田养鱼、养鸭、农技、兽医都有建树，为全县都有示范作用，这镇农技员非林云溪莫属。"

陈书记也说："成绩有目共睹，周书记调任县人事局长，这是我们的共同意见。"

林云溪短暂沉默之后抬起头对两位领导说："我还是担任现职务为宜，农技员另选他人吧。"

周书记推了推眼镜说："是不是我把你从教师队伍头挖出来，还心怀芥蒂哟？"

"不，我不但不悔，而且我觉得我真正应该做这项工作，教化两千人的责任比一个班的学生更耐苦，他们更需要我。此生是无怨无悔的。"两位领导对视了一下。周书记说："原则上尊重你的选择，但你回去跟你爱人、岳母商量一下再回话，别把门关紧了。"

陈书记也说："二轮场来说。"他们一齐走出会议室。

林云溪赶场，还是这里帮人看机器，那里帮人整东西，下午才到家。老远听到话响喧天的，他还纳闷儿，什么事呀，找到家头来了。他一踏进屋，人们一起站起来围着，有老谭支书，各队队长，张元强。他反而愕然了，眼光扫来扫去。张元强总是憋不住，先发炮："林支书，你别装糊涂，这次你是走嘛，我们大家一起走。"

"噢，原来是这事，我几时说要走，到哪里去？"

"你别蒙我们，领导都找你谈了话了，当大镇农技员。这是二队队长说的。"

林云溪说："站起干啥，坐着说。"

同志们又坐下。林云溪看着大家，慢慢说："你们的电报真快呀，哪些人这样传哟。"

谭富林说："原来的区长当调研员了，他们都向组织建议了，他让我们要有思想准备，考虑人选，我听了心中挖起了，赶场回来一说，大家就尽都来了。"

"我向领导表明了，我不会去。"

"这就对了，我们村刚有起色，怎么能丢下不管呢？"这是庞大权说的。

他们摆了许久才走，林云溪提扫帚扫坝子，牟敬梅说："你真的不当农技员吗？这可能是你这辈子唯一的一次机会啊。"

林云溪头也不抬地说："哪能口是心非的，说了不去的就不去，当支书、当农技员都是为农民兄弟办事，只是范围大小的区别。"

岳母则提高嗓子一字一句地说："当镇干部总比当支书高一格，不图赚钱也图个名誉，我看那些当公社书记的都没得你忙。"

"别说了，妈，我已决定，决不改变。今后谁也别谈此事。"说罢进屋去了。

二十四

几天之后，也是逢场天晚上，林云溪一家都已吃过夜饭，突然大路上亮着几只手电筒径直朝他们家走来。敬梅母亲去倒洗脚水，进屋惊诧地说："云溪，你来看，那几朵火朝我们这儿来。"

林云溪走到坝子头，周书记先开口了，"林老师，我们又是黑夜造访你了。"林云溪随手拉亮灯，周书记、杨岳强、陈仲奇、贾小溪还有一个青年小伙一行五人鱼贯而入。周书记说："伯母、敬梅，以往我们来早了，总让你们煮饭弄菜不得安宁，今晚有意迟点来，大家都吃过饭了，清静地摆谈一阵。"

　　小青年提着瓜子、花生、饼干之类小吃放在桌子上向旁边退，周书记说："噢，我还忘了介绍了。"侧身向林云溪一家人说，"这位是王介铭同志，刚调来的党政办主任，也是老师出身。"

　　林云溪同他热情握手。

　　岳母说："未必就这样神起，总得尽地主之谊吧？"

　　来的几位一起嚷道："别、别、别！什么都不要。"

　　林云溪说："烧点开水嘛。"然后他把带来的东西打开，摊在桌子上，小儿子志程立即挨过来，林云溪又拿些地瓜、橘子，分宾主坐下。岳母是厚道人，坐一会儿又说："你这样是不成体统。"她进屋去了，隔一会儿她又叫敬梅进去，林云溪装不懂，几位畅谈国内形势，最多是谈办特区，农民工拥向南方，路上、车匪路霸等事。

　　陈仲奇突转话题道："林支书你就不愿干农技员这个活吗？"

　　林云溪轻快地说："不是不愿干，我觉得干现在这工作最合适我，农技员可在更广泛的范围选更合适的人。像我们这深丘、缺水、无公路，又没好项目，改革开放几年了，还是勤扒苦做聊以充饥，我心中痛苦又感无能为力，只有尽我之所能为他们服务，和他们泡在一起。"

　　周书记说："那天我就知道云溪不会接受，这使我更加理解，也更钦佩，这些年他做了许多努力，也给我们探索出许多值得推广的举措，也好他在最基层，为我们探路。"

　　杨岳强说："还是要大河有水小河满，国家不富裕，农民的抵触情绪越来越大。农民应多休养生息有积累才能办大事。"

　　周书记又说："农业是多投入少产出，而且周期长的产业。必须扭住不放，无农不稳，无粮则乱是一个永恒的真理。我们这样的大国，自己少产粮怎么运转，谁来养活？还是要工业积累起来支援农业，使农业长足发展。"

　　陈仲奇说："不是'文化大革命'，我们的建设要发展得好得多，耽误了时间。"

周书记又说："一谈到'文化大革命'，我就诅咒，把它定为'十年浩劫'准确不过。别看老百姓不开腔，真的积怨太深，亡党亡国，可告慰的是求发展、求稳定已成国民共识，可能我们这辈子都要努力奋斗了。"

林云溪也说："我不求轰轰烈烈，但求脚踏实地，我无举逸民、济苍生之能，但尽可能在一定范围为乡亲做点实事。"陈仲奇说："尊重你的选择，我们一起努力吧。"他们在谈论之时，牟敬梅母女俩也煮好盐蛋、腊肉、新鲜饭，虽然来时宣称已吃过了，但热气腾腾的菜饭端上来时谁也没有客气。

周书记说："林支书除了他特有的忠诚、执着，这个家庭也是革命的摇篮。伯母古道热肠的。"

杨岳强立即说："现在挑选干部的一个重要条件是看他的家庭人员素质，能不能过家庭关。"对她两娘母不乏溢美之词，牟妈妈哈哈不断。

夜深了，他们要走了，周书记站起来在屋里踱来踱去，十分难舍地说："云溪，我到下边以后，你要经常来，给我报道一些山村新闻，到北岌十一年，我与你相识相知，你的品格我钦佩，我们是战友、是兄弟、是知音。我没啥给你，这两件东西，你捡着，做个纪念。"他从手腕上取下一块瑞士表，掏出一支英雄牌钢笔，说，"这支笔是我高中毕业时班主任送给我的，我舍不得用。这表是我父亲从部队转业到地方，将一点积蓄买的，他送给了我母亲。在我参加工作时母亲又送我，今天我以此相送咱们共勉。"

林云溪一点没推迟，他郑重接过赠物，说："一定不辜负周书记的意愿。"

周书记又说："最近就要开会了，镇新的班子就要出炉了，我们一起共勉吧！"

一行人又像火龙急行在秋季深夜的大路上。林云溪回到屋子，墙上时钟也走到凌晨两点。

第四部

苦干岁月

在那以阶级斗争为纲的年月，天天都要排查阶级斗争新动向，这不是"抓革命，促生产"的好案例吗？斗争毕良珍地主婆的大会，开遍全公社，各村先把会议组织起按安排在各大队批斗。

一

1990 年算是林云溪收获最多的一年，他收获了与牟敬梅的爱情蜜果，他们的小女儿林玲在那年冬天降生，又田增产、地增收，两批鸭子卖上好价钱，他日夜操劳将刘幺娘转给的几块小块田不惜劳力、不惜血本打造成大块丰产田，改道路，建沼气，工程量一般人是无法承受的。仔猪不好买，他就多喂母猪，和他高中时的老师的儿子，师兄搭上头，他是小酒厂老板，酒糟供应林云溪喂猪，他也送他一些猪肉、土特产，两方互利，一年可喂两槽肥猪。喂猪多了，青饲料也消费快，一到秋天满山遍野红苕藤多得很。妻子怀孕，岳母也不是主要劳力。两万斤红苕基本是他挖起来运回家的。

挖红苕是十分辛苦的事，遇上下雨山上路陡更是艰难，白天奋力挖起来，天黑了才打起手电捡来挑回来，基本上晚上十点才能休息。他完全适应了这种生活。

有一天妻子问他："为什么要这样生活？"他反问："不这样生活又该怎样生活？美国那些发达国家，农业只有机械化程度高些，而农民要干的事也不会少。"

妻子问："你完全适应了吗？"

他说："只有适应，不可逃避，勤扒苦做是生活，骄奢淫逸也是生活，至于哪种方式为之幸福，是各人的理解。没战争，没灾难，做点活路有好苦呢。"

妻子说："你对现实生活满意了吗？"他答："不，有个事，我感到很痛苦，没敢对你说，怕你生气。"妻子睁大了眼睛。林云溪平静地说："那就是我缺失了看书学习的机会，过去我在老房子，每晚回去做了事学习一段时间，现在被剥夺了。"

"啊，我还以为有啥事瞒着我。这样吧，每天晚饭之后，我做家务，你学习一个小时，如有空由你安排。"

"来，拉钩！"

"拉就拉。"两口子还真成为君子协定坚持不改。

几年下来，人的生理卫生、健康保健，兽医知识，电工技能，农技病虫害防治知识等，初级专业人员应具备的，他都说得清用得上了。扩大了为村民服务的范围，群众更依赖他。

在他们的女儿一岁多时，牟敬梅提出办一个商店，这山埂子上临时买点商品确实困难，为方便群众，也同时增加自己家庭的收入。林云溪欣然同意，把屋简单改装一下，货物不多资金短缺，只有滚动扩充。一切准备停当，岳母又建议选一个良辰吉日开张，遭林云溪反对。敬梅想开商店，今后靠母亲支持的时候多，老人出于好心，何必得罪，不可因小失大。她故意说今后开张了之后，我就更没机会出去了，你出去，我也跟着去耍一回。林云溪爽快答应，并说："今天之后的第一次事大事小你都跟我出去。"

二

　　第二天，林云溪还在床上睡起，天刚蒙蒙亮，一队的李自元就来喊，说他家三个儿子，为其三窝竹子角孽①，昨天下午就闹起，今天还要干，请林支书分忧。林云溪说："快点弄点饭来吃，把娃儿安排好，咱们一起去。"敬梅自然高兴，积极准备。李自元气得长吁短叹，留他吃饭他都不，说赶快回去，怕家头出事。林云溪带上工具包和妻子走出大路口，遇上邻近黄家村的村民说："专门来求林支书去帮我看看厨房那盏灯，一闪一闪整不归一是啥子道理。"

　　林云溪答应说："转几步先去给他看看。"到了先提下保险，清理了线路。灶上电灯反复拉开关咔嗒咔嗒灯不亮。林云溪说："这股线断了头，接触不灵，换了一段线一拉就亮了。"

　　一家人都高兴："林老师，负累你。"洗一下手正准备走。隔壁的张幺娘说："将就看看一对大猪拉疙瘩屎，不大吃食，不知是怎样的。"

　　林云溪摸了摸猪的体温，看看装了大半盆的红苕煮苞谷粉，出来说："张幺娘你的猪喂滚很了，久而久之热出病，你割点野菊花、薄荷、夏枯草煮在食里头，喂冷点，慢慢就好了。猪自来好吃，只要人给它，再烫都要抢着吃，久了咋不生病，草药可买滑石、大黄，搅拌在食里喂。"

　　他俩又上路，走到一队边上李富民喊到说："哎呀，正要来找你，我的水泵抽不起来水了，帮我看一下。"

　　林云溪说："我去调解了事转来给你看。"

　　李富民说："你转来不走这条路咋个办？"

　　林云溪说："一定，哪能把约定的事当儿戏。"

　　牟敬梅尝到他出来事多难熬的苦头，真想打道回府，又不好意思说。还未到李自元家老远就听到高声武气的吵架声，

----

　　①角孽：起纠纷。

简直像要打起来。牟敬梅骇兮兮地说："你不把张元强喊来对付得了吗?"

林云溪不屑地说："这点事就不耽搁他了,又不是来打架的。"看样子他一点不紧张。他们到了,那是一座大房子,住户不少,李家三兄弟,三妯娌正闹起。林云溪轻轻说："喂,既然我来了嘛,一齐想办法解决嘛,你们闹了这么久还没拿方案出来咹?"

一个个停下来了,但气鼓鼓的,林云溪侧身对李自元说:"老人家,啥事引起的,我到现场看看。"

李自元说:"为其三窝竹子在分家时都是拈纸疙瘩一户一窝,几年过了,两边的长大蔸了,中间的没啥发变,老二得中间那窝,昨天提出来重新拈过,或每年砍倒来称竹子,老大、老幺又不干,就闹开了。"

老人话声刚落几个又干起了。林云溪说:"别吵,让我去看看。"走到房子当头,三窝竹子一排靠房子这边长拢石坎也无法变,这是老幺的,中间确实没发变,倒是最边上李老大的土松软,蔸子大,很有潜力。林云溪有意问老大说:"李大哥,你说咋个整?"

老大厚道地吧嗒吧嗒抽着烟,隔一会儿才说:"林支书说怎么办嘛?"

林云溪提起锄头说:"依我说嘛这样,在最边上靠中间的两根稀点的抽了,从中沟窖划界,划四分之一窝给中间,这样中间地盘延伸过去了,得了些补偿,薅扒一下,今后还是有收入。行不?"

大家都说可以,只有李大嫂不干,又闹起了。林云溪正色道:"像这样你有意见,我见证,你跟他调换行不?"

李大嫂吓坏了,赶快说:"自古常言道,官断如山崩,我说来怎顶用。"

当即砍掉中间两根竹子,挖沟窖石头为界。林云溪又开导他们一阵,不要为其小利益伤了兄弟和气,他们都心悦诚服。再三留他们吃午饭,他们婉言谢绝了。

十一点钟林云溪与牟敬梅往回走，刚到土坡下边，林云溪说："快点去把李富民家的水泵检查了。"

二队的何大权呼哧呼哧地走来说："林老师，我到你家找你，说你到李自元那里去了，我赶到李自元家又说刚走了，这才追到这里来了。"

"你有什么事嘛?"

"我家买了一台打米机。父亲说今天安，请你帮我家安装，将就教我们打米。"

林云溪侧身征求敬梅说："那，你先回去吗?"

她犹豫了，也看看丈夫，又看看请主。何大权立即热情相请："牟老师，一起去，你都教过我的娃儿，你还没到过我家呢。"他先站到牟敬梅回家的路上挡着，林云溪好说："一齐去，快点安了还要给李富民看水泵呢!"

三人一阵疾行，一公里多路不一会儿就到了。何大权的房子坐落在北崀山吊下的埂子下一个圆山包后面，大片大片的土，显得非常肥沃，现时节的菜应有尽有，鸡鸭成群，房外有点脏，但屋头收拾得整整齐齐，一看就是有操持的农家。何大权的父亲五十开外花白头发，古铜色的方正脸庞，高大个子，一见他们到来热情招呼笑声爽朗。何大权之母身材高挑清瘦，动作敏捷，谈吐亲切，一看就是精明能干的家庭主妇。何大权妻子身体单调，面容白皙红润，一副小形美女相，林云溪经常到这里来，一到就忙着安装去了。他们三个女人就在灶房当火头军。有打整干净的鸭子，泡了半瓷盆豆子，灶上已热气腾腾的煮着米饭，牟敬梅说："哎呀，你们咋个这样破费，推豆花好麻烦哟。"

婆媳俩都说："不麻烦，没得啥子招待林支书的，今早我家老者就说：今天机会好，请林老师来帮我们安打米机，我家两爷子不懂电。人家林支书忙了，一个村二三千人。一家几个人还扯筋筋，一个村管起好辛苦。"敬梅也很快进入状态，推磨子、择菜麻利地做着。女人在一起总会谈到家庭、孩子。开头还羞怯怯的，不多久混熟了什么都谈，何大权媳妇说:"人些都说你们家有福气,两个姑娘都嫁给林老师。"

牟敬梅说:"我姐姐命苦,亏惨了。"

何母说:"不是,人各有命,前世注定的。"媳妇又说:"听说你过了许多媒人都没定,幸得好,不是嘛,林老师就不该你!"

敬梅听了这话,心中咯噔咯噔地跳,原来这个林老师在大姑娘、小媳妇的心中地位崇高啊。她正在思虑时,何妈又说:"人家林支书一表人才,文亦文得,武亦武得,啥子都懂得到,对人又态度好,哪个不服他嘛。"

灶房三个女人干得热火朝天。三个男子也跳进跳出,不时发出一阵阵愉快的笑声。正当敬梅想去看看时,啪啪的履带震耳地响,她们一起兴奋了,跑出来看。何大权端了一箩谷子,林云溪在教他们打米,试机器,他自如地把铡刀抽上插下慢慢地说:"平仄是告出来的,各人试着干,凡是发现有故障,立即放下铡刀,停电观察修理。"

不一会儿一箩谷子头一遍就打过了。何老头兴奋地吼道:"还在看啥子,饭弄好了没有?"三个女同胞又回到厨房去。当林云溪夫妇谢扰回家时,何家全体人员热烈相送,说了许多感谢的话。

牟敬梅从未感到当支书夫人如此风光。林云溪告诉她先回去,他去把李富民家水泵看了就回来。这之后牟敬梅对林云溪更体贴、更温柔。

三

当地民用电都是小水电,供电不足,又因山丘沟壑纵横,加工粮食饲料挑进挑出劳动强度大,一旦通电尽都买小型加工机器,电网不堪重负,经常停电。电一停山村一片漆黑。每当这种时候,林云溪总跑到后边山上,向四方瞭望,偶尔有一点灯光若明若暗,他心中酸楚。人们盼用电,真正能用电了,又是这样尴尬。许多事啊,总感到心有余而力不足。何年何月才能改变这种状况,真正让老百姓享受光明灿烂的生活。一天傍晚，林云溪从地头干活回家，七社那边的黄七爷来买蜡烛，当他看到黄七爷付完钱之后定睛看了看手中五寸左右长的蜡棍，神色纳闷儿地走出去时，林云溪高声问："敬梅，蜡烛你卖多少钱一根？"

敬梅说："卖五角。"

林云溪又回头问岳母："妈，他买几根，你收他多少钱？"

岳母不屑一顾地说："两根收一块五角钱。"

林云溪生气地说："妈，您多收了黄七爷五角钱了。"

"五角钱，是电停得久点嘛，一块钱一根都好卖。"岳母还是无所谓地喃语。

"你怎么能这样做啊？"林云溪向黄七爷追过去，他高声喊，"黄老辈，你等一等。"

黄七爷奇怪地站在原处，林云溪累些些地说："我妈不知价钱，多收了你五角钱。"

"哎哟，我还以为出了啥子事，不就五角钱嘛，货卖要家，一本万利不为贫嘛！"

林云溪把钱凑给黄七爷又说："你们在街上买东西便宜还是在我家买东西便宜？"

"差不多，差不多。"

林云溪回到家脸色仍不好看。

岳母也发脾气地说："五角钱，好了不起啊，收来又不是为我自己，我没用你多少钱。"

林云溪还是不放过，又说："妈，不是钱多钱少的事，我办商店是为了方便群众，如果要比别人卖得贵，我宁可不办。"

岳母嘴一撇，撂下手中活路冲上楼去了。敬梅十分难堪，冲着丈夫吼道："就你一根筋，气人！"

林云溪不依不饶回敬道："牟敬梅，我告诉你，如果背着我做伤害群众的事，我决不宽容。"说罢，冲进他的工作室去了。牟敬梅领教到母亲和丈夫发生冲突她在夹缝里不好过的滋味，她一个人在堂屋站了许久。这晚上谁也没吃夜饭。

四

　　那是 1993 年农历五月上旬，村委会的干部在确林权，要重新发林权证。一天下午，牟敬梅在守商店兼做家务，突然听到房子背后山上有人高喊："打强盗！打强盗！"像是几个人追赶，稀里哗啦地往房边袭来。她一时十分惊恐，跑出门站在晒坝边看，见一个体形高大壮伟的中年男人，被三个手执扁担、扦担，身材矮小黝黑的男人追赶着，被追得慌不择路，从牟敬梅家的房侧连滚带滑到晒坝边，高喊："牟老师救我！救我！"未被允许一阵风钻到他们屋里去了。

　　三个矮子也呼哧呼哧地跑来，就向屋子里跑，牟敬梅突然高声喊："站住，这是我家住房，有你们乱冲的吗？"

　　前头一个止了步，后边两个也累得半死不活，呼哧呼哧地喘着粗气，老的一个脖子伸了几下才说："牟、牟老师，他是偷、偷人的强盗，今天既然跑进你们屋头去了，就要你林支书回来说句公道话，不然，我们就不走了。"

　　牟敬梅知道他们三个是七社的，姓刘，兄弟共五人，老二娶了一个丰泰坝头的女人，最小的一个到大兴岩上当上门女婿去了，剩下三个都是光棍。四十多岁了，性情古怪，无知无识，长相丑陋，蛮不讲理。过去在大集体混还不显然，田土承包下去之后，比一般人都穷，提蛇卖，小偷小摸，无所不干，历届村委会没少为他们操心。牟敬梅说："喊林支书可以，你们必须放下武器，有礼问得君王道，没有打出来的道理。"

　　其中一个说："你把他放脱了，怎么办？"

　　牟敬梅说："我负责。"

　　见他们在外边喊热，牟敬梅喊他们进屋坐。他们三个一歪一撒地进屋坐，被追的大个子赶紧往楼上窜，牟敬梅仰头向上喊："妈，你下来。"牟母田绍芬从楼上往下走，正碰上大个子，说："你们啥子事嘛，这样闹热的？"

　　大个子困在楼道上说："救我，他们要打我。"

田绍芬也是识事理的人，说："你怕啥子嘛，犯了罪，要枪毙都该政府办理，哪有随便打杀的呀？"几步下到堂屋来。

三个刘氏兄弟一起站起来，十分献媚地说："牟大娘，你是知书达理的，我家出了丑事，不好意思说得。"

牟敬梅没理会他们，说："妈，你走一趟，他们村上几个在五社看边界，确林权，喊他们过来一趟。"

田绍芬刚走，一个体形高长、面容憔悴的女人走过来，她虽然梳着两根辫子，许多头发蓬松搭在额上，遮住半张脸，穿一件旧花格衣服、黑裤子，双手背在后头，一双赤脚，见了牟敬梅客气地点点头，小声问："林支书在家没有？"

牟敬梅给她递过一条凳子，让她坐，说："我妈去喊，他们在五社填林权证。"

三个男子立即又闹起来，什么"烂娟妇、烂婆娘，还有脸出来走，偷老公的破鞋"。只图骂得出口。

牟敬梅又吼道："要乱叨到外边去，我屋头不准乱骂人。"三个暂时收敛。牟敬梅小声问："谭大姐，是啥子事嘛？"

这女人上牙咬住下唇，两行眼泪夺眶而出，她死死埋着头，足有两分钟才抬起头，又使劲一摆头才说出"一言难尽"四个字。三个矮子中老的一个吼道："还好意思说，今天就要把你那野男人抓来跟你一齐套颠倒靶，护你的火嘛。"

那女人突然双手一叉腰站起来，眼里射出愤怒的光芒说："你敢！要打，要杀，我承担，与他没关系。"

"哎哟，偷老公惯了，不怕脏了，你嫁到哪家就归哪家管，今天就依不得你。"

牟敬梅又说："都别吵。"

他们会来给你们评理，别激动。一个钟头之后，牟母回来了，民兵连长也来了，连长传达村两委意见，说："五社还有几户的边界还未说归一，叫你们三个兄弟回去，把你们的房族、队长请到，晚上村干部来给你们调解。"

那老大说："奸夫淫妇就不回去吗？"

连长说："咋不回去呢，留下来，我们要了解一下情况，当事人都要到场才调解。"刘家兄弟再三申言怕那男子跑了，连长多次劝说，最后火了，说："你们再是这样昏扯，我们就不管了。"

三个才拿起家伙走了。民兵连长对谭大英说："你把那男朋友喊来，我了解一下情况，你都回避一下。"谭大英对楼道上喊一声："刘正明你下来，连长问你情况。"

那男子下来，对连长点点头，跟他握手，递上一支烟，用打火机替连长点上，自己也抽着说道："连长，麻烦你了。"

"没有，没有。"见他不卑不亢、彬彬有礼的样子，连长心中已无反感，把他带到小二的房间谈话去了。

牟敬梅说："今晚他们又要熬夜，妈煮点饭，让他们吃了才去。"

牟妈妈也说："云溪就是喊我煮夜饭哩。"

她一边说，一边忙迫迫地拴上围腰进灶房里去了。谭大英随跟脚步进去，一会儿就传来洗锅劈柴的声音，也传来小声的谈话声，从前牟妈妈是听人们人传口漏地说一些谭大英绯闻，没做了解，今天算是听她道出真相。谭大英出生在丰泰乡福林村六队，父亲谭沛尧家庭并不富裕，只有一石多粮食土。他自学得整锁配铜钥匙的手艺，把一石多粮食土租给别人耕种，一年四季挑上货担流乡串户，成为前家门前的客，新中国成立时给他许了一个土地出租的成分。她母亲毕良珍是一个穷困人家的女儿，十多岁因生得水灵可人，被地主老财看中，一锭银子强迫卖给老财为妾，到新中国成立时还不到二十岁，地主被打垮了，她获得新生，嫁给了谭沛尧。谭大英1953年出生，还有一个弟弟，平静地生活了一段日子。到1957年"反右"运动中，不知谭沛尧说了什么，定为"右派"，其罪名是恶毒攻击人民政府。他不服找一些干部理论，又罪加一等，判刑到外地，听说是死在外面了。谭大英三娘母相依为命，混混沌沌地生活。她和所有孩子一样，度过艰难的三年困难时期，紧接着又是轰轰烈烈的"无产阶级文化大革命"，毕良珍是地主小老婆和劳改犯家属双重身份，在劫难逃。谭大英十八九岁时出落得风姿绰约，成为全村数一数二的美女，许多干部子弟追慕不已，都被谭大英拒绝，她看不惯这乌天黑日的社会风气和缺吃少穿的贫困生活，一心向往自由富足的好日子。在当时出身好的男青年靠当兵改变生活，女娃娃就只能靠结婚这一仅有一次的选择改变生活条件。美，自古以来是选择好人家的首要条件。谭大英有起码的本钱，暗中拿定主意，不达理想决不下嫁。为保名节，她极少在社会上抛头露面，也不与人惹是生非，母亲暗自满意。还是亲戚介绍与在新疆建设兵团某连队当文书的魏志奇联系上，双方互换照片，都很满意，月月鸿雁传书，感情渐浓，一心想到某一天，乘上西行火车到自己的心上人那儿去，共度春秋。嘴里常哼着，咱们新疆好地方的歌儿。1974 年的开春，接到魏志奇的信，说新疆武斗，路上不太平，他们的事情多，要谭大英在家乡办理好一切手续到新疆去结婚，得到这个消息，谭大英彻夜难眠，既高兴又难过，高兴的是要到远方亲人身边，但是家乡对她来说毕竟是生育养大的地方。这儿有母亲弟弟血脉相连的亲人，还有那些无话不谈的姐妹们，她更努力地劳动，尽可能给母亲留下一些慰藉的事。不久又接到魏志奇的一封信，提出具体启程时间，沿路要注意的事项，还画了一张草图，他到什么地方来接车等。她洗干净换洗衣服，准备好随身用品，只消证明办好就走。当时要所谓三级证明才能通行，那是生产队、大队、公社。她让母亲毕良珍去队长家盖证明，几次队长都不办，猪不是、狗不是的，最后干脆说：“哪个要结婚，叫哪个来办证，我要了解情况。”

毕良珍心中发毛，她知道队长是披着共产党员外衣的色狼，许多要他办事的女人都上当，凡是受害者还哑子吃黄连，怕人耻笑，悄悄远走他乡，她主张谭大英白天去。谭大英早晨去，中午去，一连几次他都躲着。一天下午队长开会回来，路过谭大英的房侧，和蔼地说：“你要办证明嘛，快来嘛。”

谭大英以为还早，赶快去，等她去时，队长老婆又说：“他看水去了，交代让你等一会儿。”

她站也不是，坐也不是，直到天黑那队长才回来，他热情地打招呼，又慢条斯理地点灯看证明，就是迟迟不盖公章。等他老婆饭都煮好了，才盖章，把证明交给她，又热情留她吃夜饭，夜深了，外面漆黑，留她在那儿过夜，安排并无问题，队长带两儿子睡，妻子同谭大英睡对面床，还天南地北地摆了许多话，根本觉察不出有异象。快天亮了，队长喊老婆去煮早饭，谭大英也想走，他两口子都说："还没有亮，看不见走。"又睡一会儿，青年人又是春眠不觉晓的时节，忽悠悠又睡了一会儿，突然发现队长过床来，紧紧抱住她，她要吼，他用一只手捂着她的口，另一只手几下把上衣、裤衩扯下，紧压住她身体……整个过程他没吐一个字。谭大英又急又气，羞愧难当，穿上衣服，趁着麻麻亮，连滚带爬回到家。她回到门前喊不出话，用手擂门，母亲开门见她狼狈不堪的样子，将她搂在怀里痛哭，弟弟是学木匠的，知道发生了什么事，提起斧头要去拼命，母亲抛下大英又去抓住弟弟，连声说："儿啊，别毁了你自己，这不是我们说话的时候。"

　　三娘母哭成一团，谭大英悲痛欲绝，在床上沉沉睡了几天，想站起来的力气都没有了，更伤惨的是弟弟背上木工工具出门，再没有回来。母亲也曾跑去质问过禽兽，他恬不知耻地说："这当地众多男子嫁不得？就让我来给她开个眼，让她记得一辈子。"

　　谭大英从此没再给魏志奇通信。魏志奇寄来的所有信都被狗东西扣下。当时的一切邮件都是送到队长处，由队长再发给社员。谭大英渐渐感到身体不适，头昏恶心，总想吐，乳房开始膨大，母亲预感到问题的严重性，更要命的是张氏禽兽先向上级举报：毕良珍母女想拉拢腐蚀干部，谭大英不知同哪家仔儿鬼混怀孕来诬赖他。

　　在那以阶级斗争为纲的年月，天天都要排查阶级斗争新动向，这不是"抓革命，促生产"的好案例吗？斗争毕良珍地主婆的大会，开遍全公社，各村先把会议组织起按安排在各大队批斗。秋天谭大英肚子突出了，她哪里也不能去，随在生产队跟她安排多少活，她都不吭声，谁知魏志奇几个月收不到谭大英的信，心中疑惑，请假回来探亲，他刚到家就被公社派人去说："毕良珍是地主婆，搞反攻倒算，用谭大英去腐蚀干部。"魏志奇不信，坚持要见谭大英一面，遭断然拒绝，公社武装部的干部甚至告诫他，如不听当地政府意见，要向部队去公函，叫他脱下军装，并很快给他介绍一个贫下中农的女孩，施加压力，要他立即成亲。

魏志奇在回部队之前，几次偷着来谭大英家，只求能见谭大英一面。最后一次，他来到谭家，四下张望，希望能寻到他的意中人，谭大英就躲在屋内床旮旯头，怕哭出声来，用枕巾咬在嘴里。魏志奇凄惶地对毕良珍说："伯母，一定是出事了，晓得是这样，我不会万里寻亲找回来，既然她不能见我，我祝大英此生幸福。"并在一个牛皮纸信封背面写下，"大英，你一定有苦痛，我也不好过，你就不能告诉我吗？望来信，你的奇。"

毕良珍痛哭着送他到大路旁，他掏出二十元钱说："拿给大英买件衣服。"头也没回急匆匆地走了。母亲怕谭大英寻短见，通过隔房亲戚将谭大英许配给刘应龙。刘应龙家穷兮兮的，别看横眉倒齿，但刘应龙算最押展的，虽个子不高，但过得眼睛，同是黝黑皮肤，说话还受听。事先啥子都说清楚了的，但当谭大英被送来时，刘应龙给她摊牌，怀起这娃儿不能要，生下来必须整死，理由是计划生育搞得这么紧，我几兄弟就接到你一个女人，不能没有一个亲生孩子。这孽障虽是祸根，但毕竟怀了一场，想到还是心如刀绞，但事已如此，人在屋檐下，不得不低头啊。到刘家也是大出怀了，整天在家做家务，没出工，没多久，房前屋后就收拾得干干净净，每顿饭都做得可口，几个单身汉享受到家有女人的温馨生活。但没多久，几弟兄开始背着谭大英嘀嘀咕咕的，而且极不善意。一天晚上收工回家，他大哥刘应福和两个弟弟气冲冲地一到门口就将锄头狠狠一摔，摔得啪啪响，进屋端起碗稀里呼噜的像抢一样吃。等刘应龙和谭大英都吃过，老三双手叉腰站在屋当中，冲着二哥刘应龙吼道："当时接婆娘之时是怎个说的哟，大伙接的婆娘大伙用，不把婆娘推出来就分家，我们不供空人。"老三老四也摩拳擦掌，只有老五还小，稍懂事点没掺和。

谭大英只有默默流泪，她与刘应龙无感情可言，但现在是她名正言顺的丈夫，命运掌握在他手中，她拉着刘应龙的手说："应龙，分就分，我们单独住。"

刘应龙还是理智选择分家不分妻。这激化了矛盾，五间草房，他们分到最边边一间偏房，篱穿壁漏，只有动手押篱笆折，挡住一张床，什么都堆在一起，刘应龙在房后挖一个茅坑，谭大英只有晚上才敢去解手，几条光棍在烂墙缝里瞧。在艰难的环境中，谭大英改变了对刘应龙的冷漠，刘应龙也体察到谭大英不是水性杨花的女人，他们彼此接受了。第二年正月中旬，她带来的孩子出生，刘家心怀毒计，不请接生员，剧烈的阵痛使她大汗淋漓，她把一缕头发咬在嘴里，紧紧吊着床边，下肢在地上乱动，刘应龙早也脱掉她的裤子，大伯子、小叔子端起饭碗像看西洋把戏一样。在这生死攸关的时刻，她像猪羊产崽时那样任人观看。以后一想到就愤慨，羞愧难当。没有人烧水，只拿来一个垫了谷草的筲箕，好不容易孩子落地，她轻松了许多，分明听到孩子哇啦啦的叫声，还听到刘三说："是个儿。"

马上裹起丢进筲箕端出去了。她哭得死去活来，几天不吃不喝，刘应龙去把母亲接来，母女抱头痛哭，母亲又劝女儿，我们母女都是苦命，母亲这么艰难地活着，等有朝一日政策好点，过几天好日子才死，也不枉自来世间一趟。你还年轻，为妈活下去，她才开始吃东西，母亲住了几天又回到那水深火热的环境中去了。从此谭大英身体大不如前，面色卡白失去了少妇应有风韵。几年没有月经，刘应龙想办法给她加营养、吃药，倒不是对她有多爱，主要是要她完成生孩子，传宗接代的使命。他也多次忏悔，不该把大娃儿毁了，到底是谭大英的亲骨肉，总比抱养的亲些。刘家老五结婚到岩上，第二年生了一个女儿。几个单身伯老都爱得如获至宝。当面唠叨刘应龙，你欠妈一个公子。这些都使谭大英考虑到就不为刘家，也该为自己生个孩子。她主动调养，终于在1980年生了她的儿子刘新。

儿子现在才十三岁，孩子像母亲，聪明帅气。刘氏兄弟对刘新的爱无可厚非，哪怕是一颗野果都会留给他。谁知天有不测风云，在刘新十岁时，刘应龙一病呜呼。刚办完丧事，刘家兄弟就找房族人转告谭大英，转房给哪个兄弟都行。若是外嫁，把孩子留下。谭大英瞧不起三个矮子，更不能如猪如马转来转去，要割舍孩子，宁可不嫁。为此跟三单身汉闹翻天，他们经常用最脏、最毒的话骂她，以下流动作羞辱她，孩子渐渐懂事了。一次当他的伯叔叫他去吃东西时，他冲着他们吼道："你们这样仇视我妈，我宁可饿死，也不吃你们的东西了。"说罢，摔下筷子冲出屋来，这举动把刘家三光棍怔住了，无理动作有所收敛，从此刘新不再踏他伯叔的门槛。

就在这1993年春天，倒春寒持久，烂秧严重，谭大英一天到晚在秧田里忙活，秧子还是死了不少，不够栽，到处找秧子栽。好心的亲房姐姐跟她介绍坝岩上的刘正明。他是转业军人，身体健康，愿意下来。在街上见时谭大英有意带刘新去，爷儿俩一见如故十分亲热，刘正明表示他来并不要求再生孩子，带好刘新就行了。

在回家的路上，儿子告诉母亲："伯伯是个好人，我又不改姓，他到我家来最好，妈，您太辛苦了，让伯伯来，我们一家过团圆的日子。"从此以后，再没有来往，似乎又丢于脑后。今天是刘正明到北岌走人户，才走这边来，正巧碰上谭大英在地里栽红苕，站着刚谈了几句话，被刘老大看见，三弟兄挓起家伙就追。刘正明慌不择路，谭大英在后边喊："快跑，到下边房子去，那个是牟老师，能保护你。"就这样产生了前面所述的那一幕。

田绍芬听了谭大英的诉说真是老泪纵横，连声说："谭大妹，你真是生活得不容易啊。"谭大英说完，哭过，饭都蒸上气了。她突然谢扰回家，她们竭力相留。她说："我先回去，娃儿一人在家，还要经佑牲口。"又对连长说，"老刘等一会儿同你们一起来，现在就去会出事。"她用手理了理头发急急走了。

晚上林云溪等带上《婚姻法》去，跟七社刘氏亲房一起学习座谈，晓之以理，讲明婚姻自由是《婚姻法》精神，是马克思主义对妇女解放的最基本原则，谁也不能强迫，更不能以封建家族的宗族规矩凌驾国家法律之上。对刘氏三兄弟进行了一次严肃的法律教育。只有刘老大悻悻地说："这不是煮熟的鸭子都飞了吗？"

立即遭到妇女主任严厉批评："她是人，有人格尊严，婚姻受国家法律保护，不是牲口，任人买卖、占有。"

林云溪当众问刘正明："你和谭大英是否愿意组建家庭。"

两人都说："愿意。"

"那你们近期去把结婚证办了，我们支持刘正明的户籍迁过来。"

刘正明马上说："三位哥哥只要你们接受我，今后我们是兄弟，我有点积蓄拿来修三个开间砖房，现在共同住，我们都老了，就是刘新的。"三兄弟欣然同意。刘新立即叫刘正明伯伯。当林云溪向岳母汇报上述解决意见时，田绍芬说："谭大英的遭遇太惨了，算你们做了一件好事。"

五

寒来暑去，春华秋实，光阴荏苒。林云溪担任村支部书记已有十二个年头，每年只要稍有农闲，都会大力抓计划生育，基层干部也成习惯，那一段时间该做啥，心中有谱。六月中旬（农历五月初）阳光烈烈，插完秧子，已种满种尽的村民就只有褥管禾苗，下雨天栽点红苕。是农村相对清闲的时节，好找人，镇上又开展计生"三大"动，即大宣传、大清理、大落实，先是各村自行摸底排查，能做下工作的做下

来，实在拿不下来的上来突击。高回村的两委干部要一个队一个队的摸底排查，做宣传工作。早晨，林云溪在吃早饭前抽水、抱柴，房前屋后打扫得干干净净，在出门之前，他亲切地对岳母和妻子说："今天村上几个要走上半村来做计生宣传工作，中午要煮几个人的饭。"

岳母淡淡地说："没好菜吃。"

林云溪见妻子不悦，又笑盈盈地说："就摘点四季豆来煮肉，还炒点黄瓜。"

"煮几个人的?"牟敬梅没表情地问。

林云溪说："村上四个，可能联村干部要来五六个人的嘛。"

"遵令!"妻子做一个谦卑的手势。林云溪还向她做个鬼脸，笑嘻嘻地走了，当他走到山边拐弯处回头看时，妻子还在原处看着他，向她挥挥手，示意进屋，她理解了。

中午，天上万里无云，没有一丝风，气温达到三十几度。才晴几天，泥土瘠薄的沙壳壳土里的禾苗被烤得低下了头。路上几乎没有人行走，尽都缩在家头午休，看电视。村上的计生宣传队来了，林云溪先跨进屋安凳子，打开吊扇，连声喊："同志们，坐，坐!"他又进屋打来一桶凉水，放上两张毛巾叫大家洗一洗，太热了。

一行人共计六个，除林云溪之外还有联村干部梁昌明、文书谭大华、村主任张元强、农技员卢子贵、计生专干雷春容。雷春容身材高挑匀称，穿一件白花花衬衣，青色长裤，脚上穿一双黑凉鞋，雪白肌肤被太阳晒得绯红，脸蛋儿像熟透的番茄，淡淡的一笑一笑的，两个酒窝一舒一散的，用小本子朝脸上一扇一扇的，煞是青春靓丽，又显得落落大方。牟敬梅虽在全村都是数得上的丽人，毕竟缺少了雷春容那事业型女人的特有气质。两个相见时都"嗨"!热情招呼。不知怎的，牟敬梅心中像被电击了一下那样，相形见绌，心中很不是滋味。跑了半天都饿了，饭菜摆出来，大家都毫不客气地吃起来。林云溪拿酒出来说："喝一盅!"同事们都说天气热，喝了舒服。没忘记招呼主人，七嘴八舌地喊："伯母，来，敬梅来吃饭。"

岳母还客气地说："各自吃，有好客，无好主。"林云溪单独坐一方，敬梅端菜来放在桌上又要往里走时，他一下扯住她裤腰下裤包处，笑嘻嘻地说："来，挨我坐，你不是小抱姑，我待得你。"

牟敬梅脸一黑，狠狠一甩说："你寻啥子，演啥子戏！"冲进屋去了，再没有出来。林云溪感到没趣，几次上菜都是她妈。林云溪也进灶房铲了两次菜，在座者心中掠过一丝不悦，人们少了一些笑谈，进食速度也加快，只二十多分钟就吃过了，林云溪在同事的帮忙中收拾碗筷抹桌子，在端碗放到灶上时低声对站在灶边的敬梅说："我没惹到你吧？"意思是要她给点面子。饭后又天南地北地吹了一阵，联村干部梁昌明说："上半村还有哪些，把名字排起，看怎么走。"

计生方面拟名单，肯定该计生专干。雷春容坐在进门那方，伏在桌子上写了一阵，她抬起头，将笔杆放在嘴里咬了一会儿说："林支书，上半村有几户的情况我不清楚，不晓得对不对，你看。"林云溪走在她左边背后倾下身子看名单，自然离雷春容很近。谁知牟敬梅在灶房到堂屋间的门边上，从鼻孔里哼出："哼，戏演到家头了。"

敬梅又一折身进去了。林云溪早觉察她有点醋，但还不至于如此不懂事，他觉得十分尴尬。还是张元强会圆场，"拟不拟名单都不误事，就从望天穴起头，凡是未妇查的，有超生的都走一遍。""好！好！"其他同志附和，便又出发了。七点过，上半村应到之户全走到了，大伙交换了一下意见，决定明天的路线和主攻对象之后就各自回家，烈日西沉，余晖仍照在东边的山梁上，气温还不低，但人们已出来抓紧时间做必须干的事，挑水、弄菜、割猪草，纷纷扬扬地忙活着。林云溪盘算家中猪草、柴火都不缺，但还得再搞些，明天还要耽搁呢！他在心中反复琢磨今天敬梅的醋意反感又该怎样下台呢，心中有事，步子反为特快。他回到家，房上已升起袅袅炊烟。几个鸭子在坝子头，左拐右拐地来回走动总往屋里瞧是想吃谷子了，给宁静的傍晚平添一些生气。他累些些地跨进堂屋，儿子上方写作业，五岁的小女儿头发搭在脸上跪在对着她妈的方向写字，岳母靠在灶房到堂屋的门枋上看外孙做作业。牟敬梅坐西向东靠在墙边的独木凳上织毛衣。

林云溪扫视一下全家，搭讪着趋近她说："跟幺姑织的毛衣啊？"正在这时牟敬梅呼一下撑起身，使劲给他一推骂道："好意思！"

他没准备，跟跄退了两下才站稳。牟敬梅冲进寝室又啪一声关上门。林云溪被激怒，他冲上去推了两下门，走回独凳上坐下，还未回过神，牟敬梅又从屋中啪一声开门冲到他面前，侧身用胳膊使劲给他一推，这使毫无防备的林云溪和着凳子翻倒在地，凳子硌着他的背。

"哎哟，你咋这样毒呀！"他从地上翻起来，去抓板凳，止在这时，岳母高声喊："牟三，这个家要败在你手头。"牟敬梅又一次窜进屋头去关上了门。林云溪将凳子狠狠往地上一摔，泪流满面地对岳母说："妈，您是看到的，好泼，好霸道，这个家，粮食谷米哪样不是我做的，要我出去在社员面前哭脸做笑脸，回到家还受这种气，不得行。"

岳母耷拉着脑袋，轻轻地说："她倒不是这些，是男女关系。"

"她是在放屁，耍好很了，耍出了毛病，我跟谁接触就跟、就赶，她就没给别的男人交言搭语吗？亏她还教过几年书。"林云溪说罢，冲上二楼，倒在小二的床上，眼泪似决堤的水喷涌流下。儿子志程收拾好书包，来到床前，他用袖子轻轻为爸爸拭泪，哭着说："爸爸你好造孽，我长大了一定多找点钱，不让你这样痛苦地生活。"

林云溪又坐起来，将儿子搂在胸前，父子失声痛哭。当晚这家人谁也没吃一点东西，儿子哭一阵睡了。林云溪辗转难眠，他总想起慈爱善良的老母亲，温柔体贴的敬兰，捣蛋而聪明的大儿子，平时没怎么想他们，在他受到刁难时反反复复地想，眼泪一串一串地流。

田绍芬也不安然，自从她大女儿与林云溪订婚之后，林云溪把她当亲娘，一应大事情不用费心，田头土头活路能做多少做多少，似乎没责任，油盐酱醋茶她都不用担心，走出去风风光光的，人们高看一眼。要是小两口闹过头，她可要自讨苦果，亏大了。她实际上是向着闺女的，当林云溪怒不可遏，手提凳子想还手时，她大声吼，是提醒闺女快跑，反反复复斟酌用什么方法让小两口和好。

作为肇事方牟敬梅呢，当重返堂屋时人都走了，她站在屋中好一阵，真想上楼去跟他说说话，下个台，重归于好，但当下行了，闹过头了，下不来台。回到寝室和衣而卧，泪水不住往下淌，不久枕巾都湿了。记得结婚当晚，她以二十六岁处女之身献给他时，他好感动，好欢喜，紧紧搂住她，亲了又亲，承诺一辈子定不负她的忠贞纯洁爱情。她也借机娇嗔道："一辈子都要像今晚这样抱着我睡。"他用带胡碴子的下巴在她额上、脸上扎了几下，以示回应。几年来，无论他有多劳累，多疲倦，上床总搂着她亲一亲，然后说"我困极了"睡去，她在他怀中挪来挪去，有时想挣脱他，可他睡得再热也不松手，在他恢复精神之后又与她亲热，不管是赤日的盛夏还是北风烈烈的寒冬，在他早起时总回身来与她深深吻别，她总依依不舍地喊："早点回来。"

这次是把他的心伤透了，听他高声骂："耍好很了，耍出了毛病……"实在骂到要害之处，借此可窥见他心中的真怨。如再闹下去，还会结出苦果，她浮想联翩，想了许多，直到天亮时才昏迷迷睡了一会儿。当她出去时，母亲无表情地瞟了她一眼说："今天早晨两爷子舀点冷饭吃了就走了。男人的心，伤透了是难挽回的。"敬梅又哭了一阵。

当天傍晚，林云溪又疲倦地回家，家中一切如常，小儿子做作业，厨房热烘烘的。他走到儿子身后看一眼，儿子还心神紧张地说："爸爸又累得很啦！"

"有点，一身好汗哟，我想洗个澡，你妹妹呢？"

"睡了。"

这时岳母喜笑颜开地从灶房出来，"云溪回来了，要洗澡，有水，有水。"又转身进灶房去了。林云溪走进厨房，看到敬梅兑了一大桶热水，正取毛巾搭在桶上，说："提去洗嘛，我跟你拿换的衣服。"

六

林云溪的祖父、父亲都曾是医生，家头储有许多医书，从小时起，每逢有点时间林云溪就避开喧嚣，窝起看书，久而久之，懂得许多医药知识。并背得一些汤头歌诀。自从担任村支书之后，经常行走在村里，看到许多老人、小孩因缺医少药受病痛折磨，他也会告诉村民一些偏方，讲一些医药知识，他没想过要行医。

1994 年冬，林云溪参加镇上赤脚医生的资格考试，哪知考得还好，但他只是当作对知识的一次检验，他仍然热衷于村务。

1995 年春季一场猪瘟疫席卷北岌山区，病因是下过雪，猪圈都腾空了，仔猪从两元七八一斤飙升至六七元一斤。按当时物价简直是暴涨。而且还买不到，一时闹猪荒，殃及家家户户，这事成为谈话主题。一天林云溪下队路过五社张幺娘家，听到孩子悲切的哭号声，那里乱哄哄的。出于职业本能这家莫不是又出事了？他急忙前去看，眼前是一座低矮的茅草房，一溜三间正屋，一个茅房偏偏是猪圈、厕所。张幺娘四十多岁，面容憔悴，穿得脏兮兮的，眼泪婆娑地站着，一个十多岁女孩和一个七八岁男孩守着一个几十斤的死猪儿哭，那猪儿肚子胀鼓鼓的，平放在阶坎上。林云溪心情骤然伤痛，他同情地问："张幺娘，猪出问题了？"

"嗯。"她尽力控制住悲伤说，"昨晚上喂还吃得饱饱的，今早起来就死了，猪本都没得了，我叫他们不读书了，两个娃儿守着死猪哭。"

林云溪叹息不已。猪是农民生计之本，自古就有"富不丢猪，穷不丢书"的谚语。除了可供吃肉油、造肥料，还是一种积累，用糠皮菜叶苕藤和潲水，喂出来卖了是一笔可观的收入。他当即说："书还是要读，过几天我家卖仔猪，你来捉一头喂到。"

张幺娘说："林支书，我一时半会儿没有钱的。"

"那没关系，什么时候有了才拿。"两个孩子用感激的眼神看着他，林云溪又安慰了他们一阵才离开。当全村走遍之后，了解到死猪缺猪的农户许多，他沉痛极了，他跑到兽医站寻找兽医，根本找不到人，老站长说："以前有几个兽医，因找钱不多都改行了，别说兽防，就医也无人。"怎样才能挽回群众损失啊。他想到学兽医。回到家把这个考虑告诉敬梅，她一脸不悦，嘀咕道："就这样都不落屋，学了兽医怕要成野人，不归家了。"他没管，买回许多兽防、兽医方面的书来。每晚鏖战到深夜。到家头卖猪儿那天，他岳母田绍芬煮好饭等人来买猪。他尽通知一些特别困难的来背猪，并当众宣布："我家猪儿不卖现价六七元一斤，还是以前的正常价二元八一斤，家头有喂着的不卖，没有的一户一头。"岳母听罢心中不悦，把饭碗一摔冲进屋里去了。林云溪装作没看见，牟敬梅做好收钱准备，结果尽是赊账。他拿出本子来象征性记了一下，打发他们走了。两窝猪共二十一头，捉走十九头，留两头自喂，本也惹火了岳母和妻子，更使她们生气的是：张幺娘最后来，林云溪又毫不犹豫地将留起来的抓一头来称都不称让张幺娘背走。几天下来，岳母不进厨房，不办饲料，牟敬梅跟他没说话，家头又搞僵了。他一言不发，任劳任怨地烧锅喂猪、看书，像没有她两娘母的存在。

一天下午，下着蒙蒙的细雨，云雾笼罩到家门口，林云溪做完琐事在窗下看书。敬梅在商店屋头生闷气，岳母没好气的在屋里冲来冲去。林云溪预感到一场口角战就要打响。突然房前石板路上走来一个女人，没带雨具，赤着脚，背着一个密背篼，一溜一溜地径直走到大门前，尖声尖气地说："林老师，我还怕你没在屋头哩。"

林云溪迎上去和蔼地说："在，进来坐。"此人就是张幺娘，她理了理额前被淋湿的头发，将背篼重重地放在林云溪跟前说："昨天我去卖肉没卖脱，这儿还有些腊肉吃，我跟你背点来。猪儿我背回去就称过了三十六斤。等还有点肉卖了，我再跟你拿钱来。"

林云溪像被电击了一样，闷了一会儿，抬起头肯定地说："猪儿钱随你几时拿，肉我不能收，你的娃儿还小需要吃点肉，别卖了，今后又没钱买，怎么行啊。"

张幺娘诚恳地说："唉，忍口不拖债，有点油吃就行了。"

林云溪真诚地说："张幺娘，我父亲死得早，那种孤儿寡妇的日子过起伤心了，你不能对不起孩子们，告诉他们猪儿是我送的，要他们好好读书，长大了给大家做点事。"说罢不由分说地将背篼提起推张幺娘走，岳母和敬梅一齐拥到门口亲切地喊："张幺娘慢走。"

张幺娘眼泪汪汪地背起背篼慢慢离去，僵局被打破。岳母、妻子还是一如既往地和睦相处。直到外地贩运了许多猪仔来，价格才稳定，但那种猪瘟肆虐，人心惶惶的情景，他是刻骨铭心的。他又去报考兽医培训，结业时获兽医师证，被聘为镇兽医站成员，但不脱产、不动户口。三村五里都有许多人求他出诊拿药。称赞他态度好、药价低、有医术。他更辛苦更忙碌，在家人面前从未说过一个累字，无论吩咐什么事一应承担下来，有条不紊地做。

七

秋天，粮归仓、谷满囤，人们沉浸在丰收的喜悦气氛中，国庆那天，林云溪似乎得宽裕，跑到老屋杨家几个老家要了大半天回来，他告诉妻子，老屋的七间屋那年半买半送给杨家兄弟，现在整理出来漂亮得很，杨家的人请她过去要，妻子听了说是好消息。但他又说他也将老屋那边承包地分成几份转包给杨氏弟兄，他们对外进的都不好。自家只留了两块田和相连的壁壁。牟敬梅怒气冲天地说："林云溪，你在这个家庭的权力太大了、太主得事了。你那样伤心地改田改土，不就是为了多有粮食吗？基本上是自己开田种，承包地送人，你给谁商量过？"

妻子发狂，他也不示弱，冷冷地说："你究竟要一个死人呢，还是要一个活人？"

撂下一句话，背起药箱走了。牟妈妈回来，敬梅把林云溪的决定告诉她，谁知她特别平静地说："我还以为为啥子不得了的事，气成那样子，人家一村之主，还主不了一个家的事吗？他太辛苦了，办商店，你基本就在家里守，搞兽医不分白天黑夜一喊就去，现在把几块小田改成大田，粮食够吃了，随他吧！"

过了母亲这一关，敬梅还有什么想不通呢！母亲这么一说，她倒心疼得很，恨不得马上见到他，跟他摆谈清楚，晚饭比以往吃得迟，左等右等林云溪没回来，母亲说他一出去就没有一个准头，别等他。吃点东西带着外孙上楼睡了。牟敬梅磨蹭着做家务，一听到狗咬声就到外面去看，开了几次路灯都未见丈夫回来，又把满腔的眷爱变成了怨恨，莫不是与那个女人厮混去了，联想到他怒气冲冲头也不回的样子，真是心寒。十二点过她才怀着种种猜测进寝室，但还是尖起耳朵听动静。夜深的山村一点声响都会惹起狗儿们一阵狂吠，真是一犬吠影，百犬吠声。凌晨时分突然听到狗吠声，由远及近，狂吠不止，这次真是有人走动，她的心突突地跳着，该以啥子方式对待他呢？林云溪真的到家了，他疲倦地用手撑着门高声喊："敬梅，我回来了。"

她有意停了一会儿才冲出来把大门打开，头也不回地又冲进寝室去了，而且有意把门甩得啪一声响。林云溪拉亮电灯，放下药箱，揭开锅盖，非烫的水，热气腾腾的饭菜，他端出来狼吞虎咽地吃起来，要是以往妻子会像小鸟依人一样依在他跟前，了解他出去的情况。今天遭冷遇，他自知有错，没敢吭声，慢慢找衣服，洗澡、漱口，整归一之后在想，是去硬碰妻子这关呢，还是到别的屋子去睡？他在饭桌前坐了好一阵；见他迟迟不进屋，妻子生气把寝室的灯关了。她真生气了，他在揣摩着站起来拉下灯摸进屋，有意不开灯，稀里哗啦脱下衣裤靠近床，原来妻子还和衣坐在床边上。他秋风扫落叶般卸掉她身上穿着，抱起一齐倒在床上，他痛爱又气愤地将下巴抵住她的脸颊喘着粗气说："在这个世界上任何人可以误解我，猜疑我，唯有你不能，我一腔真情往哪里搁啊！"

他的两行热泪冲下浸到她脸上，她无语未动，只有泪。他又说："我摸黑在山巅上奔走二十里以内，再晚都赶回来，为的是你在家等着我，我不负你的一片真情。"她只是无声的泪，好一会儿都没说话，他又开导说，"你是怎么想的，都听到哪些流言蜚语，说来我听听。"

她挣脱他的手臂叽叽地说："我实在是太爱你了，从你刚出门那一刻起我就在揣摩你到哪里了，什么时候才能到家，又怕你出去遇上意外，叫人怎能不担心啰！"

他说："你犯傻，怕我不知道吗，这么一夜了，锅里存着热水滚饭，你在等我回来。"

"有人告诉我说喜欢你的人多，我怀疑自身的竞争能力，如真有谁把我枕边人勾去了，我还能活吗？"

他把她挪在手腕中躺下，侧身偎着她，脸贴着脸说："是有女人注意瞧我，甚至有公然挑逗的，我对她们淡漠无视，我牢牢守住道德底线，我只能爱你一人，中国自古以来的婚姻观念讲求从一而终，生死不渝，我不但愿这样的婚姻在未来的时代里还能有存续的空间，还希望青年人不要过分崇尚浪漫自由的婚恋生活，其实'执子之手，与子偕老'的婚姻，未必就没有幸福。感情问题是要自我调节的，你也应看一些书，比如看书等我，比空思等候要实惠，时间容易打发又获得一些知识。"

牟敬梅说："看书总静不下来，恍恍惚惚的。"

林云溪又说："慢慢培养，任何兴趣爱好都不是一朝一夕就形成了的。还有，婚姻之大忌是猜疑，要想长相厮守，就要相互信任，没有相互猜忌诋毁的夫妻能幸福地共度百年。"

牟敬梅又说："现在离婚率高叫人也不无担忧。"

林云溪说："结婚这么久了，真像这样的沟通确实少了，在我看来一夫一妻制是社会安定的基础，是孩子获得良好教育的温床，公民应自觉遵守这种制度，不能过于放纵自己去追求所谓的个人幸福，用实际行动来维护法律尊严，所谓浪漫，往往是甲方获得幸福，为乙方造成伤害。小则家庭责任感，大则国家社会稳定和谐。如像许多基层干部，不注意自身形象，嫖赌轻佻，毁了共产党基层干部的形象，我不欣赏那种潇洒自在。请你放心，你的男人不是不学无术的花花公子，是共产党的基层干部。"

八

1995年开春，外出务工的人如潮外涌，有两位社长、两位会计撂下挑子走了。一切工作首先得组织落实，先得把各社干部配齐，下队选社干、村长，张元强不去，女干部雷春容缺席。林云溪没与他们计较，他约上文书谭大华下队开会，选干部。当他们把干部找齐镇上三干会就召开了，要安排一年的工作。林云溪怕张元强不去，早点起身到他家头约他，当林云溪到他家时发觉张元强与妻子肖泽会特别殷勤，他喊张元强去开会，张元强偷偷瞟了妻子一眼，期期艾艾地说："能去就去哟。"

林云溪立即说："春上第一个大会，怎能不去呢？"

肖泽会精怪地看看支书又看看丈夫说："去一会儿嘛，人家林支书专门来约你。"

林云溪觉察其中有蹊跷，对两人谁也未深究，开会去了。在会场上，张元强精神恍惚，如坐针毡，一会儿又朝大门口看，也不做笔记，也不与林云溪偷议，以往他是每听到一点新鲜事最爱偷议的。散会时已过十二点半钟了，林云溪邀请他一起去吃豆花饭，说再商量一下村上几时开村社干部会贯彻精神，启动今年工作。张元强死硬不干，支支吾吾，说：

"你看哪天开会，通知下去便得了，在会上再听听各社汇报不就行了吗？"

林云溪见他傲起要走，也只好依他，买了两个馒头，啃起回家了。三天之后的傍晚，林云溪正在舀潲水喂猪，妻子开始煮夜饭。外面来了一男一女，男人手中还提了一个胶口袋，一进门将口袋往桌上一放，高声说："烧夜饭锅了吗？"

牟敬梅快步来到堂屋看是张元强和他妻子肖泽会，高兴地说："怎么是你两口子，还带礼物来。"

肖泽会立即说："哪天就说要来耍一趟，屋头的事太多，尽都整不归一，他说今晚来耍一会儿。"

林云溪三下五除二地草草喂完猪，便忙着出来，张元强站起来同他热烈握手。肖泽会十分恭敬地欠身打招呼，林云溪已察觉到他两口子的客套异常。当林云溪向张元强递过一包烟说随便抽之后，肖泽会溜进厨房帮忙去了。

张元强为了稳定情绪，打着腹稿，有意把烟点着吸得吁啦吁的。林云溪笑盈盈地在他对面坐着看着他，他越发局促不安起来。干脆站起来在屋中走了走，烟都吸了大半截了，他还开不了口。林云溪偏起脸望着他爽朗地说："今晚卖啥关子，有事你直接跟我讲，拜啥年嘛！"

张元强退回板凳对面坐下，扔下一个长烟蒂用脚踩灭，抬起头看着林云溪的脸说："我是有事要跟你说，总觉得对不住你，开不了口啊。"

他用手扯住前额上的头发。林云溪一下严肃地说："你家伙是否想溜啊？那不得行！"

"林支书，我求求你，请你理解我的艰难，我老妈生病，拖几年死了，老汉儿又有病，娃儿要读书，当村长这点收入不能养家糊口，更还不了债。"张元强伏在桌子上抽抽泣泣，林云溪站起来在屋里踱来踱去。过了好久，林云溪才说："元强，这几年我俩配合默契，村上工作在全镇总是名列前茅，你一走，我拿来怎么办？打工收入高得多，但家乡总得要建设、要发展啊！你当过兵，掂量掂量这份责任有多么重要。

每年开春都有许多人来约我，并承诺高薪，好待遇，我都谢绝了。我既然答应了党组织和全支部同志，此生别无他求了。"

张元强抬起头眼泪婆婆地望着林云溪，无奈地说："我何曾没考虑过，去前年老婆就撵我出去打工，家头她一人承担，我没答应，一个在外找一个在家头花，积不起钱。今年她又要两个一起去，说找点钱来还账、修房子。"

"那你家的承包地呢？"

"不种了，老汉带着孩子，种点菜来吃，谷子还能吃两年，如混得走，两年之后把父亲孩子一同接出去，丢在家头造孽。"

林云溪踱回桌边坐下说："你两口子还近远计划都拟好了，就没留下来再干一段时间的想法？"林云溪的犀利目光让张元强躲闪不及。他小声说："不留了，再留几年还是无法改变山村面貌。国家投入少，百姓又出不起钱，办起事来难啊。每年你要垫多少钱？你婆娘知道不跟你闹才怪！"他偷偷瞟着厨房那边。

张元强的爱人肖泽会一会儿又伸出头来瞧，尖起耳朵听两位男人的谈话，生怕自己男人又动摇了不出去。林云溪说："看来你是去意已决，我是留不住你的了，是否跟书记说一声。"

"不！不！不！"张元强晃晃手又道，"一说，怕真走不成了。明天去跟她妈说一声，后天就走。"

林云溪低着头，若有所思地说："你总得跟我推荐一人选啦。"

张元强又说："难啦，年轻的，有文化的人都走了，只有在群众中海选呗。"

林云溪用和蔼的眼光罩住张元强的脸。张元强吞下一口唾沫一字一句地说："要说在部队只学到一些常识性政策性东西，这些年跟着你，我感觉长进不少，你对政策的理解，在贯彻中把握的分寸，总拿得恰到好处，我心中佩服得很。你无私无畏的敬业精神，我自愧不如，你其实不只是一个村支书的料，你的能力，看问题的深刻度、准确性胜过许多位高权重的人。村上只要有你，一切都会好起来，我实在是对不起你。"

林云溪说："我是希望你能提一些忠告。"

张元强说："你不要过于克制自己，拿私人的财务做奉献，久而久之怕影响你的家庭。"

"这个我知道。"林云溪随便说道，"工作是大家做的，你对于我是过奖了，但我就不客气地说一句，元强今后遇事要在心中多转个弯，别喜形于色，怒形于色就更好了。"

张元强诚恳地点点头道："一定记住，一定记住！"

当两个女人把菜饭端上桌时，两个男子开始喝酒，没有任何客套，酒一上满，同喊一声："干。"一仰脖子装下去了。一连几杯，两个女人沉不住气了，对视了一下，惊兮兮的。肖泽会最担心，今晚还得走回去呀。她先使个眼色，人家装不懂，又扯一下衣角，承气甩了她一下，又干了几杯，肖泽会忍不住说："元强，说归一了的嘛，还喝。"

"你管不着，这不是在家头，这是在林老师这儿。"

肖泽会十分无奈，她又盯着牟敬梅，牟敬梅便笑嘻嘻地站起来道："难得我们四人相聚，就你两个大男子主义重，一味喝酒，先吃点菜，我俩也陪两杯噻！"

林云溪看人都变形了，经妻子一提示才觉失态，连声说："好，一起来，一起来。"借此机会牟敬梅示意丈夫不要为难肖泽会，林云溪有所收敛。张元强一发不可收拾，还在海喝，他们尽量劝他喝汤、吃菜。林云溪心中明白，人们常说：快乐之时喝酒，像他们这帮老基层，多数是喝闷酒，当痛苦时喝了似乎把一切烦恼丢在脑后心情会好一点。肖泽会喃喃道："一谈到打工，你就伤心，这么多人打工，人家没有这样看哩，你看嘛今年好多干部都要出去了。雷春容也要走嘛。"

牟敬梅惊喜地说："她怎么会走？"

肖泽会又徐徐道来："他男人相貌不好，但精灵，在广东给老板当管理，他又节约，存了些钱，去年回来就要她一同去，她不肯，说家头有孩子和老妈。今年她男人提出母亲送到他姐姐家去，每月拿钱，孩子一起去广东读书，她还有什么借口呢！"

"噢，是这样的啊！"牟敬梅愉快地笑笑。

林云溪一仰脖子吞下一杯酒，双手撑着桌沿，红脸色地说："元强，你也别太负疚，外出务工是一光彩事业，也是建设国家，党和政府是支持的。我理解你，且人各有志，各有所难。出去好好干，别给家乡人丢脸，别给支部丢脸就是了。"

张元强站起来，一望脖子吞下满杯酒。将杯子重重往桌上一放，向林云溪说："我就听你这句话。外出我不怕，当兵几年，走南闯北见多了，只是舍不得你，你是我的良师益友，与你共事我心中踏实。"

他踉踉跄跄地走出门，高喊："老婆走，回家去。"刚踏出门就像小树遇大风摇摇晃晃的，肖泽会赶快搀扶着他向朦朦月色中走去，林云溪也下不来台了，伏在桌子上，牟敬梅跑过去喊一声："你两个慢走啊！"元强回过身说："快去扶林老师，我从来没见他喝过这么多酒。"

九

张元强走后林云溪一直沉默着，没下队没开会，见天在自家地里忙活，早出晚归，话也少了许多。直到农历二月十一逢场日子，妻子说："小猪饲料不多了，盐巴也不多了。"妻子又说，"你不是几轮场没上街了吗，药也不多了，你去吧！"

妻子是想要他换个心情。他换了衣服磨蹭了一阵才挑一挑小箩篼儿去了。他在街上快步穿梭，很快把应该买的东西办齐，挑着担儿往回走。农民总是迟垮垮的，他走到场口四面八方赶场的人像水一样涌进来，本村村民多过这条场口，逆人流而行真是喊声不绝于耳，他总是谦和地给他们打招呼或点点头，疾步穿行。直到一社河边上对面来人才少了。太阳已驱散薄雾，春光明灿灿的，他换了肩加快了步伐。

"今天这么早就走了？"一声熟悉而亲切的问话使他停住了脚步。看见雷春容穿白格蝙蝠衣深灰色裤子，一双亮澄澄的皮鞋，从桥那边轻盈走来。

"你咋才去呢？"纯粹是一句木讷语，她抬头看了他一眼，低头小声说："村上计生台账和相关资料，几时交给你呢？"

"你真的要走？"

"哎呀，走了算了，像这样下去有啥结果？"

他干脆放下担儿，望着远山眼神凄凉而无奈。过了一分多钟他才回过神说："你不太忙吧，给我一点时间，在什么地方，确定下哪些人参加再通知你。"她读懂了他的表情，这个平时风度翩翩、谈笑风生的支书，今天脸上堆满苦楚、矛盾与无奈。她急忙说："要得，要得。"从他身边擦过，头也没回地走了。

林云溪挑着担子，脚步沉重地爬上学校侧边的山边上。放下担子，撩起衣服擦了把汗，是怎么啦，才二月间，才十几度气温，才挑四十多斤货，他就热得满头大汗。他放下担子，向下边望去，集镇通往县城的公路上，偶尔一辆车子飞快穿过，赶场的人却像蚂蚁搬家一样来来往往流动着。东边山嘴上的村小里传来孩子们集体读书的声音和老师高声讲课的声音。再过一个山嘴就是在刘师傅那儿买的房子，现时的家。房子下水田在阳光照射下波光粼粼，本是一年好光景，但酸楚的泪水在眼里打转，眼眶很痛，他不眨眼不能让眼泪往外流。他要努力将它憋回去，索性坐在扁担上两手捂着太阳穴埋头镇定好一会儿。是男儿就得经历风雨，受磨炼，难道这点困难就让我沉沦，不行！像这样就不配被人叫老师，不配当支书。他又担起担子向家头走去。

十

雷春容是在农历二月十四收到邻居韩大娘带来的纸条的，韩大娘回家未到自己房前便先将一个折得十分标准的纸条送到她手上并说："林支书叫我带给的开会通知。"她正在洗衣服，赶急在身上擦了擦便打开来看，上边写道：雷春容同志，会定于农历二月十五上午八点半在学校村办公室进行。写得刚劲清秀，一丝不苟，多么熟悉的墨宝，她看了几遍，原样折放到将外出务工带的小包里。那天她脑子里乱哄哄的，白天和晚上都未出门，躺在床上想心事。她从小就不甘寂寞，活泼好动，学习成绩优异，爱看书，爱看报，爱和同学辩论时世。谁冒犯了她，她一定找时间跟你理论个够，因为优秀，所以不服输，同学们怕她又爱她。从小学到初中都是班干部、班长或中队长，没任过副职，组织能力极强。她一心想读书成就一番事业。但初中毕业之后父母高矮不让她读书了，她伤心地哭了几场。家住在大南山岩上，村上有心培养她当干部，她任过团支书、民兵连长，岩上山高路陡，赶一次场都要走几十里路，一心想嫁一个坝头的婆家，刚结婚下来之时男人、婆婆都迁就她，没做啥子活路，半年之后哥嫂发现她要生娃，一定要分家，闹得鸡犬不宁，只好分开过，婆婆随她住，公公随了哥哥。孩子出生之后，家中开销增大，只有丈夫和婆婆两份承包地，生活也紧巴巴的。她不示弱，奋力地干，把仅有的土地经营得比谁都好，小日子过得去。

雷春容第一次见到林云溪是在村上开选择会，全村七个社，分七个方块，坝中间安的板凳是给学校借的，各个班的老师们怕把凳子扯混了不好清，要求在板凳上写字。人们围着一位身形高长而伟岸的白面书生，他穿一身深灰色的确良，脚上穿一双草绿色解放鞋，眼睛清澈而明亮，肤色白皙而红润，一个男学生给他端墨水，他提起毛笔飞快地在板凳翻起的平面上写着，写好了就递开，围观的人不住称道："林老师，你的毛笔字写得这么好！"

他小声说："不好，献丑了。"

开大会时他为大会司仪，站在主席台上真是鹤立鸡群，像标杆一样，说起话来明声朗气，脸上总带笑容。雷春容读过初中，也认得许多有文化人士，像这样英俊潇洒的知识性男人还不多，选举结果出炉之后，大会执行主席拿来第四号公告，说："林老师，帮个忙。"他走到办公室桌前，轻快地挥舞羊毫填写着，围观人群中又传来啧啧称赞声，他写好之后送给执行主席，又去忙着清理板凳去了。后来她悄悄打听才知道是村上民办老师林云溪，本校的公办班长期是代课老师，他是党员，这校点由他负责。爱异性，特别是爱俊美健壮的异性，也是人类本能之一，从此她对他非常有好感，每每擦身而过总打个招呼。在林云溪被弄回村上当领导之后，他点了她为将，在十多年的工作中，他们相互信任，友谊与日俱增。每当遇上棘手难事，要作重要决定，除了在会上讨论之外，他还会与她单独商议征求她的意见。她对他十分爱慕，总想跟他在一起的时间多一些，大凡谈婚论嫁，她总爱拿林云溪做男人标准。有时一个人在晚上悄悄地想，不知道他与妻子有多甜蜜，就从来没有流露过一点对她的怜爱之意。

一次下队，刚下过大雨，龙沟河洪浪翻滚，上边架着三根大竹子的简易桥，湿滑滑的，别的人都过了，就剩下他俩。已经过去的伙伴一起喊："春容不敢过，不敢过！"

她心中一横，说："我转过来！"说着欲向上游三百米远的石桥上过，林云溪看了一下河水，轻声说："来，我牵你。"他把脚打横，紧握着她的手，小声说："别往河里看，脚踩稳才移就是了。"她感觉他的大手是那样滚烫有力，一股暖流充溢全身，脸红得像大苹果。每次下队搞活动或开会晚了，他都会另外约一个人一起送她回家，要看到她进屋才离去。

雷春容知道林云溪是一个十分注意形象的人，就怕一旦差错，身败名裂，故常常告诫同事说："峣峣者易缺，皦皦者易污。"这话其实也是在提示自己。唉，走吧，走了好，别人的男人再羡慕也是人家的，是空想，孩子都这么大了，为孩子守着贞操吧！

农历二月十五上午八点半钟以前，雷春容到学校，这时正是第一节课的时候，除了老师的讲解，没别的声音，挨着老师办公室左边一间屋是村上办公室，里边摆着两张桌子几个旧板凳。林云溪背着手，面向里墙站着，她穿一双响声皮鞋咯噔咯噔地走来，他早听到了。直到她把一个大帆布包摔在桌子上，又把夹在腋下的表册放在桌上，又坐到桌边时他才缓缓转过身来，像看陌生人一样，看了几十秒钟才轻轻地说："你给我说了要去一家团圆，我只有成全你的分儿，没啥送给你的，专门到县城买了这两件（一支精美钢笔，一个黑皮硬面抄）送给你做个纪念，他把笔别在本子壳上递给她。她轻轻打开，扉页上又见他刚劲流利的文字。

> 君为余难，
> 余为君难。
> 难为惜别！

用大写字母签上他的名字，落上年月日。她感到眼睛胀痛，模糊了，迅速转过身将本子捂在胸口上。好一会儿才意识到，今天是来办移交的，折回身子指着桌上的东西说："所有资料、文件、台账我都拟了清单，请过目，不必再写了，以后你再培养一个助手协助你。"

"没有了，哪能找到你的影子啊。"她再次与他对视，分明看到他泪花闪烁，尽力仰视的双眼，她突然想到应赶快离开，她向他点点头说："那我走了。"将本子捂在胸前，急步穿过操场，跨出校门，向大路上跑去。当她在对面拐弯处回看，见他静静地望着她时，眼泪再也禁不住夺眶而出了。她走到山下才碰见文书谭大华说："林支书喊我九点半来办移交，你怎么就走了？"她支吾一声："我有事。"她心里都明白了。

十一

农历二月十九，镇上召开支书会。林云溪怏怏不乐来到镇上，他等书记陈仲奇接待过别的人才进他办公室，陈书记热情地说："整个春节就没看到你，是不是乐不思蜀了，或是

有啥事背着我偷着乐啊。"

"乐不起，我们那班子散了。"林云溪沉沉地说。

"啥子散法?"陈仲奇吃惊地问。

林云溪坐到他对面埋着头轻轻地说："张元强、雷春容打工去了。四个队长不干了，队长倒又找到了，尽是新手，这村长、妇干谁担任行啦?"

陈仲奇也焦虑地在屋里走了几圈，见林云溪还埋头不语。他有意在桌上猛击一拳高声说："天垮下来擎得起，高回村只要有你在就有办法。"

林云溪还是低头不语，陈仲奇又坐到他对面说："全镇近百名村社干外出打工去了，你怕我心中好受嘛，但这片土地还得要维持，要发展。"

林云溪抬起头说："我都想出去看看。"

陈仲奇呼一下站起来，两眼直逼林云溪说："你，你敢撂我的挑子?"

"那么多人都走得，我走不得呀?"林云溪站起来冲出书记办公室。

陈书记一时不知所措，追到巷子里，指着他的背影骂道："你走，走到广东、广西、河南、河北，我都要弄你回来。"几年的亲密合作，这次闹翻了。

第二轮场林云溪又没有去，下午联村干部梁昌明到他家头来说："今年缺员情况严重，开春的两干会效果很差，镇上决定近期要召开两干会。镇党委讨论过你村情况，让你一肩挑（兼村主任），再配一个妇干。"

林云溪说："文书是三天不说两句话的人，妇干又是新手，我还是想选一个村主任。"梁昌明也议了一阵，实在是没有合适人选。梁昌明突然说："詹治国当过兵，任过民兵连长，是否可以?"林云溪默了一阵说："只有用他。"

经过几天的走访，谈话妇干选的是刚结婚来的杨清文，镇政府出了代理村妇干的通知。班子还未配齐，林云溪心情一直沉重，到开会那天，林云溪迟到一会儿，梁昌明在大会议室外等着他轻声说："马上开会了，快进去，陈书记多次交代务必把你弄来。"大会议室开着电灯，会场上稀稀拉拉坐着一屋子人，烟雾缭绕。林云溪不抽烟，反感得很，他刚从侧门钻进去，就被陈仲奇巡视全场的目光捕捉住，向他点点头，连声说："前面坐，前面坐。"

镇长不在，会议由人大主席主持，他在会前强调，后几排一律不坐人，都蹩到前五排。等计生安排各方面负责人讲了之后，陈书记作强调讲话，他站起来目光扫射全场，足足看了一分多钟，然后提起了精神，嘈杂的停止了耳语，斜歪不振的坐直了身体。他开始讲话："今天是1995年，第二次开两干会了，虽然人员不齐，看大家精神饱满，我对今年工作充满信心。我知道又有一部分同志远离家乡外出打工去了，有个别村减员严重，任何任务的完成，首先要落实到人，组织要落实。人的因素第一嘛，下去必须开好三个会。第一，支部大会，统一思想谋划一年工作；第二，是开好村社干部会，部署今年工作；第三是各农业社户长会，选出已缺位的社长。我们力求年轻化，但年龄不能成为障碍，选出热心为群众办事，而且能办事的比较公道正派的人。同志们，外出务工的同志也是在建设祖国，他们远离父母妻儿，离乡背井也确实不容易。外面的世界精彩，诱惑力大，家乡总还有百分之六七十的人在留守，多数是老人、妇女、儿童，这部分人离不开家乡，我们不能割舍他们，要替远在外地的人来服务敬老。共产党人要服从组织，服从党的事业。我坚信不久之后我国不再是农业积累支援工业发展，而是工业积累支持农业，这个时候在不久就会到来，请同志们多读中央一号文件，对农业要多予，少取，放活。我们要用好政策，放下包袱努力工作。今年的工作我就在此拜托大家了。"

他退后一步向着大家深深地鞠躬，全场爆发经久不息的掌声。散会后，人们随着人流涌出会场。陈书记走过来，像从未发生过啥事一样愉快地说："走，我招待你吃豆花饭。"大步走在前面，林云溪只好跟着，走到一家背街豆花馆，选一个清静桌席坐下，笑嘻嘻地对林云溪说："别的我招待不起，吃豆花饭我招待得起，一块五一吃。我镇豆花在全市都有名气，物美价廉，赛过十几个乡场。"

他们各人打海椒水，主人热情厚道地在端上豆花时说："陈书记不喝二两（酒）吗?"

"不喝，中午一律不喝酒，这是党委的决定，下午我还要开会。"一边说一边狼吞虎咽吃起来，林云溪一边吃一边小声说："我村缺村长，党委研究一下，补一个。"

陈书记说："党委研究过了，由你一肩挑就是了，放开手脚干，镇长挂职学习，还不是我一个人干了!"

林云溪坚持多一个好些，有个商量的，又提到詹治国。陈书记沉默片刻说："只能是尊重你的意见，詹治国个性暴躁，只怕成事不足，败事有余。"

林云溪又汇报七社要庞大权下台一事，此事正闹得很，陈书记说："这批从土地改革就出来干起的干部，是我们的财富，他们思想淳朴，任劳任怨，在'极左'路线指导下，做过一些过火事，让他们去做得罪人的事。群众有怨气，总把污水往他们头上泼，他们不争辩，不气馁，无怨无悔，跟着共产党。我心中佩服啊! 新中国成立以来很对不起农民兄弟的就是土地过于集中，老在困境中徘徊。最对不起的当数千千万万的农村基层干部，没有他们的维护，党和政府经受不住那么长时间的折腾，没有他们的努力，国家不会有长治久安。"他定定地看着林云溪的脸，总结式地说："所以呀，你我才应义不容辞地为党分忧，尽责任。"

还有啥子话说得出口呢? 林云溪站起来说："那我走了。"

几天之后政府下达了詹治国代理高回村主任的通知。

平时有人认为队长无足轻重，但在生活和生产中还是一个重要角色，七社人们掰起指头算，几十年来庞大权就没为非作歹，整人害人，是公认的公仆，老长工。现在的青年人谁能及得上他? 但他毕竟老了，又刮来一股歪风说这年国家卖的国库券被他吃完了，议来议去人们都考虑到一个人——

谭富林的幺儿谭志强。有文化，作风正派，群众中有威信，但不知愿不愿干，也有人提到黎乾芬。但多数人认为她心术不正，手段毒辣。1996年底，林云溪去县上接受培训参观学习去了，村两委其他同志去黄山开会，选队长，刚从镇长位置移到镇书记的杨岳强吩咐道："庞大权是新中国成立以来几十年的老队长，去时要安慰他，别让他伤心失落，转告他，只要愿意经常到政府来要。"开会还是按程序，先发白票无记名地提，在提出的人中，得票多的前两位再决选，以得票多的当选。当天到会的多是妇女，各领一张白票去找人写候选人，谁知谭志强妻子唯恐丈夫当选，就主动帮人写票。她一共写了十七张黎乾芬的票。第一次提名就定型了。黎乾芬无比得意，以为是众望所归，笑得合不拢嘴，说等林支书回来办移交都不行，硬要马上整归一。庞大权还大仁大义煮饭煮腊肉，请村干部一齐帮着清账、移交清楚，以为无官一身轻了。刚交了两天，赶场时庞大权会到傅佑财、宋会计等人都说交早了，黄山要出乱子。庞大权还说："不会吧？人家选出来了不交，我失风格。"

黎乾芬上台伊始，找追随她的人白天黑夜地议。她男人王习荣忠于她得不得了，经常陪黎乾芬黑夜出去议事。

1997年开春黎乾芬找村上回职干部说："黄山有问题，庞大权有问题，几年中贪污国库券，会计宋文彩几年未挑公粮，他们把任务都分给别人了。"一石激起千层浪，一方天吵得沸沸扬扬。黎乾芬跑到镇农经办说："今年的公粮、农税不算了，等庞大权、宋文彩把土地下放以来的事情整归一才算。"这一招击中要害，党委政府高度重视，把村上回职干部通知到政府会议室。由农经办主任主持，对黄山问题专门研究。林云溪是有眼界的人，他不轻信，听完各方发言后说："解决这问题要慎重，从公粮入库历年账表中审查，再找庞大权、宋文彩核对。"当即遭到詹治国一排炮，什么多年来就有人捂盖子，黄山肯定有问题，纸是包不住火的，越骂越展劲，直嚷得面红耳赤。村文书是个十分精细的文静人，他听了双

方意见之后慢慢说:"据我每年审查各队报表,没发现黄山哪户少挑粮、没缴税。"村长对他也是一阵狂轰滥炸。

林支书说:"这样吧,杨文书准备从1990年以来六年相关数据,农经部门核实。通知庞大权、宋文彩准备他们的依据。"村长又吼道:"村两委查他们,还要他们准备资料吗?"

支书轻悠悠地说:"双方都要以事实为依据呀。"其他干部纷纷退场。

又过一周,村两委在村办公室开会。已到开会时间了,黎乾芬还没有来。林支书看看手表,心想再等一会儿,又等了半个小时还未来,其他参会同志说:"干得了。"支书开始在点名册上打记号,还未记完,黎乾芬披头散发,提着一个塑料包包在门口站起,大伙都把目光投过去,见她气歪了,脸向上扭曲变形,两只大眼睛鼓起,眼皮翻白,见大家注意她,把塑料包包往林支书桌上一摔,哭丧着脸吼道:"黄山这个破队长,我不当了,贪污、乱干,留下一个乱摊子让我来收。"支书将包包向旁边轻轻一推正色道:"这不是在准备清理吗?结论不能下得太早。"村长立即嚷道:"不整归一,人家不放过他哟。"等林支书讲过之后,村长讲:"黄山问题严重,随在他好高明,狐狸尾巴都有掉出来的一天,不彻底清算庞大权、宋文彩决不罢休。"在座干部面面相觑,有人说:"庞大权一根筋,像长年一样干一辈子,就是这个下场!"

清账那天,春光明媚,万里无云,黎乾芬坝子头放一张方桌,几条板凳,早到的人就在晒太阳,暖融融。九点过,庞大权在宋文彩陪同下,提一个布包慢慢向这儿走来,是病了,还是打击沉重消瘦了许多,精神分明不如以前。村长詹治国对他们的到来投去蔑视的眼光,黎乾芬则忍不住好笑。清账开始,镇农经办负责人出示了各年上报明细表,宋文彩拿出六年账、表、册,以及自家挑粮的粮本和相关单据。黎乾芬的心提到了口腔,眼睛发直,他们不敢相信,这对老对手会如此完整地保存历年证据,庞大权、宋文彩十分坦然,每当有问,都一一作答,用摆在桌上的东西来说明一切。村长偏着脑袋对了许久才说："收了嘛，下一步对现金账。"

他们又把流水账页和开支凭据一张一张核实。账上分明有一笔领用库券一百二十元，兑换一百零五元，出勤修公路支出二百三十元，就是庞大权还垫支了一百二十五元，这不是才写的，字迹陈旧，无可非议。沉默，沉默，大家都沉默，足足持续了六七分钟，宋文彩抬起头，泪光闪闪地说："还要查不？我要回家走人户，每年农税提留，少数不便分的都写给我自己和庞大爷家，或我的父母兄弟。没有哪年干部家庭比社员少挑过一斤粮，少交一分钱。查六年，还追上去查几年的资料都拿得出来。"

庞大权轻轻地说："说话存良心，我没占过集体一点便宜，这一百二十五块钱，我想垫了算了，你们闹出去，我女婿还要埋怨我。"说罢收拾起证据慢慢转回去要走。杨文书追上去难为情地说："耽搁你们，对不起了。"

林云溪走上前去递上烟，微笑着说："庞大爷、宋会计，你们是老干部，通过清账还干部以清白，给群众明白，这是多好的事啊，你们别背包袱，今后有啥不清楚的事，还要请教你们哩！"他们点上烟慢慢离去了。

黎乾芬和许多不知情的人一样，在没当队长之前，总觉得当干部有权、有势，吃热的，喝辣的，随心所欲。当上干部才发现没搞头，各家各户鸡毛蒜皮的事得评一评、管一管，上头这考评、那检查连续不断。有时上头来人已中午了还得烧锅煮饭。不管家里有没有事，一个通知开会还得要去，开支大了，收入未增加，心情日趋不好，她也强行重新跟小叔子分老人供养，分承包地，分柴山，分自留地，也曾努力养蚕，但收入甚微。秋天，一次在镇上开会时，听到大土坡那边有人组织去东北打铁路沿线电杆窝子，很能挣钱。回家把情况说了，动员丈夫王习荣去，王习荣不愿去，借口说："红苕挖完在家里，你去开会没人看家。"

她脸一沉，骂道："未必就在家头缩一辈子吗？娃儿要读书，两份地种来三个吃，房子还有半截是草房，这面貌几时才改变得了。"王习荣没办法，被迫去了东北。起身前小两口还十分难舍，毕竟年轻，结婚后没长时间分离过。她在家挖红苕，点小春，砍柴，喂猪，为的是让丈夫找点钱回来，划算着还捉一个猪儿喂起，明年可能草房改成瓦房了。农家的小日子是用感情和财物滋润着的。一想到丈夫能找钱回来，再苦再累都忍着。立冬不久，镇上召开三干会，黎乾芬背一个背篼去开会，准备散会了背饲料回来。她到街上就看到同丈夫一齐去东北的朱山村人王习金，是小叔子，一张脸皮黝黑粗糙难看。她奇怪了，忙上前打听，王习金说："嫂子，那活路不是我们南方人干的，滴水成冰，风吹来刮脸，土冻得比石头还硬，要整死人。"

"那你哥呢？他为啥没回来？"

"他跟我一起回来的，到三妹那儿耍去了，可能今天要回来。"

那天的会，开的啥内容，谁讲了些什么，她一点没听进去。几次想溜出会场都因林支书坐在最后一排不便走过。一切设想都泡汤了。好不容易才熬到散会，她挂起空背篼，往家头跑，走到离房子不远处，看到房上炊烟袅袅，晒坝头晾着衣服，连自己换下来未洗的都洗了，是喜是悲，她放慢了脚步，回到家里还是发泄一阵，又哭又骂，但看到丈夫消瘦的面容，期期艾艾的熊相，她心软了。两口子抱头痛哭一场，为弥补这段时间的损失，开创生活的未来，她还得要奋斗拼搏。

第二年秋天，刚收完稻谷，她又听到说去广东好挣钱，有老板来招工，工资不低，多数是计件，多做多得。黎乾芬又动了心。她又劝丈夫去。王习荣疑惑地在妻子面前又不敢说不去。当时到广东的车要坐两三天，路费几百元，哪里来这么多钱呢？只有杀猪卖。外地屠工为方便定时宰杀，要事先预约，以每联系好一头肥猪给十元钱的说行费。在屠工来宰杀时说行人要引路，帮助打杂，搬运。在黄山，朱山一带说行的是吴志福，此人在社会上混了多年，算得上是见多识

· 234 ·

广，能说会道。相貌受看，在民间活动多了，就收集到一些干部劣迹，视干部为猛兽。一走到那里就摆各村各社干部的家庭矛盾、私人生活，黎乾芬的缺德话没有少说。因王习荣发话出去要卖肥猪，吴志福来看，王习荣夫妇带他到猪圈去看，四头猪，都是二膘子，一百多斤。吴志福一见，一连几个喷嚏："你们卖这种猪不强不强，你这些猪只消还喂四十天，肉堆起了，多卖许多钱。"不卖猪，王习荣打工车费就无着。王习荣暗喜。洞察丈夫心理的黎乾芬气不打一处来。当着吴志福的面就是一顿臭骂。王习荣没能耐找不到钱，在婆娘面前没地位。吴志福灵机一动说："这样吧，我借几百元钱给你们，等你们的猪杀来卖了才还我行不？"

有这样的好事，黎乾芬破涕为笑，有了车费，王习荣势在必行，临行前黎乾芬千叮万嘱耐苦点，多找点钱回来，不要打牌，不要去㸆，青年夫妻面临长久分离自然是依依不舍。自从丈夫去了广东，她内外一肩挑，生产队事情也要弄起走。吴志福呢，经常来看猪儿长肥了没有，杀得了不。一来就说许多同情的话，如你多能干呀，好苦哟，你一人顶几个人啊，我老婆没有你干的十分之一活路多，看到你都可怜等。有时看到忙不过来，还帮她做点事，一来二往混熟了。吴志福视黎乾芬为仙尊，自己婆娘又矮又丑，两相比较心中实在不是滋味。哪怕多看几眼也是一种享受。于是乎转山沿水经常到那儿溜。

事也凑巧，一天下午，正当吴志福走到黎乾芬房不远处，狂风大作。太阳一下躲进乌云堆里，到处吹得噼里啪啦，响得震耳欲聋，干柴干草卷上天空。由于天气突变，黎乾芬还在捆苞谷秆，起回来收晒坝头的谷子，晒坝又在房侧几十米远，急得手足无措，拉起撮箕箩筐，飞快地转。她刚撮起半挑准备自己挑回去，倒了又来。吴志福跑来，牵起箩索拿起扁担喊："撮满，撮满，我来挑。"这真是飞将军自重宵入。等黎乾芬撮完，吴志福也挑完。一刹那大雨如注，平地积水成渠，大风袭击着淋湿竹子，直听得啪啪断竹声。雾气笼罩

到房门口，不开灯也是黑成一团。黎乾芬连声说："幸得好，幸得好。"

言下之意，没有吴志福的到来，后果不堪设想。因下大雨雷电交加，电站停了电，天幕落到门口，屋里像夜晚一样漆黑一团，摸着弄点水洗脸，黎乾芬拿出王习荣的旧衣服给吴志福换了。自己进屋换上干净衣服，双方无语。黎乾芬在门口看落雨。暴风卷着大雨一阵紧一阵狂，四面山上洪水在哗啦啦的像黄龙下山，冲向圳沟。婆婆和小姨子就在隔壁，家头窝着一个外姓男子，实在不是道理。她想到远在广东的丈夫，想到刚读初中的儿子，一家三口，分住三处，要是条件稍好点何苦各自东西，想着想着，心中凄凉，隐隐作痛，又想到江北老家的父母亲人，分散在四面八方的兄弟姊妹，他们都比自己条件好些。自从来到高回山村，她没真正愉快过，当年王习荣和木匠老师到她们那边做木工活，看他身材高长，眉清目秀，每到一户，总是他放下背篾和工具，抹屋扫地，安放木工案板，磨刀、锉锯，任劳任怨，他老师跟谁谈到家乡总说："别看我们那山区，山林宽收入大，生活比这些地方好得多，到这边做手艺久了还不习惯。"

那些平阳地区税务重，洗脸洗脚用热水都困难，心想只要走出去，哪里都比自家好。老家是大房子，木匠师徒这户做到那户，做风簸、合犁耙，一座房子要住一月半月，那时她情窦初开，总想看到小木匠，他锉锯、磨刀，她常常站在他不远处看。小木匠也不本分，背着师傅和别人总向她做鬼脸，有时竟敢轻轻碰她手杆一下。一天她与妹妹发生冲突，为起一件新衣裳，妹妹穿起大了、不合身，她穿起刚合适。母亲当着她两姐妹说：这件衣服给你大姐穿。她领受了，事后母亲又没有给妹妹格外制的意思，妹妹有气。一天黎乾芬去赶场回家，新衣服穿起，妹妹看到了，骂道："不要脸，穿人家的衣服出去拽，好意思！"

她一听火了，两姐妹你一言，我一语乱叨，叨得不解恨就打起来。她体形高大，力气蛮劲，大获全胜，但父母回来不问青红皂白揍了黎乾芬一顿。大姑娘遭打，有失体面。在木匠起身回家时她提几件换洗衣服硬赶上来跟着走。刚来时一家老小把她尊为上宾，王习荣疼爱有加，日子还过得去，后来把一家子得罪完了，两口子被分出来，两个人得一份承包地，生活一落千丈，她父母听说她私奔投靠小木匠，失悔万分，多次派人来接她回去，但不久她怀上孩子回不去了。

啪，啪，巨大的断竹声把她从回忆中惊醒过来。天真的黑了，黎乾芬在烧锅煮饭之前去叫醒吴志福催他走，他居然在她的床上睡得烂熟。她去推他说："天黑了，快走吧！"他睡眼惺忪地坐起来，听到外面噼啪的雨声说："这么大的雨，朝哪里走嘛，又没有雨伞，又没有电筒。"

"你总不能就在这里赖起呀？"

他若无其事，起来帮她煮饭，把门紧紧关上，点着蜡烛小声说话。吴志福厚颜无耻地赖着，黎乾芬半推半就。一旦突破防线，便尽情欢愉，肆无忌惮，度过他们终生难忘的不眠之夜。天亮了，雨停了。

黎乾芬还是顾及脸面，她推吴志福快动身走，悄悄走房侧，不能让婆婆、小叔子看见。吴志福缠绵悱恻，迟迟不肯动身，走到门口又回身亲吻她。他终于走了，打开门径直朝她婆婆房前走过，还高声武气给她小叔子打招呼。黎乾芬心痛不已：天啊，你这无耻的东西，这不是在向别人宣布吗？我这脸往哪里放啊！又想，怕个屁，就说他一早走这儿过路，也合理呀。吴志福走到学校，见老师们刚到校开门，收拾庭院，检查各间教室情况，他忙去搭讪着跟他们谈风谈雨，没有立即离开的意思，李老师便说："吴屠子，这么早到哪里去杀猪吗？"

吴志福掩盖不住心中喜悦说："哎呀，昨晚杀黄膘猪，那黎社长男人不在，一个人在屋头，大风大雨的害怕，留我跟她做伴。"他还谈了当时许多细节和感受，使所有老师都知道他才离开。又怕老师们不说是非，他自己走到哪里宣传到哪里，得意炫耀，恬不知耻。黎乾芬还自以为神不知鬼不觉，绯闻已传遍四方。吴志福一旦得逞，痴迷得见天往她那儿待着。他对孩子还特别亲昵，隔三岔五给点零花钱。孩子不懂大人的事，对吴叔叔还挺亲热。

黎乾芬与吴志福私情刚败露时，支书林云溪曾力主规劝开导，让王家房族给黎乾芬一些同情与理解，村上仍支持她工作，使之走出阴霾，于她本人和两个家庭有利。但詹治国认为是个人隐私，组织上不应干涉，公然支持吴志福与林云溪作对，走到哪里诋毁到哪里。林云溪十分难受，当年张元强虽有失漏，听招呼、虚心，不固执己见。现在的代村长詹治国是一意孤行，乱表态，性情暴躁，到处摆摊收不到场。林云溪为此想到陈仲奇的话：怕是成事不足败事有余。到底是领导，看人就是准确，入木三分。

黎乾芬走到哪里，人们都投以鄙视的眼光，有窃窃私语的，有公然亵渎的，她失悔、痛苦，大有一失足为千古恨，无地自容的感受。她索性硬着头皮公然与吴志福形影相随。她不再工作，反正人们也抛弃了她，那个队又拖入混乱状态。吴志福妻子在遭冷遇打击之后患癌症死了。王习荣在第二年回家看到已反客为主，再一次远走他乡不再回来。尽管黎乾芬与吴志福佯装是向世俗挑战的胜利者，但在传统观念的强大压力下，过着背负千钧的蜗牛生活。他们在王习荣离去的那年秋天出走了，有人说打工去了，有人说回她老家去了。总之，在高回山村人们的视线中消失了，当有人向支书说到此事时，支书非常沉默，他平静地说："她有她的难处。"

十二

最为棘手的是农税提留的收交入库。上至党委书记，下到生产队长，从秋天收到冬天，是一切工作的重中之重，干部们三五天一次的收，有些户可能去十次八次。到秋天的秋后热得河干地裂，人们吃水都成问题，农民心烦死了，自然把怨气一股脑儿往干部头上泼。因黎乾芬的绯闻和群众的不满，詹治国也一赌气外出打工去了。村上的工作由林云溪一肩挑，镇党委明确不再在该村找村长，要他组织好社干部，因詹治国的浮躁和黎乾芬的败露，在用人上对林云溪和高回村民都是严重教训。每天林支书下队收款，只要是他到之处，即使拿不到钱群众也好言相许。一天大伙儿站在竹林里休息，突然大路对面传来悠扬的歌声，"悠悠岁月，欲说当年好困惑，亦真亦幻难取舍，悲欢离合都曾经有过，这样执着，究竟为什么……"林云溪突然感慨：这歌声好动听了，哪年哪月不再收农税提留，让干部们也好好生产，人们过着真诚的生活。

带队的副镇长陈兆军说："怕不知有没有那种好事。"通过一段时间的努力，高回村百分之八十五的农税提留都收起来了。党委书记杨岳强把林云溪找去说："今年秋旱，农税提留怕不好收，为树典型，你们也完成大头了，是否找干部垫一部分完成，有两个好处，考核百分百给，你们按时完成要加奖励，同时支持党委工作，不然到规定时间没一个村完成工作无法推动。"林云溪知道，许多村收不到钱，镇党委十分紧张。他召集村社干部开会，给大伙讲，并告诉他们哪个队垫的，奖金按比例如数算给哪个队。他们算来合算，反正是要完成的，垫交了一个队多得几十元钱，未按期完成的遭扣，里外都少得几十元。但数字还不小，各队压力大，林云溪带一个队，还要负责全村未完成的百分之四十，一时半会儿凑不起钱。一连几天一筹莫展，想杀猪嘛，猪儿又不肥，又怕岳母、爱人反对。他想到爱人手中有点钱就撒个谎说：要去拉酒糟和饲料，你手头有点钱拿来抵一下。妻子想到猪还要喂，拉糟子也要运费，欣然给了一千元钱。几天过去了，没有运酒糟、饲料的行动，她怀疑了，一问他又南扯北扯，诸如不恰当呀，不得空呀！一天晚上睡起时妻子牟敬梅又质询，林云溪抵赖不过承认拿来垫农税提留去了。

牟敬梅生气说："一年到头你在外跑，钱没找回来我不怨你，但家头的钱你都要抠出去，太过分了，我针尖上削铁地凑，你用耙子来挖。"任凭妻子骂，他装睡着。天快亮了，两人都醒了，妻子又开始与他说理，他想缓和矛盾，几次去挨妻子，都被推开。幸好，刚天亮，山上有人喊林老师，跟他安一下抽水机。林云溪高兴地溜了。安好机器，人家是喊他吃早饭，他又觉得往那边去吃顿饭不合适，便回到家里。家头早已吃过，他吃点剩菜剩饭，准备换一件衣服去改田，正准备进去，牟敬梅正在找换下来的衣服洗，见他回来，有意又把门关了。林云溪哄妻子自来有一套，他在外高声唱："到底是谁的错？还是爱得不够深，还是爱得不够多。"

妻子稳起不理，他又伏在门上轻轻地拍，说："婆娘老大人，还不开门嚖，我要出去了，你不要后悔哟。"妻子啪一声把门打开。林云溪又厚着脸皮说："你还是怕我走了哈。"又去抱妻子。

牟敬梅骂道："你别一谈到实质性问题，就耍起厚颜无耻行动，随在你朝东朝西。"说着，使劲往外推。林云溪真的火了，高声问："这间屋我来得不？真要干，我一辈子不进这间屋，一辈子不摸你。"他一边穿衣服，一边往外走，挎起锄头、钢钎去对面沙田湾改田去了。

牟敬梅越想越气，把林云溪的衣裤拣出来甩在椅子上，在晒坝边的石桥上洗衣服，一边洗，一边哭，而且高声地骂："好了不起啊，不就是一个支书吗，我好贱的啊，没得男人，要死啊？整冒火了，一包耗子药，一度电，咋个都死得到。"

突然林云溪扔下锄头、钢钎急步向家头走，给他帮忙的舅舅和牟敬梅妈都吓倒了，以为要打起来。牟敬梅的母舅说："林老大，稳到点啰！"他健步走到牟敬梅洗衣的石桥跟前，双手压住牟敬梅的双手，说："我错了，我一辈子都不再这样说了。"又把牟敬梅的双手拉到干净水头浸了浸，解下她胸前的围腰，把手给她擦干，将围腰甩在洗衣盆里，用右手抱住她的左臂，她用右手使劲打他的颈部和肩部，他的脸动都未动一下，慢慢说："你打吧，只要你打了舒服点。"

她反而不打了，伏在他肩上哭，他凑近她的耳朵小声说："白天我是村民的，晚上就是你一个人的，有啥想不通的，晚上咱俩好好谈吧!"林云溪将她抱回屋，放在床上，脱掉她的外衣裤，说:"好好睡一会儿，一切都释怀了。"

他出来把衣服全部洗来晾好，又去做活路。后来杨书记听到这段故事哈哈大笑。

十三

20世纪90年代末，由于外出务工人员增多，他们的经济收入也逐步攀升，人们在穿着、吃喝上不再那么吝啬，凡是在外事业有成者，都在老家修一栋楼房。于是山村的树林中、竹笼下，冒出许多风格别致的洋楼。许多人家不是说没修房的钱，主要是砖、沙石等建材的运输成本太高，谈房兴叹，这高回山上如有一段公路多好!许多打工仔回家，一看到林云溪就说:"老师，修公路嘛，支书你为村民办件实事嘛。"林云溪何曾不想修公路。他回村任支书快二十年了，镇上领导换了一拨又一拨，他还在原地踏步，尽管他心力交瘁地在这十来平方公里上转悠千万遍，除了安上电灯这项工程之外，几乎是没改变人们生活条件。他在1998年底给队长们团年时就抛出修公路的设想。人们议论纷纷，是有少数人有钱了，但仍然是普遍还不富裕。更实际的是承包地三十年不变，人们看成是私人资产，谁动一撬土，叫你不安宁。二是资金，按七万左右一公里，人平两三百元钱，政府支持一部分，也难收足。三是路的走向，如要社员集资，那么公路就得走我门前过。林云溪领起队长、社员代表无数次看路线，依了这边那边闹。开会苦干，组织动员，测量设计扯了一年多。不分白天黑夜地收款，几个月下来收到百分之八十。支持者都说:"只要动了工，那些没有交的就好收了。"于是决定1999年9月18日动工。路线不依哪一个人，按1998年规划路线，但林云溪为避嫌，在翻埂子之后绕道学校背后，就是说，走他岳母老房子下边，将就老屋基方向的农户，然后再向七社延伸，从他自家背后放几百米地方过去。基本把她岳母土改时分的柴山占完，承包地也去了一个多人的。这本惹恼了岳母。那公路石头又在哪儿取呢？林云溪又本着宁亏己莫亏人的思想作打算，但坑起没有说。9月17日下午，岳母在山上割猪草，听到林云溪和修公路老板在牟家自留山岩匡弯头呱呱的。林云溪指指点点，修路人左看右看，晚上岳母以为林云溪向她汇报。只见林云溪心事重重，埋头做事，不谈这方面的事。9月18日天刚亮，岳母起床下楼看到，林云溪已煮好了饭，喂了猪，连晚上的猪食也煮在锅头了。田绍芬算是明理的人，她在支持他的工作方面无可厚非。但忍耐是有限的。她轻声问："林老大，你那公路要开工了吗？"

林云溪才说："今天八点动工。"岳母又说："我也要去看看啊。"

林云溪十分肯定地说："不消去得，修起上来了，自然看得到。"

又问："你昨天在岩匡弯头干啥？"

答："看石头。修一条小公路进去拉石头，今后弯头两户出来就有路了。"

"那柴山、石头咋个算？"

"算啥子，反正现在我们烧沼气，用柴量也不大了。"林云溪答道。

"那我的柴山下边杨家的柴山做片石场，杨家同意吗？"

"我把我们岩上剩下的柴山抵给他了。"

岳母气不打一处来，丢下筷子，饭都没有吃，哭诉道："林老大，你的手腕朝哪边弯哟，我土改时分的柴山得整完了，前些年你开田开土送人种，这次算彻底整完。你当这个干部当得亏本了。"

林云溪说："妈，您别担心，不会影响基本生活。"

牟敬梅出于维护母亲的面子叨了林云溪几句。林云溪在起身去现场时，一边扣衣服，一边说："你们不要来，别闹麻麻的。"

田绍芬母女还是尾随着去了。开工现场已站满了看热闹的人，挖掘机铁臂上挂了一饼火炮。田绍芬的到来没人招呼她，以前跟她家争柴山的张四娘瞟了她一眼。现在有意绕过自己房前几百米，没掉柴山。不是拿笑话给人家吗？更气往上冲，她拍拍围腰布说："林云溪，你一心要修这条路，究竟为哪般？占田土，占柴山，打石头，还有意绕过房子，要照五八年的路线就照五八年路线，你让这个让那个，你软在哪个手头去了，不修要得不？"说罢声泪俱下。

林云溪铁青着脸，稳起没开腔。牟敬梅见妈可怜，就骂道："不修这条路要死人啦。整得一家不和。"

天啊，今天是开工之时，怎能谈死人之类不吉利的话。林云溪一下来劲了。他上前一步，左手叉腰，右手指着牟敬梅吼道："你跟我滚回去，还在这儿闹。"同时他向杨家几位表嫂轻轻使眼色，要她们把两娘母弄开，然后站到公路预占道旁边，用右手向前方一指，高声宣布："动工了，挖掘机从我脚前开过，我看有谁敢来阻拦。"鞭炮炸响，挖掘机轰鸣，履带翻翻，车轮滚滚，铁臂起落，这原始土地上一段新路慢慢延伸。林云溪一直随机前行。过四百米后是五社张五的田土，张家几娘母早已站在前头，做好拼死抵抗的准备，无论怎么说，公路到底动工了。林云溪又召集本队社员和队伍代表说："中午饭后在岚坳上开会，商量解决路过张玉贵承包地的办法。"他又去告诉施工方暂停，等解决了土地再动。虽说怒骂家人，心中还是十分愧疚，他翻埂子回到家，大门紧闭，鸡鸭在坝子头乱窜，想吃东西了，推门进屋一长路跟着追。他舀了些谷子倒坝角。再上楼看望岳母，岳母见到他，泪水盈盈，他手撑床边，埋着头说："妈，你是明理人，在那种情况下，我不委屈自己亲人，怎么能走出那一步。您要支持孩儿啊。"

他也哭了。岳母感动了，没再说什么。他又去看爱人，她横起躺在床上，眼睛红肿，他亲切地说："把鞋子、衣服脱了睡一觉，啥事都想开了，我去煮饭，休息一会儿起来吃饭，下午我还要到生产队开会，看怎样解决张五的地，否则公路还是推不走。"

他在离开寝室之时，妻子哭着说："我要跟你离婚，在众人面前，你像吼狗一样对我，人家该怎样看我两娘母。"说罢又嘤嘤地哭，他回过身安慰道："为了打开局面，委屈你了。"还用带有胡碴的下巴扎了她几下。当饭煮好之后再去请，两娘母都不起来，妻子又说："要离婚。"他还开玩笑说："就是要离婚嘛，也要吃饭，饿瘦了，没人要，还不是我捡便宜。"妻子撒泼催他滚。他干脆把晚上喂猪食子都舀给猪，对刚回来的女儿说："下午做作业，晚上我都还未回来，注意收拾鸡鸭，关门。"他又去老房子对表嫂们说："今天把她们气倒了，有空再去开导，帮我一个忙。"

六社的大会三点钟才开成，人人出口大骂张五。说他们也要享受又有意敲诈，但没有一个实际的方案，林云溪又提出，自家的田让出来，以蛇脱壳方式转到这边来划给张五。这一下社员们感动了，纷纷表示，无论如何不能再占你们的土地了，又扯了许多套方案，都不实际，还是黄湾杨大爷说："这条公路是上半村的要道，哪个不享受，张玉贵码得住我们一个队的人吗？集体调一块田给他，行不？"

大家都说："行。"那由谁先划出来呢？

邝志义说："我那块当家田，五十七丈，划给他，我另外去找别人的来种。"大家热烈欢迎。马上把张玉贵喊来指划田给他，五队、六队之间又写一个因公路占地补偿协议，扯到天黑才基本结束。林云溪又告诉施工方，田土调归一了，明天继续修路。他去时，他们已吃夜饭，也顺便吃点。几个社的社员一时新鲜、兴奋，跑来耍。他想到妻子追他出寝室，岳母未和解，第一次产生了不回家的念头。夜深了，走耍的人都走了，施工方师傅说："林支书，就在这儿睡吗？"

他竟然说："要得。"在临时铺成的地铺上睡，他根本睡不着，更因刚一躺下，鼾声四起，置身于此，他似乎有无家可归的感觉。他在想，自己的做法不乏正确，但那两娘母的指责、哭号也不无道理。想到这些，心像猫爪子抓一样使他疼痛。第二天早饭后，他仍在工地上，近中午才回到家中，岳母怒气冲冲地坐在堂屋头，看都没看他一眼，冷冷地说："这个家，你像是住厌了，在本队开会都不回来歇了。牟三昨天到现在茶水未进，兴许是病了。"

顿时他又像一个犯事外逃的孩子，突然出现在大人面前，惭愧得无地自容。赶忙去推门，紧闭着，喊又不答应。他又求岳母说："妈，你去把门喊开，有病医病，无病进食，别为集体的事，毁了家庭。"他飞快做着家务，从昨天中午到现在猪还没得吃，饿得长声吆吆地叫，像吹箫。淘红苕，砍煮，搞猪食，还得要煮饭，好一阵，母亲才说服敬梅把寝室门打开。牟敬梅的急性胃炎发了，痛得汗水长流，头发衣服都打湿了。在床上蜷成一坨，脸色卡白。林云溪冲进屋去，抱起瘫软的妻子高喊："妈，快去跟我喊医生。"

母亲也不再病态，飞快向何医生家跑去。牟敬梅经打针吃药，急性胃炎止住，但还是很虚弱。第二天，林云溪又要去公路上，女儿林玲说："爸爸，你去修路是对的，你太可怜，太辛苦了，你出去了。她们伙起一些人在家头摆你。我长大了，多找点钱给你用。"

林云溪凝重地看着女儿，又紧紧搂了她一下说："等女儿长大了，爸爸老了，爸爸等不得了。"他健步跨出家门。

田绍芬与牟敬梅对视了一下，轻轻摇摇头，长长吁了一口气说："你看到没有，他们几爷子是一条心，财产、利益，你我有多重要？今后啥事都不用说了。"马路走背后，人多改道走，从此没再办商店了。

十四

梁光明自从幺儿外出务工之后，很想见到庞大权，依恋可不是青年人的专利。老年人虽没有激情了，但那悠悠思念总是与日俱增，真凑合在一起时没啥好说的，分离久了就一直思念对方，想了解对方的思想情愫。尽管庞大权与梁光明的关系，子女们都还理解，乡亲们都理解默认，但毕竟不是办证夫妻，有许多忌讳。庞大权呢，自从吴家暴发纠纷以后，从不到他们家头来，当队长时只例行公事打一趟便立即离去，显然形同陌路，赶场时走大路上经过不回头，不投眼光，是幺儿的粗暴使他伤透了心，还是悔恨这段非正式的夫妻情结。许多清晨和黄昏，梁光明在房子侧边瞭望黄山，心灵深处翻腾着悲凉波涛。只隔两个山嘴，两个不宽的圳沟，直径六七百米简直是厚得不可逾越的障碍壁，竟然使她和心疼的人相见如此难。常常在夜里独自垂泪，她相信他也是思念自己的。

作为庞大权呢，他虽有两次幸福的婚姻，但都是伤痛欲绝地告终。年轻时曾千百万次地想以终身不娶来纪念两位亡妻，谁知这日子是一天天地过的，生离死别，是要令人淡忘爱情的。但当梁光明给他的爱与他不期而遇时，他又觉得像心灵获得新生，精神又有依托。在幺儿小的那些年，基本天天相聚，两三天不见，心中空虚寂寞。现在两家孩子都成家立业，用不着他艰苦地操劳了。按人们所说可以安度晚年了，但看到青年对对双双进出，听到青年们的欢声笑语，他羡慕，总撩起无穷的回忆，无比的思念。哪怕当年与妻子的打架斗殴都成美好的回忆。亡妻已化为幽怨，梁光明则是知热知冷的活脱脱的情人，虽然儿子忤逆，他毕竟还年轻，不懂事，总有一天他会理解。

隆冬的太阳总是力不从心，一大早晨才从东山露脸，又几次被乌云吞没。雾气一次次升腾，直到十点左右才烟消云散，太阳照彻大地。梁光明天亮就注意着大路上赶场的人们，凭视觉、听觉像过滤器一样检测着每一个人，因为今天是小姑满十生日，除她以外一家大小都要去吃酒，儿媳还委托她帮喂猪，就意味着今天不回来。她忙进忙出，哪怕进屋一会儿都赶快跳到坝子头来，生怕她希望看到的人溜过了。她紧张了一大早晨，没发现庞大权去赶场，她想莫非是他不去赶场，在家又该怎样联系呢？她早已梳洗满意，假装在坝子头晒柴，一会儿打鸡，一会儿赶鸭，遮盖心中的紧张与期盼。盼望的时间是最显漫长的，真乃度日如年。直到十点半左右，她看见黄山下边塝塝上他出现了，一个高大的身影，缠着白帕子，大概是拄着锄头，是他，是他，她赶快背起背篼翻上大路，顺着路下去。走了一段，在朱山脚的竹林下，她使劲咳了两声，他会意了，向四周望了望，从容走过大路，朝青冈林走来，她兴奋地跃上土坎，穿过竹林，挨着岩脚，向青冈林奔去。当她气喘吁吁地爬上石椅前边时，庞大权也悠悠地抽着叶子烟等她了。他扯出烟袋慢慢说："紧张啥子嘛，清静得很，赶场的赶场，走人户的走人户，差不多走空了。"

她挨着他坐下，手伸到他怀里，他拔出烟袋，在石边磕了磕，慢慢插入腰间，肩膀向她靠拢，把她的手抱在怀里搓着。梁光明说："幺儿去广东进了厂，来信了，我就想跟你说一声。"

"噢，提到我没有？"

"信上没有说，在离家时说了，他有对不起你的地方，望你别往心里去。"梁光明答道。

"那好！那好！我就相信，他总有一天会回心转意的。"他们紧靠着默坐了许久，平时多想见到说说话，真的凑在一起，又说不出口。庞大权又要抽烟，梁光明按着他的手说："人家说烟抽多了不好，你在哪里做活路都知道，咳咳的，少抽点嘛！"

庞大权深深吸了一口气，扭过身子，让她的头抵住自己的胸口，用手抚摸着她的背，好一阵当梁光明抬头时看见庞大权泪光闪烁，她又一次钻进他的怀抱，双手搂住他的腰杆。他也没有当年那样强壮硬朗；心跳缓慢，他老了，老了。还是庞大权会调节情绪，他轻轻推开她说："只要你好，幺儿好，我就放心了，你比我年轻十多岁，将来有享福的时候。"

"你也要注意身体，我就怕你病了。"

"不碍事，回去吧，逢场天小偷凶得很。"他站起来拄上锄头，又说，"你不要在山上停久了，东西不在了，他们会叨你的。"说罢，慢慢走下山去。望着他的背影，梁光明又一次流出热泪，是幸福，是心疼，是难舍？恐怕是兼而有之。

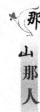

十五

随着国家财力的向好，从 2000 年开始，对部分老化农村电网进行改造，也称农网改造。林云溪在镇上开会获此消息，他就有事在人为的心思。用电虽有十多年了，当年尽是六米方杆，断裂严重，电线不合标号，太细，经常发生事故，更令人难受的是负荷超标，动力不足，全村只有一台变压器，许多地方超过一千米远程。用小型电机抽水，一个生产队带不动两台，如两台同时启动，马上烧断保险丝，有时一天去整几次保险，白天还好，晚上也有几次的时候。每当听到社员骂电，林云溪像是自己做了错事，对不住群众一样难受。他悄悄跟负责农网改造的副镇长说："我们村的电网要改。"

杨副镇长还说："指标有限，先改大公路沿线的村，暂时还考虑不到你们。"

但他不灰心，每轮场，有事无事地去打听。

2000 年春，林支书去街上办事，他看到大公路旁顺河村的变压器下围着一大堆人，几个电工全副武装，戴着安全帽在变压器下踱来踱去，负责农改的杨镇长被人们拥得站不住脚。骂声咧咧："谁敢动我们的变压器，就夺他下来。"

"我们用血汗钱买的材料安的，产权是我们的。"

杨副镇长苦口婆心地说："是以新换旧，除抬杆打洞工程之外，材料全是无偿的，虽然产权归电力部门统管，但要永远确保你们用电。"

"信不过，信不过。"

"少来骗些，新中国成立以来有几回事情说来算数。"

"我们的变压器里头有乌金，是外国进口的，你们镇上骗我们。"越说越有劲，有的夺电工工具，有人攥杨镇长走，更有甚者，竟然出手打人。林云溪在想我们政府不能开空头支票，要言必行，行必果，否则民意难收。又想老百姓也太偏激，为民办事也难啦！

当时电话接听不方便，又过几天，联村干部跑到家头来说："赶场天你一定要到镇政府去，镇长和电站的负责人要会你。"林云溪心中有谱了。当他赶到镇政府时，书记、镇长、电站负责人，还有一个微肥、秃顶的戴眼镜的人等他。书记介绍说："那人是电力公司副总经理，分管农改的。"

握手寒暄之后，书记杨岳强说："本想从公路沿线启动，打开局面，谁知他们硬不通。你多次提出要改你们村的，真的要干不？"

林云溪爽快地说："要。"

王经理又说了许多好处，也谈到有的地方为农改还打伤了人。有的人自己不愿改，也串联起谁也不准改。

镇长说："都是'文化大革命'把人们思想搞乱了，这是共产党的悲哀。"领导们再三分析：工作难度大，工作时间长，涉及面广、筹资酬劳艰巨。

林云溪谈话不多，只是说："开弓没有回头箭，我有思想准备。"临别时书记镇长站在门前像是为远征将领壮行般同他握手告别。回到家里，他只对妻子说："我又要苦干一段时间，家头事望你多担待。"

2000年春夏之交，高回村农网改造工程拉开序幕，这虽是民心工程，当时还未实施惠农政策，又怕自己集资安装的电器设备的产权被改掉，社员们普遍不理解。为了使这项改善千家万户生活质量的工程得以实施，为全镇农改打开局面。林云溪召开各种会议讲解。从核定人口、拟定集资方案、收工程款，到变压器的定点测量，每栋线的走向、抬杆打窝，他都亲自组织指挥。又怎奈要照顾农民生产，不违农时。电力部门人工有限，做一段时间又撤。电杆在2001年春节前抬来立起，角钢、电线和变压器跑了几次都未领到，人们企盼春节能用上新设备，改善电量的愿望落空了。林云溪的二儿子林志程在省城读大学，放寒假回来，看到路边山口到处立着七米甚至十多米圆电杆，问："妈妈怎么又立那么多的电杆啰。"

妈妈说："改造农网，你爸爸都又去进货了。"儿子房前屋后走走，每年都有新变化，小田变大田，小土变大土，烧沼气，用自来水，父亲究竟是为自己，还是为孩子？天快黑了，才看到父亲顶着一件湿衣服，抱着毛线衣急匆匆地回来，当他看到儿子时像是见贵宾老远就伸出了手，儿子跟他紧紧拥抱，他退一步又看看说："志程，好高哟，比爸爸高了。"

在侧边的女儿说："差不多高，哥哥瘦点。"他并不能享受儿子回来的温馨，他对妻子说："我要洗澡，快跟我准备一点饭，吃了去看材料。"他几把洗了澡，也顾不得菜端上来，舀起一点饭，大口大口地吃。家人还刚坐到桌子旁边时，他已抱上铺盖拿了手电筒往外走了，妻子心疼地说："跑得这么凶，去做什么？"

他说："今天拉来全村电器电线，下在学校外坝坝头，今晚必须看，明天才分到各社保管，我是喊杨四老表帮我看着，回来拿东西的。"当晚的夜饭，无香无味，家人默默吃过。餐具收拾已毕，林志程去问外婆，家头还有没有手电筒，外婆说："有，你妈拿去了。"

当他在堂屋头看到母亲已穿上水鞋整装待发了。志程轻轻地说："妈，今晚就让我去陪爸爸好了。"母亲略一停顿赶快说："在那种地方，你睡不着，还是我去。"

"那我也要送你。"志程在后打着手电筒，照着母亲，虽是继母也是姨妈，他们亲密无间。来到学校，看到大门外一大堆电器材料用稻草盖着上边再加薄膜。林云溪在房檐下的谷草上躺着。儿子鼻子一酸眼泪就要溢出眼眶，但他努力保持平静："老爸是否还要一床被子。"林云溪若无其事地说："我一个人受苦就是了，还拉这么多人来干啥？"儿子飞快跑回去，又给送来一床被子。

农网改造后期，材料不够，平添许多说法和纠纷。林支书利用在县上开会的机会，两次找时任农网改造总指挥。说明情况，提出要求。领导深表理解。补足高回村所差器材，使这项工程得以圆满解决。这项工程花了十五个月才全面竣工。从此该村灯更亮，电器音响更多，村民真正用上满意的电能。

十六

金秋是一个丰收的季节，注定又是一个繁忙的季节，收获、储备，整天忙忙碌碌。晚饭后，林志程在坝子头安上方桌，放上茶杯，摆上几把椅子，高兴地说："爸爸，您看，今晚真是碧空万里，月朗星稀，我们一家人好好聚一聚。"林云溪兴趣盎然，走到坝子边又一转身拉亮电灯，说："好嘛！老板娘，拿点瓜子来，总不能空口谈空话嘛！"

牟敬梅将几碟瓜子、花生糖果放在桌上。林玲说："支书大人莫非要开茶话会。"

林云溪说："座谈会，畅所欲言，家庭会。"

这些天这个家庭充溢着幸福欢乐的气氛。二儿子林志程十八岁开始读大学，四年已毕业，受聘于广东一家合资企业，就要动身了。十二岁女儿林玲已是初二学生了。他家孩子读书早，志程六岁读一册，林玲五岁开始，而且学习成绩一直拔尖。林云溪说是还没耍野就押上正轨。有他的道理，妻子牟敬梅则说因为是她从小引导得早，培养起了学习兴趣，也是有道理的。两外孙把外婆搀出来刚坐定，林云溪就到岳母面前说："老妈，您的女嫁给我亏不亏？"

岳母看看家人说："亏倒还是不亏。"

林云溪跳起来说："妈，我才亏得底底都没得。现在成了一方的炮耳朵，出去都说不起话。"岳母得意得咯咯大笑，口头骂，老不正经，娃儿听到不脏吗？林云溪又转身对敬梅说："我这辈人倒是受了，二天我的儿媳妇来了，你可千万别传给她，免得我林家辈辈都当炮耳朵！"又是一阵大笑。

一家人坐在一起聊了许久，外婆说："哎呀，我疲倦了。"

林玲也说："想睡了。"

牟敬梅说："我要收拾衣裳。"都离去了。桌前只有父子俩。林云溪慈祥地看着儿子，心中由衷的自豪，自己当年没

第四部 苦干岁月

能读大学，总算在儿子身上实现了。他挪了挪凳子，靠近儿子，亲切地说："什么时候动身？"

"三天之后。"

"你对即将面对的工作有信心吗？"

"有，再怎么也比您现在轻松。爸爸，您太劳累了，您为啥要选择这个职务？"

林云溪轻松一笑说："这个职务有啥不好？我觉得充实、自在。"

"那您还觉得幸福啰？"

"当然，幸福没有固定的内容，是各人的理解和体会。例如，我有信任我的领导，有支持、理解我的村民，有安定和谐的家庭生活，有聪明懂事的儿女。虽然有悲伤、有遗憾。但这个世界从来就没有为每一个人都设计得有那样完美的生活方式。幸福的真谛是知足。"

林志程若有所思地说："我这刚出校门，涉足社会不深，心中有点怕漂起了，心存隐忧。"

父亲品一口茶，慢慢地说："你有这分敬畏之心甚好，学校里学的知识是书本的，还未变成技能，你要脚踏实地地干，社会这个课堂大得很，政治、人际、经济、历史、商贸、外事等等，哪门科学不够毕生研究呀。但你需了解，又要有择重。千万别浮躁，你要脚踏实地地干，第一要真诚，第二要实干。十载寒窗读出来说得好听点是报效祖国人民，说得难听点是为自己，为亲人。如果要与社会对着干，当下三烂、当杂痞，何需十年苦读。男人守志，正如女人守节。那是要有定力的，而且贵在坚守。我就怕你因同情父辈苦行而走向反面。一代山鹰一代鸡，那是可悲的，号称三百年间第一流的清代思想家龚自珍，是爱国忧民的，他的儿子彻底走向反面。每一代人都有他的作为，一代人有一代人的责任。例如我当村支书，一届一届地坚持，旧面貌总会改变，这个也不愿奉献，那个也不愿牺牲，那贫困落后面貌真要出大神大道来改变吗？"

林志程说："您这样忠诚，为啥还有人骂您？"

"这是肯定的，任何一个人，一个政权，一部法律，一个人的作为，让天下人都诚服、满意、认同，那是不可能的。只要自己心胸坦荡，无私无畏，就行了，人们怎么说不重要。"

父亲看着儿子又说："你是否还有一些茫然？"

儿子肯定地说："是。"

父亲徐徐道来："古人说立德、立言、立功。大学都毕业了，要立志向了，每个人都是需要有一种精神来支撑的。不但要立，而且要能坚守，还特别贵在坚守。当年我答应周书记回村当支书，我就坚持，不为村民办几件实事，誓不罢休。我要坚持到底，我是无怨无悔的。"

儿子深情地望着父亲的脸，说："爸爸，我就以您为我楷模，不做出一定成绩，不见江东父老。"

"好，儿子，我们共勉吧！"当他们收拾桌凳时，北斗已西斜了。

儿子临别，一家人都依依不舍，外婆还偷抹泪。林云溪突然雅兴来了，说想写几个字给儿子，儿子高兴得连声说："感谢爸爸，感谢爸爸！"林玲在桌子上放上毛笔和一个本子。林云溪在屋中踱来踱去略为筹思之后在本子的扉页写道："写在儿子去广东之前。

闲暇时候常读书，
自然心中乐无穷。
好书犹如空皓月，
贤友恰似拂面风。
若道世间多浑浊，
洁身自好修成风。
莲出淤泥尚不染，
何况人读圣贤书。"

儿子说："爸爸真是出口成章啊!"

"不是,在心中筹思多时了。"

"您常写诗吗?"

"我很爱文学,只能写一点简单的。但每天都写点,是一种特殊享受。"

"要出版吗?"

"没那个打算,怕只有自得其乐了。"儿子让墨干了,收来装在背包里,为不过于缠绵,背上背包头也没回地走了。本来是再三说了不送的,在儿子走后林云溪又悄悄跑到山上,一直看到儿子走上马路,赶到班车离开了才回来,而且一直不说话。

十七

2002年秋,退耕还林开始实施,土地自古是农民的生命线,只听说开山造土,没听说过土头要栽竹栽木还林。农民更担心的是退耕后得不到补偿。实施这项政策比农网改造还要难。林云溪先不开大的会议,他一个队一个队,一个人一个人地走访、宣传。他首先要说服在群众中有威信的老干部、老党员和有名望的老农。许多人,头一天说通了,第二天又反悔了。他又去找七社的谭富林和庞大权,把政策给他们讲透,那就是二十五度以上的坡土栽竹栽木还林,国家按测量面积,每亩补助农民三百斤稻谷,二十元管理费,一定八年,八年满了再定。两位老人也要起滑头,他们对视一下,谭富林笑笑说:"林支书,以往你干啥,我们都支持你,这次怕你没有底,我们也没有底,田土开都要开来种粮,开出来的熟土要栽竹木,怕群众不接受。这次我们都帮不到你的忙。"

林云溪说:"我们上半村许多是陡坡地,水土流失严重,应多还林,这是党的政策。"

庞大权也说:"国家哪来那么多钱,过去强调开山造土,现在又要栽竹栽木,吃不透,除非像黎正才那种家庭才愿意。"

他这么说，林云溪心里难过了，当真好久没来看黎三娘这家子了。他又不敢得罪谭支书和庞大权，只好说："请你们支持，国家有这个财力来办事了，以后我们再讨论吧！"

转身去看黎家三辈人。黎三娘已七十多岁了，双目失明，两个儿子黎正才、黎正友，是先天性疾病，走路一瘸一瘸，不能正常劳动，还去捡了一个弃婴来养起。每次林支书到那边都去看望。今天他又去看黎三娘已病得奄奄一息，黎正友也呻吟不断，黎正才用米汤喂女孩。林云溪弯下腰用右手摸了一会儿黎三娘的手说："黎正友咋个不喊医生来跟你老娘看病？"

黎正友牵起脏兮兮的围腰布给女儿擦擦嘴说："林支书，一年害到头，哪里有钱医啊。"

林云溪面带愠色，说："没钱医就得等死吗？"他掏出十元钱递给黎正友说："拿去给孩子买点奶粉、白糖。下午我喊何医生来给你母亲和哥哥看病。钱你不要管。"下午，何医生来看过病人，没提钱的事。何医生刚走，林支书岳母田绍芬端了一大碗猪油来看黎三娘，说林云溪回来说黎三娘可能是缺油，枯干了，您拿点去看看。她坐一会儿就走了。

全村退耕还林拉开序幕，有半信半疑的，有公然抵制的，工作开展得十分艰难。只有林云溪所在队，一口气就落实了九十几亩。他们相信林支书看准的事不会错。在七社开动员大会时，这个说一阵，那个说一阵，没人愿接受。会议难以进行下去了，突然黎三娘扒在她家门枋上说："黎大毛、黎二，我们的土全部栽竹子，田留来种就是了，我看不见林支书，不知是啥样子，是林支书这种好人都会整人嘛，我不信。"

会场上反应强烈，人们纷纷交头接耳。谭富林和庞大权面面相觑。谭富林说："我那大家庭栽十亩。"谭富林说："我家栽三亩。"一旦局面打开，群众纷纷报名，当天落实了七十余亩。当联村干部向书记杨岳强谈及此事时，杨岳强感慨良多，说："这就是人格魅力，妇孺皆知的人格，才有如此感召力。"

宣传政策、开导群众，逐山、逐块规划，落实面积，召开各类会议。林云溪在一年多的时间里足迹踏遍全村每一个社队，参与整理、完善所有相关资料，全村完成近五百亩，每年国家下发十多万元资金，也为竹业发展打下良好的基础。

十八

2004年冬天来得特别早，仿佛是秋天刚起个头，就转入冬天，那泥烂水滑的路被踩得无边，几丈远的土都踩得稀烂。林云溪自家的红苕挖完得早些，红苕藤都早收完了。岳母田绍芬主要是办青饲料，整个埂子上许多人户如有猪草都给她说，因为她家猪喂得多，除了自家大量种菜，搞青饲料外，还有出去找些来补充。人们也是不白拿的，正因猪多，粪水也多，基本上有田土在她家周边的，都在她那儿挑粪弄灰。那是农历十月十二，也是较冷，刚吃过中午饭，田绍芬就说，杨四海的媳妇喊她去割红苕藤，穿上水鞋背上背篼劲扎扎地去了。在房前栽菜的林云溪说："老妈，路溜，我来背。"

她说："是我背得起就不喊你。"五点钟左右，林云溪在厨房外潲缸里配猪食，见岳母背不满一背猪草回来，显然有点累，他赶快去接背篼说："妈，你怎么不喊我来背呢！"她没让他接，自己背起往石桥上一放，嘴巴一歪，向右边倒去。林云溪一下抱住她，忙喊："牟三妹，妈病了。"牟敬梅不知所措。林云溪把她抱在床上进行了一些抢救，喊敬梅快给她换衣服，换鞋袜，又打电话请何医生来，同时又通知詹小林把车开到牟氏老房子当边接人，经过简单处治，林云溪陪同送往县人民医院，家头拜托牟敬梅幺舅管理。经医生抢救，确诊是脑溢血，若不是有人扶住，倒下去就没命了。林云溪夫妇苦苦哀求才在送病危通知的情况下住院观察。人的生命力还是挺强的，经过十多天抢救，田绍芬半身不遂，能吃一点点东西，但不会有大的好转，劝其出院。

田绍芬出院后，每天打针、吃药、进食、擦身、解手都只有林云溪她才同意。因牟敬梅力气小，抱不起来只能拉或拖起，她不好受一看到是她就哇哇吼，但林云溪经佑久了，她又心疼，常泪水盈盈的。拖一个多月不见好转，反而日益严重。一天，林云溪对她说："妈，您想不想小二啊？"

老人流下晶莹的泪，是该告诉儿子了。拨通电话，儿子说："年终了，太忙了，抽不了身。"林云溪在电话里严厉地说："在老人临终都不能见一面，盘下一代还有何用？"他狠狠地压下电话，没过多久，儿子打电话来说，厂方给他七天假，第二天就乘飞机回来。

当外孙儿出现在老人跟前时，老人老泪纵横、嘴抽搐，她用勉强能活动的左手抚摸他的脸拉着他的手久久不放。在场的人无不挥泪。这一激动之后，老人弥留了，只有一点微弱的呼吸，亲人日夜守候在她身旁。冬月二十一，田绍芬病逝，终年六十四岁。林云溪以隆重礼数为她举行葬礼。她将两个心爱的女儿许配给林云溪，视他如己出，近三十年的生死相依，荣辱与共。林云溪发自内心地敬重与依赖她，对她的死悲怆不已。

十九

早在儿子刚回来看到林云溪时就说："爸爸，我们分别才两年，你咋就如此消瘦、苍老啊？"

林云溪还乐观地说："这段时间晚上起来多了，没睡好，我没有病。"安葬了岳母之后，林云溪病倒了。开头只觉想睡，天旋地转，四肢无力，他对妻子说："我体质好，睡一觉就好了。"谁知一躺下就起不来，亲戚村民都紧张了，林支书不能出事呀，他们主动来为他家帮忙，让牟敬梅陪同他到县医院住院治疗。牟敬梅刚失掉母亲，丈夫又病，比谁都焦虑。一看到主治医生就问是不是怪病（癌症），几时得好？医生告诉她是积劳成疾，要调养。一天林云溪服了药后睡着了，梦中有人喊他办事，他大声说："马上就来。"一下醒了，牟敬梅问你要到哪里去呀？拉着丈夫的手失声痛哭："你不能丢下我呀，你不在我亦不活了。"

林云溪看着她心疼地说:"我是说梦话,不到哪里去。"

不一会儿,牟敬梅的表姐来看时,牟敬梅悄悄要她去为林云溪烧蛋、招魂。第二天,真的给他拿了一个烧熟的鸡蛋来,要他吃了,魂就附体了。林云溪骂道:"迷信、愚昧无知,不就是生了病,说了句梦话吗?如此紧张。"当着表姐的面,把鸡蛋扔到垃圾桶头,问表姐:"张三姐,我这个状态会立即死去吗?"回头看着牟敬梅,说:"紧张啥子,娃儿都大了,真的死了,守得住守,守不住找一个男人嫁了就是!"牟敬梅又破涕为笑。

经过半个月的住院治疗之后,林云溪恢复了健康,按他的戏言是对那盘机器进行了一次大检修,他又神采奕奕地出现在村民面前。

二十

一件犯愁的事,真的就要到了,庞大权的外孙陈二要结婚。一座房子里的人家有事,那庞大姐都来走动。尽都要去,各家都找合适的人来看家管理牲口。庞理华家真找不到合适的人。不但有牲口需管理,父亲庞大权病已十分严重,需要有人护理。腊月初四,是赶场的日子,潘尚农在街上办一些东西,等庞理华放学之后再上街购买送姨倕的东西。回家得迟,他们走到鸡冠岚坳下,看到一个老太婆背着背篼急急地走在前面,毕竟他们年轻很快道上了,看到是梁光明,潘尚农特别亲切地喊:"表娘,你都还在这里呀?"

"嗯,我二女留我在街上吃饭,下午又去邮电局取包裹,背起走不快,人都整累了。"梁光明解开面子衣服,气喘吁吁地说。当真,不大的密背篼里竖着一个长方形包袱。潘尚农鬼灵精怪问:"是哪个寄来的哟?"

"是不是志林寄来的呀?"说着他向庞理华做个鬼脸。她立即会意了。

梁光明说:"我认不得字,他姐姐说是。"

他们一齐慢慢走,翻过岚坳,在金石店坝子头歇稍,因为只要上了岚坳，那边下坡就快了，不到一里路就到家了。他俩一直等着梁光明歇定了，帮她启上肩才慢慢随着她走。缓缓而行，潘尚农轻声说："表娘，我们有一事要求您。"

"什么事？"梁光明警觉地望着他，像怕遭诳诈一样。庞理华上前一步挨在她身旁笑嘻嘻地说："没啥事，没啥事。"

庞理华稍镇定才说："我老汉病了一年多了，他也走不出来了，很想见您，我们一直没机会跟您讲。您是不是来见他一面。"

梁光明噢了一声，长长地吁出一口气。干脆把背篼抵着路旁的石头上歇下来。她热乎乎的脸上泛起一片红晕。说："我倒还是想看看他，平白生非的，我咋好来嘛。咋个一病就病得这么凶啊，好英雄，好能干的人啊。"她嘴唇抽搐，像是欲哭无泪。

庞理华说："我们想请您帮我们看一天屋，照顾一下我老汉，因为我大姐接媳妇，我们都要去。"

"噢，是那样呀，我考虑一下嘛。"梁光明为难地说。

潘尚农立即说："表娘，别考虑了。我们把一切整归一，到时您在下午来就是了，一言为定。二轮场，初七下午。"

"好吧。"梁光明勉强答应了。潘尚农、庞理华高兴极了，像是促成一件大事。分路时再三献殷勤，说得梁光明喜滋滋的。潘尚农说："你老汉一定高兴。"

庞理华说："小时不懂事，是没打岔他，让他接一个妈，老爹这后半辈子没得这样孤独可怜。你们尽都原谅这些事吗？"

"岂止是原谅，我们感到对不起他，为这事，大姐哭了多少次。"

腊月初七，潘尚农把庞大权的药、膳食、饮料准备归一，把猪饲料该煮熟的煮熟，该置办的一应安置妥当。连水缸里的水，厨房里的柴全部置办好，到处抹扫得干干净净。接外孙媳妇庞大权自然高兴，但又觉得身不由己，去不到了，感觉心酸。女儿女婿有意坑起，没说谁来护理他，快到中午了，他实在忍不住了才问女婿："你大姐那儿你们都要去吗？猪儿我喂不到了。"

女婿乐呵呵地说："您不用担心，有人来服侍您，有人帮喂猪儿。"

庞大权猜不透，喃喃地说："随你妈的，怕就饿死了啊。"中午饭后潘尚农料理完家务，收拾好一背东西，在走之前到庞大权寝室说："爸爸，我去了，我到学校去等庞老师放学了一齐去，今天她不再回来了。我们要明天下午才回来，一定给您包东西回来。"

"哎呀，我又不是小娃儿还指望包东西，你去。"他微笑着亲昵地挥挥手。

"那我就去了。"随即是关门的声音和慢慢远去的脚步声。屋里一片寂静，他陷入沉思之中。八十多年啊，一步一步走过，许多的艰难困苦，在当时总觉得度日如年，但在这时忆起又感觉是弹指一挥间，世道变好了，女儿孙辈个个事业有成，自己的身体如同朽木行将进土，无数的人物、事件像电影一样不断出现在眼前，他感觉无奈又无法挽回，也无可奈何了，两行热泪擦着耳根浸入枕头，耗子开始猖狂窸窸窣窣窜来窜去，有的还发出吱吱的叫声，他心又想，我还没有死，你家伙就这样猖狂。连拿棍棍敲一下惊跑耗子的力气都没有了，更觉无助的悲哀。一下午他就这样想一阵哭一阵度过的。

隆冬时节，白昼是最短的，墙上挂钟才走到五点，屋里光线已暗淡下来，热水袋里的水冷了，口已干了。突然听到后边出山门有人用钥匙开门的声音，然后又听到门关上。有人轻脚轻手地向堂屋走来，庞大权的寝室在堂屋左边，他高声问："是哪个，把灯开起嘛。"

"是我，你吼啥子嘛！"是她，他的心突突跳起来，想立即坐起来，但撑了几下，只因力不从心还是躺着。这时梁光明已到他的床前，他随手拉亮电灯。看到梁光明戴着太婆帽，身穿黑呢中长大衣，根据她走起的响声，断定是穿的皮鞋，面容微胖，很有气色，他兴奋地说："床边上坐。"

梁光明用手理了理散在额前的头发，将一个大布包放在庞大权胸前的被子上，才在床边上慢慢坐下来，一边解鞋带一边说："幺儿买来的毛皮鞋，今天穿头一回，热和得很，走一会儿就出汗了。"

他说："那儿有拖鞋，换了嘛。"似夫妻久别重逢，没客套，不生疏，双方都觉得欢喜。她换上毛线拖鞋，又回到床前，解开布包说："幺儿买的一双四十一码的皮鞋，一条围巾，一条烟，是给你的。听说这烟贵得很，几十元一包。"

"噢！噢！幺儿还想得周到，懂事了。"梁光明假装嗔骂道："还不懂事，你算算好大了，几十岁还不懂事，得了。"她其实挺快活的。庞大权又伤感地说："可惜，我拿来无用了。"

"等你好了再用。"梁光明安慰说。

庞大权抚摸着东西悲凉地说："我不得好了，自己的病最清楚，大肉都跌完了，周身皮包骨，只怕哪天一口气不来。我活着就想你和幺儿，还有女儿、外孙。"

梁光明说："喊医生来输点液好点吧？"

"不用了，到处锥着精痛，解决不了问题。"庞大权挪了挪想换个姿势，梁光明抱着他身体，帮他用被子揠紧。小声问："你想吃点啥子？"

"我口干了。"水袋里的水冷了。她赶快拿来糖水、药，一勺一勺地喂。庞大权问："这么快就弄来了。"

梁光明说："人家潘尚农啥子都整归一了的。锅头一大锅喂猪的红苕，今晚的饭菜用碗扣着放在里边，开水满满的，灶里还有火。"

庞大权说："潘三这小子不坏，就是吊儿郎当的，没立品。"

梁光明说："人家是逗你开心，都像你凶神恶煞的，一家人在一起幸福吗？"

庞大权说："快把门打开，鸡鸭要进来。"

梁光明说："隔壁谁在看家，怕人家看到不好。"

庞大权故意瞪她一眼说："屁话，你怕还是来了？我你只消没办一张证，哪个还不晓得？"

梁光明做完必要家务，用开水灌饱保温袋，当她将水袋放到他脚前后轻轻摸了摸他的脚杆说："好瘦啊，你咋就老了啊。"

她一勺一勺喂他药，一点点饭，她的手在微微颤抖，她的心中顶天立地的男子汉，是样样精通的农业把式，是她以身相委的情人。她收拾一下餐具，赶快打来热水给他洗脸、泡脚，她俯下身子反反复复地给他捶、搓，他的头似乎无力轻轻压在她的头上。脚烫暖和了，她把他的脚从水中抬起用自己围腰布抱在怀里慢慢跟他擦干，扶他靠在床背上坐稳跟他掖紧被子。

庞大权立即说："快上床来，上半夜水袋是热的，暖和。"她挨他坐着，恨不得将自身的温暖全部释放给他，温暖他那冷冰冰的身体。下半夜，她又坐到他的脚那头，将他的脚抱在怀里。庞大权几次说："你睡，你睡。"她只说："你别管我，你睡吧！"

他俩谁还睡得着，各自心中明白，这是他们有生的最后一个温馨的夜晚。在中国农村，有许多像他们这样爱得刻骨铭心的情人，因受世俗偏见只能把爱埋在心底，扭曲地生活着。他们还算幸运的。第二天，梁光明在走之前，庞大权拿出两双鞋垫子说："这是你跟我做的。我一直舍不得穿，放在枕头下近二十年了，你拿回去，当想我了，就拿出来看看。你带来的幺儿送的东西，给我装在包里紧点拴起，我活着放在我枕头边，死后跟我放在棺材里去。"

"他们会同意你带走吗？"

"我会跟他们说的。"梁光明把庞大权一身擦洗一遍，把该做的事做完。站在床前向他道别说："我走了，他们都快回来了，你不要想得太多，好好地活着，有时间我又来看你。"

庞大权盯着她看了好一会儿，眼里射出寒光，像落日余晖，说："你走吧！"一扭头栽在被子里，双手紧紧拽住被子角，再没抬头。这是留给梁光明的最后一幕，她站了好久，手在被子上按了又按，含泪从后门走了。

<h1 style="text-align:center">二十一</h1>

川南的冬天多雨、多雾，天总是湿漉漉的。庞大权老人的病日趋严重，支书林云溪也探望了多次了。女儿女婿偷偷地为他准备后事。早饭后他上门女婿潘尚农拿一包白粉粉到庞大权寝室这喷点那喷点，一股刺鼻的臭味，庞大权立即烦躁起来，他憎恶地骂道："我还没有死，就来消毒了。"

潘尚农一点不生气，笑眯眯地说："您病久了，吃喝拉撒在里边，有股气味，一会儿有干部来看您。"

一听说有领导来看，他立即来劲了，嚷道："快跟我换衣被、洗脸，收拾屋子。"

潘尚农说："该是嘛，一谈到有领导来看您，精神就好了。"

"哎呀，你别挖苦我，几十年了，我就是这样走过来的。干部代表共产党的组织和政府，平时说共产党好，行动上又不听干部的话，这还像话吗？"

借他高兴之际，潘尚农给他剃头、刮脸、换衣裤，把他收拾得整整洁洁的。他一直注意听外边的动静，巴不得干部们早点来，直到快十一点钟了才听到外边一阵喧哗。随即是一行人鱼贯而入。他听到林支书喊："庞大爷。"这时潘尚农上前热情寒暄。听到杨书记说："庞老队长在哪里？快带我们去看他。"

潘尚农在门口就高声喊："爸爸，杨书记他们看您来了。"

拉亮灯，潘尚农将他扶起来，握紧被子坐定，杨书记老远向他伸出手，他温暖的双手紧握着他冷冰冰的如柴的手亲切地说："庞大爷，真是对不住，您病了这么久没来看您。"就顺势坐到床边上。

"我想你们啊，我舍不得你们呐！"

杨书记说："庞大爷，党的政策越来越好，农税提留都不

第四部　苦干岁月

交了，让农民兄弟全心全意发展生产，今后种粮国家还要补助。"

庞大权既兴奋又疑惑地说："自古要收税国家才有开支的，才能运转，政府不收税哪里的钱来开销啊。"

"地方政府的开支由上级财政支付，国家在工业、海关方面的收入拿来支援农业。单是一个大庆油田一年的收入就相当于全国农业税收。"

杨书记抽回手，从衣兜里掏出一张一百元人民币送到庞大权面前，随行人员纷纷送上礼金。庞大权激动不已。他央求："杨书记呀，你们无论如何要吃了饭才能走。"

"庞大爷是不准我们走的了，我们就多陪庞大爷一阵吧！"他们就在庞大爷床前谈起了工作。杨书记对同来的人说："春节快到了，五保、低保，优抚的补助金、慰问品要逐一核对落实到人头。缺劳动力家庭，空巢老人情况都要做到心中有数。该处理的立即处理，决不能拖延，不能拖到明年，每一个人都是我们的服务对象，要使他们感觉到活得值，有尊严。"

听了杨书记的话，庞大权频频点头，说："我们共产党就是这样，要时刻记住老百姓才稳得住政权。"

杨书记又感慨起了："试想那些烈士抛头颅洒热血的壮烈举动，或者像庞大爷他们那一代几十年艰苦卓绝的任劳任怨和农民兄弟同甘共苦相比孰轻孰重？"同志们都默默地点头思考着，外边听说杨书记来了，乡亲们都赶过来。杨书记弯下腰亲切地对庞大权说："我们去看看大家。"庞大权点点头。

杨书记来到堂屋头，听到赖嬢嬢哈哈的笑声便走过去问："赖大姐，过年猪儿杀了没有？这样高兴啰？"

赖嬢嬢笑着说："杀了一头了，请你去我家吃肉。"

"杀了一头，还要杀几头？"

"少说也要杀两头猪嘛！"

"你咋个吃得到呵？"

"一年到头，没有哪天不见肉得。过去说地主吃得好，现在家家户户都比地主吃得好了。"又是一阵哈哈的笑声。乡亲们喜笑颜开地和干部们聊起自家的事。直到一点多钟以后才吃饭，在喂庞大爷饭时他女婿悄悄对他说："爸爸，书记他们忙，您不要强留啊！"

他说："我懂，我懂。"轻轻地点头。

在杨书记与他辞别时，杨书记俯下身子，抚摸着他的手亲切地说："庞老，您还有啥子话要跟我说吗？"

庞大权抬起头盯着杨书记的脸说："现在百姓生活好了，要稳着发展。像开车一样，这车抛不得锚了，像'文化大革命'那种事千万干不得了，整去整来百姓要反啊。群众没好日子过，共产党没面子呀！"这是他几十年体会的总结。

杨书记扶他睡下，手在他胸前被子上放了许久。等他再次抬起头时杨书记与他洒泪告别，这是党组织与一个普通老党员的生离死别。

二十二

风萧萧，雨绵绵，2007年的春节快到了。大中学生们劳累了一期又快回家度假了，这几天，庞大权的女儿女婿都来到他家。他们不时望望房子对面石板路上的孩子们："外公病危，你们快点回来！"

这句话是三个女儿、女婿给孩子通话中说得最多的。庞大权已几天未进食了，他在等，等他的第三代。农历腊月二十三下午，在泸州读医学院的外孙女陈隆艳先行到来，她热乎乎的。小雨落在她身上化着热气，头发湿漉漉地粘在额上，脸蛋绯红，像刚洗过的番茄，一只手提一个大包袱。她一到，亲人们便一下子围过去，你一言我一语地问起来："你怎么一个人回来，番刚呢？"她挥挥手，用力扯了一下子脖子上的围巾说："你们别急嘛，我就是早回来一步，稳住外公，他们在后边，来了好几个人呢。"

"是些什么人啊？"

"听番刚说，原来在黄山住过的知青，还有认得外公的知青，反正来了就知道了。"她妈和姨妈又紧张准备起来。小姨庞理华带她去见外公，隆艳俯下身子喊外公，他睁开眼睛，看了好一会儿，眼神又在寻找，陈隆艳告诉他番刚和张显玉阿姨都很快到了。他微微颔首，又闭上眼睛。

黄昏时分，天顶上漆黑，周边天际明晃晃的。预示今晚又是雨，甚至是雪，古人有"四山欲雪地炉红"的诗句。没有意外事发生的家庭早早吃得饱饱地钻进被窝看电视、侃大山。谁还会担心天气情况变化呢！庞理华和大姐、二姐和三姨都焦躁不安地等待着那拨不速之客。傍晚，一队人在雨雾迷蒙中走进黄山朝门，庞大权家堂屋外早亮起百瓦大灯泡，番刚走在最前面，身后跟随着几位衣着华贵，神情凝重的客人直奔堂屋而来。他们只认得张显玉，还有两位男士，和两位女士不认得。张显玉站在屋中央向大伙说："来，介绍一下。"她指着一位身材魁梧、红光满面、气宇不俗的男士说，"这是程鹏。"又指着一个气质儒雅，戴一副墨镜的男士说，"这是张学伟。"又指着一个文静秀雅的女士说，"她是李延风的夫人吴兰。"再介绍一个怯生生的少女说，"她是李景原的女儿季春。"

庞理华拉着季春的手说："好靓丽的阳光女孩呀！就像你妈妈。"

番刚带着二姨妈的儿子李言和大姨妈的儿子陈隆升去看外公。当番刚大声喊："外公，外公。"他睁开眼睛看了许久微微地说："你们都回来了吗？"

"来了，来了，还来了几位稀客呢！"

这时几位知青一跟老人见面，他突然像好了许多，要人把他扶起来，靠着床坐。以微弱的语气，断断续续与他们交谈。番刚干脆翻到他身后抱着他，用滚烫的身体去暖和着他嶙峋的、干枯的身体。他应该心满意足了，三个女儿就培养出三个大学生。他们为了陪老人，安上两个电热炉，坐着侃大山。

庞理华问："程鹏大哥，你在哪里高就？"他微微扬起头说："还该感谢那个岁月，使我历经磨难，慢慢成熟起来。从那年判刑之后，一年多就出来了，政治方面也觉得草率了一些，我进去之后，没有怨天尤人，而是静下来思考，也确实不对。向管理人员要书看，后来我父亲给我带了许多书来，从此我与书结缘，不想再打打闹闹地生活了，出来之后没再生事，而且从心底里感到惭愧。你说一个大小伙儿不劳动，抓鸡抓鸭，见天对这个不满，生那个气，不讨干部村民厌烦才怪。王爱东也没啥子错，用现在一句话，那是自我保护意识强。知青返城之后我去了重庆姨妈家。她没有子女，后来我考上重庆大学政法系，留校教了几年书，后来到潼南县工作。前年又调回重庆市党校工作。"

"大理论家了。"张学伟调侃道。

程鹏对张学伟说："这些年，你比我生活得轻松。"

张学伟立即说："不、不、不。我进国营企业遇上企业改制，入股拉竿办企业，整够干了，但总算杀出重围，企业见成效了。"

张显玉说："你们一直都保持联系吗？"

"一直有联系，但过去忙，少碰面。这次到成都不是遇上你张大姐嘛，还是没走到一块儿。"张学伟如是说。

"潘尚农又问那李延风呢？"

程鹏站起来在屋中走来走去说："别提他那大忙人，大老板，这里考察，那里研讨，手机都几个。听他那忙活劲，比总理还事多。"

李延风妻子脸上烤得绯红，笑盈盈地说："程大哥，别挖苦人，他哪敢与你大干部相比，民营企业是没有娘的孩子，自己不奋斗行吗？真够他累的了，一会儿飞东北，一会儿飞内蒙。"

张学伟说："不管紧点看飞了啊。"

吴兰理理头发肯定地说："不会，我那人老实、厚道，他知足得很，总说现在这么好的政策要珍惜，要多为社会创造一些财富。头都秃顶了，还静不下来，辛苦得很。"

潘尚农又问程鹏大哥你是怎样看知青下乡这一历史事实的呢？

程鹏搔了搔头发深深嘘了一口气，看看周围的人，慢条斯理地说："这个问题我是想得最多的，从历史角度是不对的，但在当时的社会条件下，物资贫乏，工业极不发达，第三产业极少，就业咋个就法，除了去务农，该转向何方？经过十年浩劫，大、中、小学生废止学业多年，有的又被造反行为造野了，无政府主义盛行，如在城市头聚集起来可能造出大事，分散、遣散到农村的确是一稳定措施，在客观上造就了一批人才。对高层人士了解农村、农民的艰苦环境起到一定作用。"

吴兰说："知青中出了许多出类拔萃的人才，为改革开放造就了大批领军人物。"

程鹏又说："任何事物都有双重性，一部分人经过锻炼清醒了头脑，认清自身责任。这叫穷则思变，向好的方向变。有一部分怨天尤人，每天质问苍天不公。知青下乡嘛，还受一些优待嘛，人家农民比知青更苦到什么地步啊。这是我们亲身体验的。我倒无怨无悔，不是下乡，我根本不知中国农民有那样苦，为啥对土地的依赖那样强烈。"在众人的攀谈之中时钟悄悄溜到腊月二十四凌晨。庞大权喉咙里发出似齁的呼吸声，坐歪了身子的番刚轻轻挪动一下身子说："外公睡着了吧？"

他大姨爹陈志远用手背挨着庞大权的鼻孔试了一下说："不好了，爸爸没有气了。"顿时一屋的人惊慌地动起来，取门板、安板凳将庞大权抱到堂屋头。本是亲人们意想中的事情，但真正降临时，还是无法接受，呼天抢地地哭起来。那是公历 2008 年 1 月 30 日，这位饱经风霜的老人总算是生于忧患，死于安乐，在国运呈祥、家庭幸福中离去，想必是心满意足了。

庞大权的葬期定为农历腊月二十六清晨，支部书记兼村委会主任的林云溪统领两委其他成员及各社社长前来相帮，向灵柩献花圈。林云溪的遒劲毛笔字在写对联时又露了一手。知青们看后十分感慨，山中不乏精英之才。

梁光明在儿子吴志林的陪同下来到朝门外边，她头包一张白帕，身穿一色青衣，胸前照例拴着围腰，脚踏黑色皮鞋，面容憔悴，眼圈黝黑。庞大权的女儿、女婿、外孙一行齐刷刷地跪在大堂外石板道上迎接，当她慢慢移过来时庞理华上前挽着她喊了一声："表娘。"给她洒了一肩的泪。

她再也忍不住，撩起围腰呜呜地哭起来。吴志林神情凝重地来到庞大权灵柩前深深三鞠躬。庞家三姐妹恭敬地陪祭。他把点着的香插入香炉，再从容地给在场亲友握手、递烟，他那修长的身躯、英俊的神态，不卑不亢稳重而得体的行为，人们暗自称奇。只有那帮知青不知底细，相互对视，意在茫然，这时潘尚农走过来，微笑着介绍道："这是我岳父的干儿子，我的舅子吴志林。"程鹏立即紧握志林的手连声说："幸会、幸会。"人们的眼光不再迷惑，一切尽在不言中。

出殡时，人们手执火把、香烛排在道路两边，老少爷们儿哭着、喊着老兄慢走，老队长慢走，在这时他们才掂量出庞大权在他们心中的分量。只有这时，他的子女孙辈才领会到作为他亲人的荣光。五六百米的路足足走了一个多钟头。

程鹏说："这是我看到的最悲壮的葬礼，它使我重新思考做政策研究的人们，应该如何才能研究出更符合人们思想的政策来，推动社会的进步。"

第五部

南行壮歌

　　林云溪这次南行的目的黄世炎他们是早知道的，他们十分理解和支持，给他拟定会见乡友的方案和路线。他到南海的第三天就开始了拜会集资活动。

一

　　没得马路想马路，有了马路愁马路。林云溪历经千辛万苦带领村民修的三公里泥石公路，由于造价低，土质复杂，弯多坡陡，变形严重，从开始修成的第二年开始维修，每年都在搞，每年冬季组织村民出钱出力搞来勉强能过车，一到夏季一场大雨又有许多地段不能通车，到处泥坑水凼，过路群众苦不堪言，有人一看到林云溪就说："支书，看你那条路哟，好烂。"

　　俨然是林云溪做了一件不光彩的事，他十分苦恼又无奈，有时喊点人帮忙，有时仅一个人去搬石头、补旱坑。始终越整越烂，他去找管交通的副镇长，他说只有硬化才多管一些时候，硬化要五六十万元一公里。国家每公里公路补助十多万元，村民中受益群众一千多人每人最多集资四百元，压力也够大了，足额收到都还差三十来万，何况一般集资只能收到百分之八十左右。名单拟起出去收，许多农户拿出孩子在外电话号码说，你跟他们联系看他们出不，政府干部也有建议他去广东。村民许多是在南方打工。怎么去法，他在琢磨，他在默默地准备着，等秧子红苕栽完，农村有一段时间稍微闲一点。

农历五月中旬，恰是阳历六月中旬他决定前往。一天晚上，他把要去广东集资的想法告诉牟敬梅，他以为她会坚决反对，谁知她只说："千里迢迢，注意安全。孙儿都两岁多了，你应该去看看。"2005年儿子带媳妇来家头，小住几日。2006年结婚生子。儿子儿媳多次盛情请他们一起去，总是事情多，丢不下搁浅了。从那以后，妻子几天没啥话说，他也舍不得，结婚快二十年了，除了到省城开先代会，市县开代表会，还从未到远方去过，那都时间短，不过几天，这次时间上月，且是乘车驰行数千里。去年秋天，女儿林玲考取长沙师范学院，开头是说父亲送去，送到县城校方专人来接且有几位同学同去，没必要也就未去。林云溪是挺细心的，他专门到县城接来牟敬梅的表姐，让她来陪妻子一段时间。张三姐风趣地说："放心去吧！有我在，没有人敢动敬梅一根汗毛。"临行前妻子千叮万嘱，当着表姐的面热烈相拥、吻别，像是永别，妻子泪水盈盈，他上了车都有回家不去的念头。

二

他毕竟善于调节情绪，人们在长途班车上昏昏睡去，他则撩开窗帘观赏沿途风光。祖国建设日新月异，过去只有在电视上看到听到，当身置其间，真使人目不暇接，心旷神怡。一到晚上路边灯柱串起像火龙，一片片城市像火海，煞是壮观。他除了必要餐饮和睡眠都在欣赏着南国风光。经过长途颠簸，他在佛山汽车总站下车，随着人流涌出站口，在不远处一个熟悉的面孔向他微笑、招手。

"爸爸我在这儿。"他挤过去，儿子给他热烈拥抱，"你怎么这么远来接我？"

儿子说："我工作的厂在南海，我怕你赶错了路线。"

一起上车，向一家高级宾馆开去，一切他都是那样陌生，而儿子则游刃有余，聪明的父亲在这种环境里则显得笨拙，但他努力启开智慧之门强记着各程序和要领。在事先订好的豪华房间里已为他准备好几套从内到外的衣帽鞋袜，分别用袋子装着。儿子帮他调好水，让他沐浴，又引他去餐厅就餐。再回到房间时儿子告诉他，这里是我们厂商务活动长期预订的地方，你可以随便进出参观。因旅途劳顿他整整睡了半天。儿子带他参观许多地方，介绍了许多人情风俗和物产及现代化建设情况。只有在这种场合，这种环境中，老子才感到孤陋寡闻，才意识到儿子也超过老子。他不申言，默默地感受着。

三天之后，儿子开车一同到他的厂总部，他刚下车，厂长也就是亲家黄世炎率领全家在会客厅恭候。林云溪箭步上前与从未蒙面的亲家热烈握手，互致问候，与亲家母亲切相见。他用普通话与他们交谈，没有一点怯场和陌生感，这给儿子极大面子。在欢迎人群中一个两三岁小男孩总往人群里钻，儿子一把逮住说："林梓明，快来见爷爷。"

儿子把他抱到林云溪跟前说："爸爸，看你的第三代种，像不像您。"又自圆其说，"一个格式。"逗得众人哄堂大笑。

三

林云溪这次南行的目的黄世炎他们是早知道的，他们十分理解和支持，给他拟定会见乡友的方案和路线。他到南海的第三天就开始了拜会集资活动。林志程也事先为他定了许多家乡籍在番禺、顺德务工人员，因在这一带最多。每到一个地方都要约定会面地点。他们是零散分布在各处，给拜会增加难度，花费许多时间。每天的行程和集资的人员姓名和数量都做详细记载，及时将现金存入卡内，生怕有闪失，出差错。有时是儿子陪同，有时是媳妇陪同，有时亲家也陪他到各地。南方酷热，车来车往，常常是精疲力竭。用二十多天的时间，走访了许多工厂、作坊、农场，亲眼目睹家乡亲人在远方的生产，生活状况。有使他羡慕的，也有使他同情的，总之感慨良多。

那是六月上旬一天傍晚，儿子领他到一个正在开发的工地上，他看到一个面庞晒得黝黑，牙齿又雪白，两色反差极大的人向他走来，大脑里努力回忆着好熟悉的体态，好熟悉的动作。但一时又喊不出来。这时对方喊话了："林老师，林支书，你认不得我啦？"一下紧紧抱住他，"是张元强，元强，你在这儿啊。"张元强后退一步说："我没有文化，只有干这些笨重活路。"

旁边有人说："人家当头了，带了七十多人，几副模板，腰缠万贯了。"

林云溪连声说："干得不错，是金子放在哪里都会发光。"

当夜他与家乡在外的亲人彻夜交谈，家乡落后了，外边变化太大了。张元强陪他走到一个工地，正在修一幢大楼，他指着建设中的楼层说："你还记得吗？刘新和他爸妈都在这工地上，帮他姓谭的舅舅，一家生活得十分愉快，是否上去看看。"

林云溪感慨地说："历经磨难总算苦出头了，他们的集资款已由刘新妈妈谭大英寄给刘新伯伯全交了。我由衷祝愿他们幸福。"

张元强又陪林云溪到高明一个服装厂去，张元强事先没有说造访对象是谁，他们在厂门前下车，被服务人员引到一个高级别的会客室，一个身材高挑而匀称，发型时髦，穿着考究的中年女性向他一笑一笑地走过来。他惊喊："雷春容，你在这儿啦。"

雷春容向他扑过来，热烈拥抱良久。林云溪说："你打扮得雍容华贵，我差点认不得了。"

雷春容十分伤感地说："林支书，你还是风采依然啦！还忆得起我们在田间、山里巡游的情景吗？"

"记得，记得，终生难忘，曾经十多年的战友，在这儿不期而遇真是感慨良多啊。"他在心底揣摩亲情、爱情、同志情，只是一纸之隔，就是一条红线，坚守起也实在难啊！

四

一天刚下过一阵雨，葱郁的南国大地到处葱茏林荫，好一派热带风光。午后，林云溪小歇起来，儿子林志程神秘兮兮地把他引进电脑室，关上门，放录像给他看，都是儿子儿媳和一个壮伟青年游湘江的片子。林云溪问："你们什么时候去长沙的？"

儿子说："去年妹儿到长沙之后，怕她孤单，我曾两次去长沙。"在一段录像里有林玲和嫂嫂黄怡的镜头，也有与那青年交谈的镜头，片子末还特写了那男青年镜头半分钟。儿子关掉电脑转过自动椅说："爸爸这小伙跟您当女婿要得不？"

林云溪一下站起来："他是做什么的？你怎么打起你妹儿的主意？"

儿子轻快地笑笑说："老子关心女儿，就不允许哥哥关心妹妹吗？这个青年叫龚自豪，其父龚绍文是南洋有名企业家，在新加坡有总厂，长沙有分厂，是合资企业，龚自豪是这家唯一男丁，长沙分厂总经理，美国哈佛工业企业管理硕士，很有才，今年二十六岁。"

林云溪气愤地说："为啥不早告诉我。企业老总，有几家的妻子获得真正幸福爱情的。"

儿子站起来，在屋里慢慢走着，说："老爸，一谈到企业、老板、资产，您就敏感，共产党也要发展工业，也要有资金来建设国家嘛！国家可以引进外资，我们家庭咋不可引进外资，至于说许多资产之家有伤风败俗之事，那不是普遍都如此。任何一个社会阶层、阶级中都有败类，不合世俗的人和事。商界、企业界中不乏精英强将、爱国爱民之人，就共产党中也有腐败分子嘛。"

林云溪换个口气说："我不希望你妹儿腰缠万贯，我希望她得到真爱情、真幸福。"

儿子望见父亲有愠色的脸说："老汉，在这个问题上，我们是一致的。我不会将唯一的妹子往火坑里推。"

"你问过你妹儿没有?"

"问过几次了,她总是自卑怕配置不上人家。"

"你是怎样跟她说的?"

"我说只有我方选择的,没他方选择余地。"

林云溪沉默了许久又说:"你妹儿虽说是大二学生,才刚刚十八岁,我怕影响她的学业。"

"这个问题我们已经讨论几次了,她不但要大学毕业,还要读研,龚自豪现在是非林玲不娶,他也还要攻读博士学位。"

一谈到女儿婚姻大事,林云溪不无担忧,他久久不语,望着窗外蓝天白云遐思。儿子停顿一阵之后又说:"我之所以在您临行前才说,是怕影响您的情绪,您在返程中顺便去长沙参谋一下也是不犯嫌疑的。"

"你这样说来,我这次必过长沙了?"

"是的,您为其做主名正言顺。"

"你以为我必定同意了?"

"我相信您会成全这桩美满婚姻的。"

"你是怎样认识龚自豪的呢?"林云溪盯着儿子问。儿子安一下转椅,请父亲坐下,他慢慢道来:

"是在一次商务活动中认识的,我发现此人很有心计,不卑不亢,从容大度而有礼节,说话诚恳,办事效率高。经过几次接触,我知道他对花花世界的轻狂,对人际交往的狡诈十分反感,他在寻找真诚的合作伙伴,寻求真诚的爱情。对那种浮躁女性反感,对淫荡女人嗤之以鼻。他的心深沉而广博,坚实而重情。我才产生此念头的。"

林云溪说:"你和妹妹都涉足社会不深,什么事情要有警惕,要三思而行。"

林志程说:"爸爸,实践是最好的老师,一旦身临其境自会奋斗,自然适应。您总统得太死,管得太细,如妈妈,一点小事都不做主,要请示您。如您弱势一点,她完全能担当一个家庭重担。您别怀疑您儿女的智商和情商。较之于您不会退化。"

　　林云溪说："真的实践出真知，你到南方才六年，变得油嘴滑舌，风流倜傥的了。"

　　林志程淡淡一笑，说："在商界，企业界，强者生存，弱者消亡，不拼则垮，敢不拼搏吗？我才来时听不懂闽南话，说不来粤语，只有拼命学、模仿，几年下来基本适应了。商界竞争激烈。商务谈判每天都在进行，成功率为百分之五。但只要有百分之一，或零点一的希望都要努力去争取。"

　　林云溪悻悻地说："我们这些人不行了。"

　　儿子宽慰道："不是，爸爸，您永远是我的榜样，对事业的执着，我就像您。许多事是隔行如隔山，未入门，咋知门道？"

　　林云溪爽朗笑着说："今天，老子被儿子涮了。"

五

　　到广东三十多天了，拜访了许多故旧，会见了许多本乡籍的在那儿打工的乡亲。每到一处都受到热忱接待。真正腰缠万贯的少，有门路有稳定收入的占百分之六七十，还有一部分打低级工的，工作繁重，工资收入并不高，生活条件也不好。林云溪常想，在外打工谋生其实也十分不容易，但当他向他们宣讲村里发展计划，搞建设需要资金时，尽都十分踊跃，慷慨解囊。当他收到带体温的钞票时，心中暗暗铭记，我要做来对得起远在他乡的村民啊，否则，有何脸面与之相对。最使他终生难忘的是前三天，他在儿子的陪同下到一片工区走访，在一个简易厂房边住着两家打工户，儿子告诉他，这儿住着一个是您的学生，对我很亲热，我们去看看吧！

　　径直来到一家农户院内，两厢房都挤着铺位。一间大屋，住两家人，其中一个是他们造访对象。一个一脸疲倦，蓬头垢面的男青年在烧水，一位青年女子抱着一个生病孩子坐在床沿上，眼睛盯着孩子的脸。林家父子一进屋，就认出那是林云溪的学生张玉谦，"玉谦，你们在这儿啊。"

　　"啊，老师，您来了，坐，坐！这几天孩子病了，我请假在家。"

"呵，病得厉害吗？"

"刚从医院打吊针回来，还要去打两天。"

"好好护理，气温高，不要捂得太厚，多喂开水。"

"那是，那是。"他们摆谈了一阵，临别时，林云溪掏出两百元钱放在孩子身上。

"老师，我们怎么能要您的钱啦！"张妻感动地说。

林云溪说："就算是我给孙儿的一点水果钱吧！"在返回路上，他心情十分沉痛，与儿子没说一句话。

他做好一切准备，衣服鞋袜都收拾停当，第二天就走。在广东情深万丈，处处使他动容，毕竟他的使命是要改变家乡面貌，他思前想后，久久不能入眠，下夜沉沉睡一会儿，听到儿子喊："爸爸，起来嘛，天亮了。"

他起来才六点半钟，儿子陪他吃过早饭互相叮嘱应注意的事情。

八点正，从勒流开向长沙的长途大巴就要启动了，他已上车，送别的人都站在外面目送他，依依不舍地挥手话别。正在这时，从后边冲进一个人，高喊："等一等，等一等。"他冲到车前，喘着粗气说："老师，我是昨天晚上才知道您今早要走的。您千里迢迢来集资，我怎能一毛不拔啊。"

边说边从衣袋里掏出十张百元钞票递给林云溪。

林云溪感动不已，说："玉谦你也有困难呀，孩子好了没有？"

"好了，老师祝您一路平安。"动情的林老师热泪再次模糊了双眼。车子一声长鸣，缓缓驶出车站，耳边响起一阵杂乱的送别声。

六

林云溪抵达长沙是晚上，他刚走下班车随人流涌动，就看到在一百米处有人举着"欢迎林云溪先生"的字牌，他向那儿冲去，听到尖声高喊："爸爸。"

一个熟悉的圆润身体一下抵住他的胸部，伏在他身上。

"幺儿，你怎晓得我来了？"

"晓得，哥哥通知我了。"

"两个坏蛋约起捏拿老子。"

"爸爸怎这样说呢，人家想你嘛。"在他父女激情相拥时，旁边站着那录像上见过的后生，比屏幕上稍壮实点，足有一米八高，上身穿一件白衬衣，下穿一条黑裤子，一双黑皮鞋，站在一辆宝马车前。林玲挽着父亲转过去说，"爸爸，这是龚自豪。自豪，这是我爸爸。"

"伯父好。"

他们握手之后，林家父女一同上车，龚自豪开车，送他到衡阳宾馆住下。龚自豪十分客气，陪了一会儿就离去了。林云溪问女儿："今晚你就住这儿啦？"

她说就住在你隔壁。林云溪说："你哪有钱让爸住上这样高级的宾馆？"

林玲立即撇着嘴，娇嗔道："您这就高级呀，我这一辈子要让我爸爸妈妈住上皇家大酒店。"

父亲又说："要有真才实学才有资本，才有地位！"

女儿不屑地说："当然啰！我在全系都是名列前茅的，我不会轻易下嫁给谁，只有我挑剔人的，没人敢挑剔我。"

父亲又说："自信可以，自负可不行。"

女儿又伏在他肩上说："出去做事谦恭得很。像母夜叉谁敢要哟。"说得父亲哈哈大笑。他们父女摆到夜深才睡。

第二天，龚家安排了一个简单而又隆重的会见。只有龚自豪父母和他妹妹、妹夫，在四周绿树成荫的池塘中的一个亭子上，龚绍文和妻子范瑞娟在亭上恭候。龚自豪早饭后到宾馆迎接他父女俩。林云溪身着红色T恤、白裤子、白皮鞋，步履轻松走上亭子时，龚绍文全家站起来，自豪介绍时，林云溪亲切地称龚兄、范姐，得体而谦恭。他们打量着这位来自西部的农民，品貌不俗，气度轩昂，十分客气。他们开始叙谈，问林云溪从何而来？

林云溪说："在广东看了儿子、孙子绕道看看女儿。"

问他对女儿的希望，他说："她主要任务是学习，要学有所成。"谈及孩子个人生活时他说，"我和她妈妈都会尊重她的选择。"谈到环境时，他说各有千秋，不卑不亢，谈吐文雅，放则有度，收则滴水不漏。当他们一齐谈湘楚名流，历史事件，林云溪无一不知，无一不晓，甚至有独到见解。龚家人钦佩不已，邀请他参观全厂风貌，向他介绍建设规模，发展前景，中午留他们在家共进午餐，午餐后热情话别。

林云溪又整理行装，要回家了，龚自豪和林玲送他到火车站，依依惜别，女儿那绰约风姿、亭亭玉立的身段，使他想，像这样花一般灿烂，玉一般纯洁的女孩，应有一个保护。

当火车启动，徐徐开出，女儿追着火车喊"爸爸"时，热泪又一次模糊他的双眼。他轻轻感慨道：湘粤集资路，满怀情悠悠。

尾　声

回到家，发现妻子消瘦了，还初出白发，他心疼地问："你怎么啦，像老了几岁了？"

她轻轻地说："想你，失眠，胃病发了。"

"张三姐几时走的？"

她说："住了十多天，她孙儿高考，要经佑。"

他说："我一定用一个月的时间让你彻底恢复。"把她揽到怀里紧紧搂着吻了又吻，说，"走遍天涯海角，离不得的还是你。"

他召开各种会议向与会者汇报此次收获。他向南方集资的家庭发收款单据，便于他们与亲人核对，他又投入到忘我的工作中。他对妻子说："我决定在担任三十年支书后离休，这样我教书五年，任支书三十年，正好为党工作三十五年。"

妻子说："你舍得离去吗？"

他说："各代人有各代人的责任，青年人一定比我做得好。中国江山大着哩。人生的道路长着哩，我退下来之后带着你遍游祖国名山大川，好好享受改革开放的成果。"

后　记

　　《那山那人》这本书，是我的第一部长篇小说，2009 年秋开始执笔，2011 年定稿。因当时我还不会在电脑上打字，便请别人帮忙打字。可能是手写笔迹难认，有许多同音别字，我做了一些修改。但眼力不行了，改得不彻底。2013 年在纳溪出了二十五稿本，赠送了上级、同志们，评价还不错。

　　贪污腐败分子是吸血鬼、寄生虫，玷污了党的光辉形象，人们深恶痛绝，应该受到严厉惩处。但是，据我亲身体会和亲眼目睹，我们的干部绝大多数是好的、积极的。他们也是劳动人民的一部分，应当受到尊重。所以写了这本书，让人们了解农村干部是怎样的一拨人，他们的工作环境、工作状态又如何。我是客观公正的，此书值得一读。

我十分爱好文学，可惜在读书时遇上"十年浩劫"，学业荒废了。在任农村基层干部的三十八年中，从未放弃过学习机会。我长年活动于农民兄弟中，应写素材甚多，只感文字功底浅，表达不准。也还写了一些散文、长短句——不敢说是诗，都将陆续整理出版，敬奉给愿意了解农村、农民的朋友。

　　既有丰富的生活经验和写作材料，就慢慢写吧！我是一直这样鼓励自己的，喜欢听龙门阵的人，听我娓娓道来吧！

作　者

2013 年 10 月 3 日

后记